FRIDA e TRÓTSKI

GÉRARD DE CORTANZE

FRIDA E TRÓTSKI

A história de uma paixão secreta

Tradução
André Telles

Planeta

Copyright © Éditions Albin Michel, 2015
Copyright © Editora Planeta do Brasil, 2018
Todos os direitos reservados.
Título original: *Les Amants de Coyoacán*

Preparação: Denise Schittine
Revisão: Sil Gomes e Amanda Oliveira
Diagramação: C. Carreiro
Capa: Tereza Bettinardi

Dados Internacionais de Catalogação na Publicação (CIP)
Angélica Ilacqua CRB-8/7057

Cortanze, Gérard de
 Frida e Trótski: a história de uma paixão secreta / Gérard de Cortanze; tradução de André Telles. - São Paulo: Planeta do Brasil, 2018.
 288 p.

 ISBN: 978-85-422-1251-8
 Título original: Les Amants de Coyoacán

 1. Ficção francesa 2. Kahlo, Frida - Ficção 3. Trótski, Leon, 1879-1940 - Ficção I. Título II. Telles, André

18-0090   CDD 843

2018
Todos os direitos desta edição reservados à
EDITORA PLANETA DO BRASIL LTDA.
Rua Padre João Manuel, 100 – 21º andar
Ed. Horsa II – Cerqueira César
01411-000 – São Paulo-SP
www.planetadelivros.com.br
atendimento@editoraplaneta.com.br

A Diane de Margerie

"Viver é o objetivo central da minha vida."
Frida Kahlo

"O amor dura enquanto dá prazer."
Frida Kahlo

1

No dia vinte de dezembro de 1936, o navio-petroleiro *Ruth* deixou o porto de Oslo. Fazia menos de dez graus centígrados. A neve rala caía sobre o fiorde e as colinas arborizadas que o cercam. Se não ocorresse nenhum incidente durante a travessia, a embarcação atracaria três semanas mais tarde no porto de Tampico. Além de sua carga de combustível, transportava outra, mais singular: um homem e uma mulher.

Se o homem e a mulher haviam escolhido aquele navio caquético, era porque desejavam passar mais facilmente despercebidos. Mais exatamente, foram as autoridades norueguesas, sob cuja proteção se encontravam, que julgaram arriscado fazê-los embarcar num transatlântico normal.

Na realidade, o homem e a mulher se escondiam. Um oficial de polícia, um certo Jonas Lie, viajava com eles. Embora o capitão Hagbart Wagge houvesse cedido ao casal seu próprio camarote, estavam proibidos de usar o rádio para se comunicar com o exterior; quanto à pistola que o homem carregava sempre consigo, fora obrigado a entregá-la a Jonas Lie. Únicos passageiros de um navio vazio, estavam autorizados a sair de seu camarote, mas apenas nos momentos permitidos pelo capitão e o policial. O homem e a mulher, que, embora num petroleiro, ainda estavam em território norueguês, eram em suma prisioneiros em liberdade vigiada.

Tudo bem, partiam finalmente, mas com um frio na barriga, e, não sem razão, julgavam que aquela travessia do Atlântico poderia facilmente se prestar à armação criminosa de um "acidente", uma vez que agora escapavam totalmente ao controle da opinião pública, da imprensa, hostil inclusive, que os perseguia, e dos camaradas que há anos os acompanhavam.

Após algumas horas navegando, entorpecidos pelo ronronar das máquinas e o balanço do navio, olharam pela vigia do camarote: diante deles esparramava-se um mar opaco e denso, em que a água parecia uma floresta.

2

Embora o casal gozasse do status de refugiados, concedido pelo presidente da República Mexicana, Lázaro Cárdenas, em troca do qual tiveram de prometer não se dedicarem a nenhuma atividade política e exigirem de seus partidários que não promovessem nenhuma manifestação suscetível de provocar distúrbios quando atracassem, contava com os "amigos desconhecidos", que, como reconhecia a mulher com emoção, "haviam trabalhado na outra ponta do mundo para sua salvação". Esses "amigos" eram basicamente dois: um jornalista e um pintor.

Na realidade, o principal artífice de sua vinda era o segundo "amigo desconhecido": o pintor. Expulso do Partido Comunista em setembro de 1929, este último acabava, às vésperas de seu cinquentenário, de juntar-se às fileiras da Liga Comunista Internacional.

Aquele que alguns consideravam, não havia muitos anos, o maior muralista da época, não estava mais, como se diz, "com a bola toda". Censurado na União Soviética de Stálin, ocupava agora, em seu próprio país, uma posição bastante desconfortável. Seus detratores acabavam de jogar ácido em seus afrescos do Palácio Nacional e as arcadas da avenida Rubalcava, decoradas por ele, agora abrigavam um cemitério de carros. Quando pintava seus murais nos prédios públicos do México, acusavam-no de receber dinheiro dos comunistas; quando cobria algumas paredes nova-iorquinas com pinturas didáticas, era recriminado por vender a alma ao capitalismo americano.

Corriam a seu respeito os boatos mais estapafúrdios. Fanfarrão, mentiroso, inventor de histórias, ele não cansava de dar munição aos inimigos. Diziam que crescera nas montanhas, criado por uma índia, que fora mascote de um bordel de Guanajuato, que foi amamentado por uma cabra e que tivera sua primeira experiência sexual aos nove anos, com uma professora primária protestante. Diziam também que consumira carne humana, que era iniciado nas práticas ancestrais da bruxaria e carregava uma pistola que não hesitava usar, atirando em vitrolas, lampiões de querosene, críticos de arte descontentes e até mesmo em seus rivais no amor.

Era um ogro, um herege, um grande sedutor apesar da feiura. O homem e a mulher não poderiam deixar de reconhecê-lo quando o vissem no cais. Rosto infantil, testa protuberante e lisa, olhos grandes e afastados, eles se impressionariam, como todos os que o conheciam, com aquela mistura de doçura e força, com aquelas mãos pequenas demais para corpo tão grande, com toda aquela melancolia e agitação, com aquela inteligência quase monstruosa. Esse homem era Diego Rivera.

3

Uma semana depois, o petroleiro pegou o ritmo de cruzeiro e dias ensolarados substituíram a aurora glacial da partida. Ora o pesado navio mergulhava profundamente no mar ondulante, ora reerguia-se num lento movimento de ascensão. Seu rastro feria a massa azul-escura, deixando atrás de si, num estrépito de galope, duas imensas asas de espuma branca. Não se avistava nenhuma costa, apenas o grande vazio horizontal do mar.

A bordo, a vida se organizava. Uma espécie de rotina chegara a se instalar. Pela manhã, o homem trabalhava em artigos dedicados aos processos de Moscou, assunto que então ocupava a cena política soviética e que um dia ele talvez reunisse num ensaio que poderia intitular-se *Os crimes de Stálin*. À tarde, estudava livros a respeito do México, país que iria acolhê-lo e sobre o qual nada sabia. Para relaxar, lia uma biografia de *sir* Basil Zaharoff, comerciante de armas e empresário grego originário de Istambul, livro que ratificava sua ideia de que o capitalismo internacional estava efetivamente podre até os ossos. Às vezes, abria uma caderneta azul, seu diário, e nele registrava algumas anotações, pensamentos, tentando não se mostrar melancólico demais.

A mulher, por sua vez, não conseguia deixar de refazer o caminho inverso desde aquele vinte de fevereiro de 1932, data em que um decreto do governo lhes retirara a cidadania soviética, proibindo-os assim de voltar à Rússia e condenando-os à vida precária que tiveram de adotar, sempre à procura de um refúgio, sempre sob a ameaça constante de um atentado cometido por russos, brancos ou vermelhos.

O que a mulher chamava seu "exílio perpétuo" começara muito antes, em 1928, desde o banimento do casal para a aldeia de Alma--Ata, desde Istambul, desde Odessa, desde sua residência vigiada na ilha de Prinkipo, desde Kadiköy. Sua chegada a Marselha, em julho de 1933, depois, sucessivamente, sua instalação em Royan, Saint-Palais, Bagnères-de-Bigorre, Barbizon, seguida de sua expulsão pelo governo Daladier, que os obriga a viver sem visto, privados de todos os recursos, não tinham feito senão piorar as coisas. Os últimos meses de sua vida na França haviam se resumido a uma série de pesadelos, decepções e desgraças: isolamento, vigilância rigorosa, controle da correspondência, telefone cortado, proibição de receber livros, jornais, visitas e, o tempo todo, ameaças de morte. Para escapar de uma possível deportação para a ilha Reunião ou para Madagascar, haviam vagado por hotéis, pensões, casas de amigos, endereços desconhecidos: Dijon, Saint-Boil, Chamonix, Bourg-en--Bresse, Grenoble, La Tronche, Lyon e, por fim, Domène, onde moraram um ano na casa do mestre-escola Laurent Beau.

Sua recente estadia na Noruega não passara de uma descida progressiva aos infernos, até o seu confinamento na aldeia de Sundby, onde viveram alguns meses, permanentemente vigiados por treze policiais, antes de poderem deixar o território da sossegada, severa e sedutora Noruega, que terminara por conseguir o petroleiro *Ruth* como transporte para eles.

Durante todos esses anos, não foram poupados de nada. Por exemplo, às vésperas da expulsão de Oslo, seu médico, seu advogado e seu contador, após lhes apresentarem suas respectivas faturas, para terem certeza de que seriam pagos, embargaram as contas bancárias do casal.

— No que você está pensando? — perguntou o homem, uma noite em que observava a mulher raspando com a unha na velha madeira de carvalho da janela.

— Em Barbizon — ela respondeu, rindo.

— Realmente não vejo o que há de engraçado nisso.

— Lembra do furor da imprensa, poucos dias depois de nossa chegada a Barbizon?

— Não — disse o homem, voltando a mergulhar na leitura de seu livro.

— Os jornalistas falavam em estrangeiros bizarros, que viviam retirados, que só bebiam leite e nunca encontravam ninguém.

— Não, isso realmente não me diz nada.

— Tomavam-nos por traficantes, falsários. Chegaram a falar em drogas, tráfico de mulheres "brancas"!

— E tudo isso resultou no cancelamento de nosso visto de permanência na França, não foi?

— Está vendo como se lembra?

— Claro que me lembro, só que não vale a pena ficar repisando isso. Esquece tudo, pode ser?!

Outra noite, quando o mar estava agitado e o petroleiro adernava perigosamente, o homem e a mulher se entreolharam, como costumavam fazer, cada um lendo interrogações idênticas nos olhos do outro: "Como será a vida no México, se porventura chegarmos lá?". Interrogações idênticas, mas também o mesmo medo, diariamente renovado: antes de partirem, não se cansaram de ouvir que, naquele país, o México, era possível contratar um assassino por um punhado de dólares.

4

O "amigo desconhecido", Diego Rivera, tinha uma mulher. Era sua terceira esposa. Desde seu casamento, em 1929 – ele tinha então quarenta e dois anos e ela vinte e dois –, haviam se separado diversas vezes, depois se juntado de novo. Pelo lado da mãe, a jovem mulher tinha sangue indígena e espanhol; do lado do pai, sangue alemão, mas também judeu húngaro de origem romena. Muito bonita, vestia traje nacional mexicano e usava joias suntuosas e bastante vistosas. Apreciava vinho e sexo e praguejava feito um carroceiro.

Depois de um terrível acidente que quase a matara, mas do qual havia se recuperado milagrosamente, tivera que enfrentar inúmeros abortos, passara por diversas cirurgias e usara vários coletes ortopédicos. Em diversas ocasiões, pendurada nua pelos pés, de cabeça para baixo, vivera em meio a pústulas de sangue e cheiro de clorofórmio, bandagens, agulhas, bisturis, amarrada, transpassada, dopada por analgésicos. Mas pertencia àquela geração exaltada oriunda da Revolução Mexicana, movida por uma emulação poderosa, um ardor infalível, um ativismo convicto de sua correção. Membro do Partido Comunista, via em seu engajamento político uma forma de exaltar a vida e superar a dor.

Era inquieta, alegre e, contrariando todas as expectativas, feliz com sua vida. Eis por que costumava proclamar: "Platão é um cretino ao afirmar que o corpo é um túmulo que nos aprisiona, assim como a ostra é prisioneira de sua concha". Eis por que gritava para quem quisesse ouvir: "Vocês não entenderam nada, pessoal, não é do meu sofrimento que eu gosto, é de sua originalidade!". Aliás, todas as vezes em que entrava numa sala de cirurgia, penteava os cabelos com esmero, passava pó no rosto, um batom berrante nos lábios e saudava os cirurgiões: "*Viva la vida!*".

Assim como Diego, pintava, isto é, traduzia seu sofrimento em arte; era como o rei Midas, que transformava fezes em ouro. Para ela, a pintura era um exorcismo.

Na aurora de 1937, era decerto menos conhecida do que o marido, mas já pintara telas bonitas e fortes, a óleo, pastel e lápis, e já desenhara muito. Era uma obra estranha, recheada de humor e violência. Em *Unos cuantos piquetitos* (*Umas facadinhas de nada*), via-se uma mulher toda lanhada, esfaqueada e, ao seu lado, em pé, o assassino, segurando na mão direita um punhal ensanguentado. Em *Hospital Henry Ford ou a cama voadora*, representara a si própria, nua, esvaindo-se em sangue. Acabava de sofrer um novo aborto e tinha nas mãos seis veias vermelhas ligadas a um feto, uma coluna vertebral, um caracol, uma orquídea, ossos pélvicos... "Tremendo autorretrato, é ou não é?", murmurava ao ouvido de quem observava sua tela.

Enquanto o petroleiro rumava para Tampico, ela acabava de passar por uma terceira cirurgia no pé direito, durante a qual lhe haviam extirpado os ossos sesamoides. A cicatrização tinha sido lenta e a úlcera trófica não desaparecera. Andava nervosa, à beira de mergulhar novamente na anorexia, e continuava a sentir nas costas, na altura da coluna vertebral, uma dor lancinante. Estava empanturrada de calmantes, que ingeria misturados com copos de tequila. A despeito do que chamava de pequenos "pepinos de saúde", estaria lá no cais e receberia o homem e a mulher. Seu nome: Magdalena Carmen Frida Kahlo.

5

Enquanto o petroleiro continuava a evitar os itinerários de praxe, alterar a direção, mudar de rota, o tempo passou, alternando o mar bravo e o calmo. No dia primeiro de janeiro de 1937, o canhão de alarme do *Ruth* disparou na solidão do oceano dois tiros de saudação ao futuro, acompanhados de um grito de sirenes – sem que nenhum eco respondesse a eles. O homem e a mulher não tiveram forças para se desejar feliz ano-novo. Mantiveram-se na amurada durante seu passeio diário e observavam o mar. Apenas Jonas Lie desejou a eles votos de felicidade num estilo floreado.

O homem que, a despeito de tudo, continuava a ler seus livros sobre o México, sentia nascer dentro de si uma espécie de esperança, da qual se defendia, de tal forma aquilo lhe parecia sem sentido. Aquele país, onde ainda perdurava a lembrança de Zapata e Pancho Villa, estava em vias de recompor sua identidade a partir de seu passado e empurrado pelas contribuições europeias, e isso em todos os domínios – cultura, religião, vida cotidiana. Importantes mudanças sociais e grandes reformas estavam em curso. O México tornara-se um polo de atração irresistível. Representantes das vanguardas estrangeiras, criadores do mundo inteiro, artistas franceses, espanhóis, alemães e americanos afluíam à Cidade do México, cidade generosa que oferecia asilo político às vítimas de todos os totalitarismos: russos fugindo das perseguições stalinistas, republicanos espanhóis escorraçados pelo franquismo, judeus da Europa perseguidos pelo nazismo, italianos expelidos pelo fascismo mussoliniano. Era um mundo novo que o esperava.

A vida às vezes forja coincidências estranhas: há exatamente vinte anos, o homem e a mulher já haviam saído da Europa através do mar. Expulsos da França e conduzidos à fronteira espanhola, tinham embarcado em Barcelona com destino a Nova York...

Em sete de janeiro de 1937, o homem escreveu em sua caderneta azul: "O ano que acaba de terminar será, na história, o de Caim".

Dentro de dois dias, o navio costearia o litoral mexicano. A mulher, compreendendo o misto de preocupação e alegria do homem com quem dividia a vida há tanto tempo, perguntou:

— Nunca mais voltaremos à Europa, não é?

O homem não respondeu, seu coração era palco de um tumulto infernal. Então, como sempre, impassível e reservada, a mulher se calou. Olhando-se no espelho do camarote, viu um rosto com os traços finos, no passado muito bonito, ainda conservando uma grande delicadeza, revelando muita ternura, emoldurado por um cabelo louro, fino e grisalho. Ia completar cinquenta e cinco anos e se chamava Natalia Ivanovna Sedova.

O homem, que se negara a tingir o cabelo para garantir o anonimato e que deixara novamente o cavanhaque, o qual raspara durante um tempo, tinha então cinquenta e oito anos. Queixava-se de estar perdendo a memória e de precisar de soníferos para dormir. Volta e meia se perguntava se a sensação de velhice que sentia era definitiva ou temporária.

— Sabe, Natalia, minha mocidade já se foi há muito tempo, mas tenho a impressão de que agora é a própria lembrança que eu tinha dela que evaporou.

O homem chamava-se Lev Davidovitch Bronstein, mais conhecido como Leon Trótski. Nas coxias do navio, aves barulhentas anunciavam terra mexicana à vista.

6

Tampico era um porto industrial cercado de pântanos sinistros, varrido pelas inundações e furacões. A cidade, onde ainda subsistiam alguns velhos prédios coloniais construídos no século XVI, estava nas mãos de vigaristas e petroleiros estrangeiros. Nas ruas formigava uma multidão heterogênea de missionários, escribas públicos, vendedores ambulantes, contrabandistas, prostitutas, bêbados que saíam das biroscas tropeçando nas pernas. Foi lá que, em nove de janeiro de 1937, o navio-petroleiro *Ruth* terminou seu périplo, ao fim de uma travessia que durara vinte dias.

Após várias horas de ziguezagues entre uma miríade de cargueiros, petroleiros e barcos de pesca, ele finalmente desligara seus motores bem no meio do porto. Leon Trótski batia o pé: havia agentes da GPU em toda parte, ele só consentiria em desembarcar se amigos fiéis viessem buscá-lo. Uma pequena lancha a diesel, na qual tremulava uma bandeira mexicana, parou contra o casco enferrujado do petroleiro, dissipando seus temores. A bordo, o general Francisco Múgica, ministro das Comunicações e Obras Públicas, trazia-lhe uma mensagem de boas-vindas do presidente Lázaro Cárdenas.

Leon Trótski, terno de *tweed* e calça de golfe; Natalia Sedova, touca na cabeça, saia justa até o meio das pernas, meia de seda preta e salto alto, avançaram pela escada metálica que descia do petroleiro. No desembarcadouro, foram recebidos por funcionários do governo, bem como por dois trotskistas americanos, George Novack e Max Shachtman, que esbanjaram demonstrações de amizade. O solo mexicano era o da liberdade reencontrada, mas eles ainda hesitavam: já podiam relaxar e deixar explodir a alegria reprimida anos a fio?

Destacando-se do grupo, uma belíssima mulher foi até eles, tomou-os nos braços, beijou-os e explicou que Diego Rivera, hospitalizado, não pudera vir recepcioná-los.

— Ele está realmente chateado — ela disse, acrescentando: — Meu marido sofre de problemas renais recorrentes...

— A senhora é Frida Kahlo? — perguntou Natalia.

— Sou — respondeu a linda mulher, incapaz de tirar os olhos do homem que estava à sua frente.

Difícil acreditar. Estava diante de Leon Trótski, aquele que, aos vinte e oito anos, em 1905, fora presidente do primeiro soviete de Petersburgo, aquele que criara o Exército Vermelho e que um dia tivera cinco milhões de soldados sob suas ordens...

Cumpridas as formalidades, Trótski enviou um telegrama ao presidente Cárdenas testemunhando sua profunda gratidão e reiterando seu compromisso: não intervir nos assuntos internos do país. Em seguida, os dois passageiros foram conduzidos sob escolta ao seu hotel, onde um quarto sem ostentação, porém confortável e limpo os esperava.

A curta distância percorrida entre o cais e o saguão do hotel permitira-lhes descobrir uma cidade mais para feia, poluída, que não deixava de lembrar Baku, no Azerbaijão.

Da janela, que dava para a praça das Armas, avistavam a recentíssima catedral, mistura de aço e cimento com formas curiosamente góticas, cujo chão, diziam, era pavimentado com suásticas, e, mais adiante, um quiosque de música, espécie de coreto de ferro fundido em estilo mourisco.

— Então é aqui que tudo começa — disse Natalia.

Leon não respondeu. Pensava no perfume de Frida. Já topara com mulheres que o usavam, mas nela o cheiro era diferente: Shocking, de Schiaparelli. Todo homem sensível à beleza feminina conhecia a história do célebre frasco esculpido por Leonor Fini, que se inspirara no busto de Mae West...

7

No dia seguinte, às primeiras horas da manhã, o trem presidencial *Hidalgo* partiu. Na dianteira, logo atrás da locomotiva, estava um vagão de aço, vigiado por pequenos soldados franzinos, em uniformes sujos de algodão. Alguns haviam subido no teto com seus fuzis: as sentinelas. A bordo do vagão: Leon Trótski e Natalia Sedova, o general Beltrán, representante do presidente da República, vários guarda-costa armados até os dentes, e Frida Kahlo. Antes de entrarem na estação, Leon Trótski e Natalia Sedova tiveram de atravessar a malta de jornalistas que os esperava. Enquanto subiam no vagão, e ficaram cara a cara com um policial, ambos esboçaram um movimento de recuo, invadidos por uma sensação de medo que eles conheciam bem e que significava: "Estão nos levando para outro cativeiro...".

Mas dessa vez estavam errados. Quando o trem se moveu, ofereceram-lhes bebidas quentes e um lanche. Tinham à sua disposição os jornais do dia, um aparelho de rádio e uma linha telefônica. O general Beltrán chegou a lhes mostrar um pote de geleia, esclarecendo:

— Para colocar no chá, é assim que adoçam no seu país, não é?

Os seiscentos quilômetros que separam Tampico da Cidade do México foram percorridos em dez horas. Pánuco, Tempoal, Huejutla, Molango, Pachuca eram lugares ermos, calcinados pelo sol, tomados por palmeiras, cactos e arbustos. Às vezes o trem passava no meio de altos aglomerados de rochas cor de madrepérola ou atravessava uma via estreita emoldurada por muralhas de um verde intenso. Quando passava por uma estação, em marcha lenta, o suboficial de farda cáqui, que andava de um lado para o outro no corredor ao longo do compartimento, pistola automática cromada na mão, ar misterioso, escondido atrás de bastos bigodes, abaixava as cortinas para depois abri-las uma vez transposto o obstáculo. Mas Leon Trótski e Natalia Sedova tinham tido tempo de observar nas plataformas filas de vendedores ambulantes oferecendo cestas de frutas, tabaco, doces, bilhetes de loteria, cactos em conserva, animais, cigarros. As mulheres usavam um xale preto na cabeça; os homens trajavam preto e branco, às vezes azul.

A poucos quilômetros da Cidade do México, o trem parou num descampado.

— Não tenham medo, é para sua segurança — disse o general Beltrán.

Dois grandes Dodge cor de borra de vinho os esperavam próximos à via férrea. No primeiro, Fritz Bach, um militante socialista de origem suíça, e Antonio Hidalgo, antigo companheiro de luta de Emiliano Zapata. No segundo, um policial encarregado de sua proteção. Poderiam embarcar neste último com aquela a quem já chamavam de Frida.

Quando a operação estava prestes a começar, perceberam uma multidão ruidosa que saía dos bosques vizinhos e se dirigia ao comboio, carregando faixas de boas-vindas ao "camarada Trótski" e entoando cânticos revolucionários ao som de trompetes e violões. Simultaneamente, outro grupo surtiu, por trás dos Dodges, parecendo querer ameaçar o primeiro. Com bandeiras do Partido Comunista tremulando ao vento, os homens e mulheres que o compunham cantavam, adaptando a letra, o hino do exército de Pancho Villa, cantarolado nos salões de baile:

A Trótskiracha, a Trótskiracha
ya no puede caminhar
Porque no tiene, porque le falta
inteligencia pá luchar.[1]

---

1. "O Trótskidedoduro, o Trótskidedoduro/ não pode marchar,/ porque não encontra, porque lhe falta/ inteligência para lutar."

Enquanto os dois grupos avançavam um na direção do outro, Leon Trótski, Natalia Sedova e Frida Kahlo tiveram o tempo certo de se enfiar num dos dois carros que arrancou abruptamente, enquanto os dois policiais, agarrados nas laterais do veículo, davam tiros para o alto para dispersar os manifestantes.

Num primeiro momento, ninguém quis falar. Reinava um silêncio estranho no carro, misto de tristeza e medo. Natalia Sedova apertava as mãos do marido. Frida, espremida entre Trótski e a porta, não sabia o que dizer, sentindo contra si o corpo do grande russo todo encolhido, agitado intermitentemente por ligeiros sobressaltos. Após enveredar por uma estrada reta ladeada por árvores, a pequena caravana percorreu um longo e caótico caminho, depois entrou numa série de subúrbios cada um mais sórdido que o outro. O sonho mexicano estava em vias de desaparecer justamente quando acabava de nascer?

Dali a pouco o tráfego se intensificou. Em meio a uma profusão de prédios com rachaduras, surgiram bondes amarelos que pareciam deslocar-se a toda velocidade, improváveis ônibus Ford caindo aos pedaços e lotados de gente, um fluxo de automóveis que faziam um barulho terrível e um desfile ininterrupto de camponeses, soldados, mulheres com crianças no colo, burros carregando fardos pesados.

— Estamos entrando na Cidade do México — disse Frida.

Foram suas primeiras palavras. Natalia Sedova lhe respondeu com um meneio da cabeça e seu vizinho com um sorriso.

Construída como um tabuleiro sobre as ruínas da capital asteca, a Cidade do México exibia, sob seu céu de porcelana, ruas em forma de grades, largos verdejantes, sobrados coloniais antigos, mas também, aqui e ali, prédios modernos em construção e outros atacados pelas picaretas dos demolidores. Leon Trótski e Natalia Sedova não ousavam acreditar naquilo e, arregalando os olhos, descobriam uma cidade como jamais tinham visto, com muros cobertos de afrescos enaltecendo os méritos dos camponeses, operários e zapatistas e ridicularizando os capitalistas, conservadores e padres pintados em posições humilhantes e com os rostos deformados. Urbe em plena mutação, a Cidade do México conservava profundos vestígios de seu passado.

— A Cidade do México foi uma cidade baixa durante muito tempo. Poucos prédios tinham mais de dois andares e os terraços formavam outra cidade acima da primeira — explica Frida.

Natalia, inquieta, termina por perguntar em que hotel iriam ficar. Frida cai na gargalhada.

— Ora, vocês vão para a nossa casa, em Coyoacán!

Trótski manifestou certa preocupação. Parecia-lhe que o Dodge percorria ruas pelas quais já passara.

— Gran Ferretería de la Palma — observou —, é a segunda vez que...

Frida não permitiu que ele terminasse a frase:

— É de propósito, é para enganar o inimigo... Está tudo bem, eu garanto.

Sem o temor do desconhecido que os acompanhava havia muito tempo, Leon Trótski e Natalia Sedova estariam quase felizes. Aconchegados no potente Dodge, eram um pouco como dois turistas visitando uma bonita cidade cor-de-rosa repleta de igrejas e palácios, bem como palacetes imitando os de Paris, prédios dotados de grandes vestíbulos pintados e ornamentados com sacadas de ferro. O carro seguiu seu percurso, passando de ruelas estreitas a largas avenidas. Parecia-lhes que em cada esquina apaixonados se beijavam em silêncio.

Diante do ministério da Guerra, Natalia Sedova observou, impassível, os soldados fardados que executavam a troca de guarda, batendo a coronha de seu fuzil em seus cinturões. Sentia-se quase tranquila. Quando o Dodge entrou na avenida Insurgentes Sur a toda velocidade, Leon Trótski sentiu o corpo inteiro relaxar. Coyoacán, último destino de sua viagem, era um vilarejo perto da Cidade do México, um dos muitos que vinham ocupando o espaço que separava a capital do que antes não passava de pântanos e terrenos baldios. Pelas janelas entreabertas do Dodge, o ar fresco trazia os eflúvios dos eucaliptos e palmeiras espalhados pelos parques ao redor.

Por fim, os dois carros desaceleraram e pararam na esquina das ruas Allende com Londres.

— Pronto, é aqui — disse Frida, mostrando aos passageiros uma imensa casa térrea, com os muros pintados num intenso azul-cobalto e exibindo janelas altas com pequenos caixilhos. Grandes árvores estendiam suas sombras móveis sobre uma fileira de postigos verdes.

— Que cor extraordinária — disse Natalia.

— Aliada ao vermelho e ao verde, ela afasta os maus espíritos — respondeu Frida.

Recostado na porta, uma espécie de gigante bonachão fazia largos gestos de boas-vindas.

— É Diego, Diego Rivera? — perguntou Trótski, pousando sua mão sobre a de Frida.

— Sim — ela respondeu simplesmente, aliviada por ter cumprido sua missão sem maiores problemas.

8

Rapidamente o pequeno grupo adentrou a casa, aos abraços e beijos. Exceto pelo incidente na saída do trem, tudo correra às mil maravilhas. Por um curto instante, o tempo desacelerou: quando, após se abraçarem, Diego Rivera e Leon Trótski fitaram-se demoradamente. Para Diego Rivera, Leon era o homem que Lênin escolhera, aquele que deveria ter governado o gigante soviético, o único a ter mantido intacto o ideal revolucionário, o homem que ele mais admirava no mundo e que pintara em seus afrescos como o "líder da classe revolucionária do mundo". Para Trótski, o pintor mexicano era o homem que lutava sem descanso contra as forças do capitalismo e da exploração, que usara o dinheiro pago pela Fundação Rockefeller para pintar uma cópia dos afrescos da Radio City na sede da New Workers School e colocara Lênin no centro de seu afresco intitulado *O Homem, senhor do universo*. Diego Rivera, a quem ele saudara como o "maior intérprete da Revolução Russa por intermédio da arte", era também aquele que acabava de lhe devolver sua liberdade e dignidade.

— A arte, quando é boa, como a sua, eleva o espírito humano — disse Trótski.

— A política, praticada por gente como você, torna o homem melhor — respondeu Rivera.

A conversa continuou até uma conclusão comum: a política, hoje, tornara-se tão destruidora quanto havia sido a religião no século xv.

Frida, puxando Natalia Sedova pelo braço, propôs que interrompessem momentaneamente aquela conversa política, a fim de que os hóspedes ficassem à vontade, e decidiu mostrar-lhes a casa na qual nascera e que agora seria deles, acrescentando:

— E sugiro que todo mundo se trate por você. Não somos burgueses, porra!

Com cerca de quinze cômodos, a casa, bastante iluminada, era repleta de flores, estatuetas pré-colombianas e quadros. Tinha vários quartos, um dos quais destinado ao segurança; uma grande sala de jantar, com mesa quadrada de pinho e uma cristaleira, onde poderiam receber todos os amigos que desejassem; uma cozinha, abundantemente abastecida; um vasto aposento iluminado que, livre dos bonecos de Judas em papel machê que cobriam o chão e as paredes, poderia servir de escritório para Trótski; por fim, o quarto onde já haviam deixado as malas de Natalia e Leon. Dois cômodos estavam fechados e serviam de depósito. Um último estava tomado por mesas, cadeiras, estantes de livros e ídolos ainda não classificados. A casa, em forma de U, era disposta em torno de um pátio, para onde se tinha acesso através de portas-janelas.

— Ele já existia antes do casamento dos meus pais — disse Frida. — Servia de sala de jantar externa. Quando eu era criança, dávamos festas aqui.

Natalia não conseguiu prender as lágrimas. Plantas tropicais agarravam-se às paredes, buquês de girassóis brotavam de grandes vasos de terracota e uma profusão de pombas fazia ninhos nos jarros. No centro do pátio destacava-se uma pirâmide com degraus que formavam pedestais para ídolos pré-colombianos. Ouviam-se periquitos piando na folhagem de um jacarandá com imensas flores roxas. Nas gaiolas, aves cantavam ou grasnavam. Buganvílias, laranjeiras, cactos faziam desse pátio um recanto de paraíso onde ela poderia passear e tomar sol. Se acrescentarmos os gatos cinzentos de pelo longo e os cães de cores improváveis, o lugar era um universo à parte, uma arca de Noé que os salvaria da morte.

Toda essa felicidade não podia fazê-los esquecer da realidade. Diego tranquilizou-os. Não tinham com que se preocupar, todas as precauções haviam sido tomadas para protegê-los. As janelas que davam para a rua tinham sido vedadas, a casa contígua e seu jardim foram comprados para o caso de um eventual ataque e em breve um muro de tijolos seria erguido na calçada, em frente ao portão de entrada. Estava acertado que os policiais estacionariam em frente à casa durante o dia e uma guarda privada – formada essencialmente por trotskistas mexicanos, jovens operários, professores e intelectuais – se revezaria à noite; ao todo, cerca de trinta homens armados. O irmão de Lupe Marín, ex-mulher de Diego, seria seu médico pessoal e vários empregados seriam colocados à sua disposição para providenciarem suas necessidades.

Concluída a visita à Casa Azul, Diego e Frida decidiram ir embora a fim de deixar seus hóspedes se instalarem. Então, Natalia manifestou uma preocupação. Emprestavam-lhes aquela casa, mas e eles, onde morariam? Frida caiu na risada.

— Quando não estamos separados, o que é muito comum, moramos em San Ángel, um bairro pertinho daqui! Podemos inclusive trazer pimenta para vocês, se faltar para cozinhar.

Frida não exagerava. Menos de quinze minutos após partirem, Diego voltou, preocupado com seus convidados, armado com uma metralhadora Thompson para protegê-los. Leon conseguiu convencê-lo de que podia voltar para sua casa. Ele mesmo estava armado, bem protegido pela polícia, e achava que já abusara demais de sua hospitalidade. Diego terminou indo embora, após dar um forte abraço em Leon e beijar Natalia gulosamente. Lembrando-se do que ela dissera quando observava de sua janela a catedral de Tampico, Natalia pensou: *Não, é agora que tudo começa. Estamos num novo planeta, na casa de Frida e Diego.*

A primeira noite de Leon foi agitada. Enquanto Natalia dormia profundamente, ele se levantou diversas vezes e foi para o pátio, respirando intensamente, procurando em vão as fragrâncias da aurora próxima, os limões do lago asteca, a espuma da noite nativa. Nada a fazer. A exemplo dos sonhos, os perfumes perdidos – aqueles a respeito dos quais os livros sobre o México lhe haviam falado tanto – recusavam-se a voltar. Natalia acabou se juntando a ele.

— Aconteceu alguma coisa?
— Não, fica tranquila.
— Ouvi você gritar.
— Claro que não, você deve ter sonhado. Vá se deitar.
— Como preferir...
— Boa noite.
— Boa noite.

Depois que Natalia voltou para a cama, Leon entrou na casa e sentou-se num grande sofá. Após observar detidamente o retrato de uma mulher, sem dúvida pintado por Frida, de perfil, mãos superpostas na barriga, mostrando no segundo plano uma pequena árvore estilizada e no primeiro alguns galhos debruçando-se delicadamente sobre um rosto que, sem saber muito o porquê, o atraía, terminou por adormecer, a cabeça encostada nas almofadas bordadas perfumadas com as fragrâncias de Shocking de Schiaparelli e pensando no decote profundo da mulher do retrato.

9

Nos dias seguintes à sua acomodação na Casa Azul, Trótski recuperou um entusiasmo que julgava perdido para sempre. A chegada de Jean van Heijenoort, rapaz de vinte e cinco anos, alto e esbelto, que, desde outubro de 1932, era ao mesmo tempo seu secretário, tradutor e guarda-costas, era um dos motivos. Em pouco tempo, seu escritório foi instalado, colaboradores recrutados, as tarefas de cada um distribuídas; encontraram até uma datilógrafa russa muito competente, Rita Jakovlevna, que, a partir de dezesseis de janeiro, pôs-se ao trabalho. O essencial das atividades contempladas por Trótski destinava-se a cobrir as despesas do dia a dia: promoveria seminários sobre questões da atualidade, daria entrevistas remuneradas, venderia inclusive cópias de sua correspondência política, e, se isso não bastasse, proporia a uma editora, depois da biografia de Lênin, uma de Stálin, o que Natalia desaprovava, julgando que ele se rebaixava ao aceitar fazer o retrato de seu rival e inimigo.

Nos primeiros tempos, Trótski permitiu-se inclusive o luxo de dar alguns passeios pelas ruas de Coyoacán, que a mãe de Frida chamava de "a aldeia". Conheceram assim desde a praça Hidalgo e do parque do Centenário, perto de antigos canais com cercas vivas, até a praça de la Concepción, onde uma velha casa pintada de vermelho-sangue pertencera, diziam, a Malinche, companheira indígena de Cortés, que virara símbolo de traição e de conluio com o estrangeiro.

Contudo, embora o homem político fosse capaz, em pouco tempo, de montar uma equipe eficiente e tomar todas as precauções requeridas quando se deslocava, chegando até a declinar um convite do general Cárdenas por julgar que seus inimigos não deixariam de ver nisso uma espécie de conspiração entre o presidente mexicano e ele, o ser humano que era revelava-se incapaz de fazer face às minúcias da vida cotidiana.

Certa manhã, por exemplo, a irmã de Frida, Cristina, que fora obrigada a deixar a Casa Azul, que ela ocupava junto com o pai e os filhos, a fim de que Trótski se instalasse, veio bater à porta para pegar algumas roupas que havia esquecido na correria da partida. Ironia do acaso, foi Trótski quem veio recebê-la depois que os policiais a trouxeram para o lugar que ainda recentemente fora sua casa.

Baixinha, rechonchuda, bonita, supervaidosa, com imensos olhos azuis esverdeados, uma espécie de braço-direito de Frida, Cristina era antes de tudo sua irmã, com a qual dividia segredos, tristezas e alegrias. Como Natalia saíra, Trótski ficou um certo tempo com ela, que lhe contou um pouco de sua vida. Com verdadeiro bom humor, revelou-lhe que, ao contrário de Frida, a quem adornavam com todas as qualidades, apelidaram ela de a "*chaparita*", isto é, "baixinha". Julgavam-na desajeitada, idiota, criticavam-na até mesmo por sua saúde exuberante, quando sua irmã já tivera de enfrentar tantas cirurgias, acidentes e enfermidades.

Trótski, encantado, não falava mais nada. Estava perturbado e não encontrava nenhuma explicação para sua perturbação, até que a jovem, saltitando feito uma bailarina, pergunta se ele vira seu retrato pintado pela irmã.

— Que retrato? — ele perguntou.
— O que está atrás da gente, acima do sofá!
Nele Cristina usava o mesmo vestido branco, superdecotado...
Antes de ir embora, com os braços lotados de sacolas contendo as roupas que viera buscar, fez Trótski prometer que um dia a convidaria para tomar um sorvete ou um coquetel de coco no Plaza, um dos bares badalados de Coyoacán.

A partir desse instante, Trótski não descansou até descobrir onde Cristina morava, na realidade a alguns quarteirões da rua Londres, dedicando seus dias a elaborar estratégias, fazer perguntas, inclusive deixando o trabalho de lado para tentar encontrar o endereço da moça. Jean van Heijenoort, bastante hostil ao plano, tentou dissuadi-lo, aconselhando-o a continuar o ditado de seus escritos. Mas Trótski, passando horas diante do retrato da mulher com o decote profundo, insistiu. Parecia não se interessar por mais nada, a tal ponto que foi preciso toda a força de persuasão de Natalia, que evidentemente não desconfiava de nada, para que ele aceitasse o convite para jantar que Frida e Diego lhe haviam feito para comemorar sua chegada, desculpando-se por não tê-lo feito antes.

— Não podemos recusar, Leon. É impossível, impossível — decidiu Natalia.

— Nunca encontraremos a casa deles...

Natalia, geralmente mais calma, teve toda a dificuldade do mundo para conservar o sangue-frio:

— A poucas ruas daqui, na esquina da rua Palmas com avenida Altavista, não é muito complicado!

— As casas são todas iguais...

— Duas construções cúbicas de frente uma para a outra e ligadas por uma passarela: a maior, cor-de-rosa, de Diego; a menor, azul, é o ateliê de Frida, e ao redor uma cerca de cactos tubos-de-órgão, por acaso você já viu muitas assim, na Cidade do México? E Jean já estudou o percurso.

— É uma conspiração, só pode ser. Enfrentei conspirações a vida inteira. Você é uma conspiradora, Natalia Ivanovna Sedova!

— E você um cabeça-dura, Lev Davidovitch Bronstein — respondeu Natalia, que sorriu, constatando ter alcançado seu objetivo.

10

— Com uma pistola na mão, aquele lixo! — berrava Diego, de pé sobre sua cadeira, engolindo um enésimo copo de tequila.

Em volta da mesa decorada com uma guirlanda de pétalas de rosas vermelhas formando a frase "VIVA TRÓTSKI", cerca de trinta pessoas faziam coro com o orador, aplaudindo, emitindo gritos estridentes, imitando barulhos de animais. Antonio Hidalgo, o alto funcionário que acompanhava Trótski e fazia a ligação entre o governo e as diferentes forças da ordem que o protegiam, começou a lhe passar algumas informações sobre os convidados presentes:

— Essa é Guadalupe Marín, ex-mulher de Diego. Ali, é Juan Guzmán, um fotógrafo nascido na Alemanha. À sua esquerda, Chucho Paisages, amigo de infância de Frida. Aurora Reyes, uma muralista. Carlos Chávez, regente da orquestra sinfônica...

Diego interrompeu de repente o discurso, precisava fazer um anúncio solene, que provocou um silêncio admirativo.

— Senhoras e senhores, Leon Trótski e Natalia Ivanovna Sedova.

Rosto emoldurado por cabelos grisalhos, cabeça altiva, corpo empertigado, peito forte, costas largas e robustas, Frida descobria um homem que afinal ela mal vira, a quem julgara, não se sabe por que, baixinho e que na realidade devia medir um bom metro e oitenta. Visivelmente seduzida, lançou:

— Leon, sente-se à minha direita, Natalia à minha esquerda — ao mesmo tempo pedindo aos convidados que pulassem um lugar, o que todos fizeram de boa vontade numa alegre algazarra.

Jean van Heijenoort e Antonio Hidalgo, armas presas à cintura, postaram-se diante das duas saídas que davam para a enorme cozinha, onde acontecia o jantar: a porta e a janela.

— Permitam, caros amigos, que eu recomece minha história do início...

— Enquanto comemos, por favor — interrompeu-o Frida, que fez sinal aos empregados para que começassem a servir, esclarecendo em voz alta —, após as décadas burguesas da gastronomia francesa, convido-os para uma refeição mexicana: pimentas frias recheadas, croquetes de camarão e figos-da-índia acompanhados de alecrim fresco, feijões pretos fritos cobertos com queijo e bolinhos de milho crocantes.

— Meus pratos preferidos — acrescentou Diego para os recém-chegados, ao mesmo tempo voltando ao contexto de sua história.

Pilar inabalável do Partido Comunista Mexicano, David Alvaro Siqueiros, um dos três grandes pintores muralistas do país, ao lado de José Clémente Orozco e Diego, assumira há muito tempo, e sem ambiguidades, posições de um sectarismo radical, definindo a si mesmo como um "artista soldado". Tendo lutado na Revolução Mexicana e durante a Guerra Civil Espanhola, Siqueiros era considerado por alguns um verdadeiro matador. Feroz adversário de Diego depois que este abandonara o Partido, nunca perdia a oportunidade de atacá-lo. Ora, dias antes realizara-se na Cidade do México uma reunião pública durante a qual os dois galos de briga haviam se encontrado no mesmo palanque.

— Aquele veado me chamou de "falso revolucionário", de "oportunista cínico"! E ainda gritou no microfone que meu trabalho demonstrava uma "técnica precária e uma imaginação limitada".

— E como você reagiu? — perguntou a historiadora Anita Brenner, enquanto regava excessivamente suas pimentas recheadas com um molho agridoce.

— Chamei-o de assassino, falei que ele deveria ter intitulado seu afresco "Marcha da Humanidade rumo à Revolução" de "Marcha dos puxa-sacos stalinistas" e saquei a minha pistola.

— Sua pistola? — não pôde abster-se de exclamar a mulher de Trótski.

— Sim, Natalia, minha pistola.

— E aí?

— E aí ele sacou a dele e começamos a sacudi-las sobre nossas cabeças, continuando a nos xingar.

— Eis o México... — sussurrou Frida ao ouvido de Leon.

Diego prosseguiu:

— E então abrimos fogo, os dois ao mesmo tempo. Arrebentamos as placas de gesso do teto, o público começou a deixar a sala. Quando anunciaram a chegada dos tiras, fomos cada um para o seu lado, até a próxima vez! Aí eu vou mirar nos seus colhões!

Salvador Novo, poeta, cronista célebre, e incidentalmente ex-amante de Frida, tomou a palavra. Sua declaração soou como uma conclusão:

— Pois bem, caros amigos, já sei o título do meu próximo artigo. Qualificarei esse drama político-estético de "esplêndida representação da luta do stalinismo contra o bolchevismo leninista".

— O que acha disso, meu caro Leon? — perguntou Diego.

Foi Frida que respondeu em seu lugar:

— Meus caros amigos, meus *cuates, cuatazones, cuatachos*, Leon não acha nada, está descobrindo a comida mexicana e gostaria de comer em paz.

Diante da cara de pasmo de Trótski, que, acostumado a tudo menos a ser interpelado daquele jeito, todo mundo caiu na risada, a começar por ele, o grande Lev Davidovitch Bronstein, totalmente seduzido pela audácia de Frida, que parecia querer gozar de todos os instantes da vida, o mundo à sua volta não passando de um eterno pretexto para se divertir.

Apesar de alguns tentarem várias vezes voltar ao terreno político a fim de saber se os mexicanos tinham direito ou não de se gabar do fato de sua revolução, precedendo em sete anos a da Rússia, ter aberto o ciclo das reivindicações proletárias no século XX, a noite deslizou para preocupações mais triviais. Leon Trótski estava nas nuvens e descobria outra vida, outra maneira de ser e se comportar.

— Devemos celebrar tudo — dizia Frida —, batismos, aniversários, e participar de todas as festas populares, religiosas e profanas – e até dançar com a morte.

Parecia que fazia décadas que ele não rira tanto, sem restrições, sem remorso. Aquilo lhe lembrava sua temporada em Paris entre 1914 e 1916, antes que as autoridades francesas o expulsassem. A vida então era barata. Ele e seus amigos de Montparnasse passavam horas nas mesas do La Rotonde e do Dôme, aquecendo-se com uma xícara um café pingado e reconstruindo o mundo. Um dia, Libion, o dono do La Rotonde, dera a ele inclusive cinco francos, dizendo: "Vai procurar uma mulher, você está com um olhar de louco". Aquela juventude, aquela liberdade, a certeza de que tudo era possível, novo, ele reencontrava ali, intacta.

No centro daquele grupo frenético feito de ritos, de provocações, de uma certa forma de liberdade inteligente, cumpre dizer que Frida era a rainha inquestionável da festa. Se a primeira parte da noite fora integralmente de Diego, a segunda era incontestavelmente dela. Horas a fio, cantou com sua voz de falsete *corridos* e estrofes de *La Malagueña*, excedeu-se nos palavrões, emendou um trocadilho ruim atrás do outro, criando a torto e a direito diminutivos adaptados a cada pessoa, *doctorcitos* para seus amigos médicos, *chulitos* para seus amigos homens, *chaparritas* para as mulheres baixinhas, chamando a si mesma de *chiquita*, a *chicuita*, a *Friducha*, nunca terminando uma frase sem acompanhá-la de poderosas gargalhadas – *carcajadas*.

Naquele país onde a situação das mulheres, apesar da revolução, deixava nitidamente a desejar, mesmo nos meios mais favorecidos, onde só participavam para servir seu homem, e quase sempre permaneciam de pé durante os jantares, Frida despontava como uma formidável exceção.

Por volta das três da manhã, foram todos para casa. Um pouco bêbado e feliz, Leoncito, como o chamara Frida antes de beijá-lo na boca, entrou no carro. Natalia não parecia apreciar a exuberância de sua anfitriã, especialmente quando esta reivindicara querer encarnar abertamente "o fenômeno da homossexualidade feminina", o que visivelmente não deixara Trótski indiferente.

— Lembra do que você me disse depois da noite de ano-novo, na casa de Kamenev, em 1926?

— Faz mais de dez anos, foi há muito tempo — ele respondeu.

— Você me disse: "Não posso suportar isso! Bebidas, vestidos, conversa fiada! Parecia um prostíbulo!".

— Tem razão, Natalia. Nessa época, eu não fumava, não bebia, ia me deitar à meia-noite. Minhas únicas distrações eram a caça e a pesca. Eu encontrava minha felicidade passeando entre os juncos, de madrugada, espreitando um pato selvagem, estendendo redes, subindo um bosque íngreme para acabar matando um urso marrom. Havia muito vento, neve, água congelada. Mas aqui, Natalia, é outra vida, e ela me agrada. No ponto a que chegamos, é preferível vivermos plenamente cada segundo de felicidade, você sabe...

Trótski não imaginava ter tanta razão. Jean van Heijenoort foi obrigado a dar várias voltas em torno da Casa Azul antes de entrar na garagem que dava para a rua Allende. Achava que havia homens demais escondidos nos pórticos, dissimulados atrás das árvores ou se aproveitando da escuridão da noite, em suma, que a rua estava cheia de sombras suspeitas. Claro, a polícia mexicana tratava de proteger Trótski vinte e quatro horas por dia, mas não era a única a fazer uma vigilância especial. As autoridades americanas, que lhe haviam negado o direito de asilo, também haviam despachado "observadores", assim como o Partido Comunista Mexicano, que mantinha Moscou informada de seus mais ínfimos movimentos.

A observação de Natalia estragara sua noite. Deitou-se sem beijá-la, porém com uma certeza: não era mais Cristina que o perturbava, mas Frida.

11

Nas semanas seguintes, Frida e Leon encontraram-se muitas vezes. Uma amizade real nasceu entre eles. Frida gostava de ir à rua Allende, onde Leon a recebia em seu escritório. Com as mãos apoiadas no tampo da mesa de trabalho, depois logo as brandindo em gestos largos, ele abordava com desenvoltura assuntos políticos, aos quais voltava constantemente: a lealdade para com um governo que lhe permitira renascer, a lista comparativa dos méritos de Cárdenas e Lincoln, a triste certeza de que o francês Léon Blum nunca seria forte o bastante para resistir ao fascismo. Um dia, quando acariciava distraídamente com a mão os bonecos de Judas, fez esta singular confissão a Frida: "Se eu não estivesse lá em 1917, em São Petersburgo, a Revolução de Outubro não teria acontecido".

Foi como um clique. Frida pediu-lhe que evitasse, pelo menos nas conversas entre eles, o terreno da política. Queria trocas mais íntimas, mais amistosas, nas quais ele falasse dele. Leon aceitou sem hesitar. Descreveu então para ela a cabana de camponeses com telhado de palha plana, dividida em cinco quartinhos baixos, onde ele nascera e crescera até a idade de dez anos. Falou com emoção de sua mãe, que, em pleno inverno, lia para ele "com um ar assíduo e tranquilo", as letras do alfabeto que ele recortara, depois colara, uma por uma, nas vidraças da janela enfeitadas pela geada. Lembrou-se, comovido, da pequena revista que imprimiu com a ajuda de um primo mais velho, que desenhara a capa, das brincadeiras ao ar livre que ele não apreciava, ele que não sabia nem patinar nem nadar, da bela harmonia que reinava em Odessa entre judeus, gregos e russos. E falou sobretudo daquele sentimento de revolta que palpitava nele desde a infância; desde cedo soubera que pertencia àquela raça de rebeldes que consagram suas vidas ao progresso dos homens.

Frida mostrou a ele o quarto da Casa Azul onde ela nascera à uma hora da manhã; falou dos *corridos*, canções compradas por um centavo, que ela entoava a plenos pulmões com sua irmã Cristi, ambas fechadas num grande armário que cheirava a nogueira; da emoção ainda intacta em sua lembrança da Revolução Mexicana, que a impelira a entrar para a Juventude Comunista aos treze anos.

— Pensei que não íamos falar de política... — observou Trótski.

— Não é política, é emoção...

Em outros momentos, passeavam pelas ruas de paralelepípedos de Coyoacán, divertindo-se em driblar os seguranças. Em poucos passos, estavam no Zócalo, a praça principal, e no mercado, perdendo-se em meio a lojas de chapéus, vendedores de amuletos de prata e xales, de frutas cítricas e cana-de-açúcar, frutas em conserva e carne-de-sol. No chão, esteiras, terracotas, pirâmides de legumes. Nas ruas adjacentes, mulheres sentadas em círculo ofereciam bandejas de folhas com peixes alaranjados e prateados. E, quando a escuridão caía, os vendedores acendiam suas tochas de estanho e as chamas dançavam, vindo lamber seus rostos. Às vezes *mariachis* cantavam uma música em troca de alguns pesos.

Um dia, quando voltavam do mercado Melchor Ocampo, bem perto da Casa Azul, uma melancia nos braços...

— Veja — disse Frida — que fruta extraordinária! Por fora é toda verde, por dentro é de um vermelho e branco intensos. O agave, por sua vez, é escarlate, parecido com uma romã com pintinhas marrons. A *pitahaya* tem a pele fúcsia, contém uma polpa tingida de cinza-claro e é recheada com pequenas sementes pretas. É maravilhoso, não acha, Leon! Maravilhoso! Vou te dizer, as frutas, assim como as flores, são dotadas de uma linguagem e nos ensinam verdades ocultas...

Em seguida, pegou uma sapota, um melão, uma graviola, uma penca de bananas cor-de-rosa, acrescentou alguns abacates e colocou tudo numa cesta.

— Uma natureza-morta esplêndida, o que acha?

Leon, literalmente, estava nas nuvens.

Que vida nova, que felicidade! Iam ao cinema, o problema era escolher: Alcázar, Fénix, Mondial, Trianon Palace, Alameda. Depois do filme, às vezes, Frida convidava Leon para jantar num dos bares chineses da rua Bucareli. À tarde, empanturravam-se de *tortillas* de milho recheadas com queijo e pele de porco. Mais raramente, embora com o mesmo prazer, Leon encontrava Frida em sua casa, em sua outra casa do bairro San Ángel. Em sua primeira visita, não pudera circular e não reparara na mobília moderna: mesas, cadeiras, poltronas com estrutura tubular em aço encerado, assentos e almofadas forrados com um elegante couro verde-limão, tijolos vermelhos no teto, paredes brancas, assoalho amarelo – uma verdadeira casa de arquiteto...

Frida levou-o para visitar a casa, saltitando à sua frente feito uma bailarina: no térreo, a garagem que ela usava como despensa; no primeiro andar, uma sala de estar e de jantar e uma pequena cozinha; no segundo, um ateliê-dormitório provido de amplas sacadas envidraçadas e um banheiro. Por fim, no teto plano, um terraço, de onde saía uma passarela que levava ao ateliê de Diego. Foi ali que uma noite ele lhe contou que estava numa sala do prédio da companhia telefônica da Cidade México, numa ligação com trotskistas americanos reunidos num comício, quando a comunicação fora bruscamente interrompida, sabotada por agentes russos e americanos, inimigos subitamente unidos pela boa causa.

— Para fechar o seu bico! — disse Frida.

— Obviamente! — respondeu Leon.

Reservada no começo, Frida terminou por lhe mostrar uma tela em que estava trabalhando no salão do segundo andar. Pintara-se sentada, numa cama, ao lado de um títere gordo e nu, inanimado, quase estúpido. Não era uma mãe com seu filho, mas uma mulher posando ao lado de um boneco sem vida.

Leon disse:

— Sua solidão, não é?

Após um longo silêncio, Frida, sentindo-se vacilar, respondeu:

— Isso, exatamente isso.

— E como vai chamá-lo?

— "Eu e minha boneca"... Título provisório...

Era estranho como aquele homem, vindo do outro lado da terra, parecia conhecê-la e compreendê-la tão bem. Quase lhe contou que pintara aquele quadro depois de um novo aborto, mas pensou que ainda era muito cedo para confessar coisas tão íntimas. Pegou então a mão dele, beijou-a e disse "obrigada". O que o deixou confuso.

Alguns dias depois, Leon voltou a San Ángel. Cruzou com Diego, que saía batendo a porta. Frida estava aos prantos, deitada na cama de seu quarto-ateliê. Haviam discutido mais uma vez, violentamente, e Frida estava cansada. Na frente dela, Diego acabava de tentar contratar uma jovem vizinha para posar nua para ele e, para mostrar de que natureza deveria ser a relação entre o pintor e sua modelo, beijou a moça na boca.

— Na minha frente — Frida não parava de repetir —, porque ele sabe que detesto isso, que ele introduza sua língua à força na boca de uma mulher, na minha frente, isso me dá nojo, não tem jeito! E ele faz de propósito, se caga de rir dentro das calças!

Leon não sabia o que fazer, como reagir.

— Estou realmente de saco cheio. Outro dia, ele inventou uma teoria dizendo que Maria concebera Jesus ao ser transpassada por um raio cósmico. E que aliás isso acontecera a outras mulheres, como a nossa cozinheira, uma camponesa que ele acabava de engravidar! Ele pensa que sou uma idiota! As pessoas falam: que excelente contador de histórias, como fala bem! Que belo mentiroso, isso sim! Meu sonho é capar esse filho da puta e terminar com isso de uma vez por todas!

Fora de si, Frida chegou a confidenciar a Leon que o "Trótskismo" de Diego era uma grande piada. Tornara-se trotskista porque procurava um programa político no âmbito da esquerda revolucionária, mas fora do Partido Comunista evidentemente, e que, em caso de necessidade, pudesse sustentá-lo como artista.

— Por pura conveniência, Leon, nenhuma convicção pessoal! Trotskista, ele? Aqui ó!

As confidências de Frida eram tão íntimas que Leon não sabia como recebê-las. Por exemplo, soube que, na intimidade, ela e Diego tratavam-se por senhor e senhora, que brincavam de filhinho e mamãe e que, nesses momentos, o grande Diego Rivera falava como um bebê e ficava de quatro, deslocando seus cento e cinquenta quilos como podia. Soube que Diego era insaciável, imprevisível, constantemente infiel e que era impossível contar com ele "no plano afetivo", que se afastava sempre e nunca estava presente "nas situações difíceis"... Na realidade, as relações entre Frida e Diego eram bastante problemáticas.

— Estou tão triste e entediada que nem tenho mais vontade de pintar, Leon. Com Diego, a situação piora a cada dia. Depois de meses de tormento, eu achava que as coisas iam mudar um pouco, mas é exatamente o contrário que está acontecendo. Por isso sou essa mulher sozinha, sem um filho, fumando um cigarro ao lado de um boneco mumificado.

Frida concebeu um plano maquiavélico. Uma vez que se sentia seduzida, desde o início, por Trótski, ela, a comunista, se aproximaria mais ainda do grande homem. Essa ideia, que andava pela sua cabeça havia certo tempo, cristalizou-se um dia em que os dois voltavam do mercado das flores, em meio às coroas fúnebres dispostas nos estrados; anões levando buquês de violetas e de flores aquosas que se desfazem no ar; montes de flores cortadas, verdes, amarelas, prateadas, pretas, vermelhas, que têm o sabor adocicado da morte; toda aquela multidão de homens em armas, crianças nos colos dos pais, mulheres curvadas sob os embrulhos. Frida concebeu seu plano maquiavélico no âmago daquele México alegre, cheio de uma fúria profunda. Diego ficaria magoado para sempre.

Uma noite em que tinha ido visitar Leon e Natalia, disse a ele, no momento de se despedir:

— Poderíamos dar uma volta no Salon Los Angeles. Como dizemos aqui: "Quem não conhece Los Angeles não conhece a Cidade do México".

Em seguida, acrescentou: — *All my love.*

— *Me too* — respondeu Leon.

Ambos perceberam que acabavam de se exprimir em inglês, pois sabiam que Natalia não entendia uma palavra dessa língua. E aquilo os perturbou, aquela conivência instintiva, aquele segredo partilhado. Para um fim de fevereiro, fazia muito calor, e a flora, como os sentidos, parecia desorientada.

12

Desde sua chegada à Casa Azul, Trótski trabalhava diariamente, obedecendo a uma rotina agradável e numa relativa calma. Mas aquele dia era diferente, estava furioso. Enquanto sublinhava com lápis vermelho as passagens mais virulentas que a imprensa comunista mexicana acabava de lhe dedicar, lia-as em voz alta a Natalia:

— Escuta essa: "Trótski não passa de um boiardo contrarrevolucionário viajando com sua criadagem". E essa: "Casa Azul: o antro do novo guarda branco". E essa última: "É hora de tomarmos todas as providências para exprimir nosso desprezo por esse renegado".

— Lvionotchek, acalme-se. Era a mesma coisa na França, na Noruega, em todo lugar por onde passamos...

— Não me chame "Lvionotchek", por favor, é ridículo.

— "Leãozinho", não acha bonito?

Colocando diante dos olhos de Natalia o jornal da Confederação dos Trabalhadores Mexicanos, pôs-se a berrar:

— O ponto alto! O melhor para o fim!

— Evidentemente, é um bastião stalinista e seu primeiro-secretário, Lombardo Toledano, é um agente do Kremlin...

— Leia, Natalotchka, eu imploro, leia, não me deixe mais nervoso do que estou.

Natalia obedeceu:

— "Com a confirmação do rumor que acusava o presidente Cárdenas de expropriar os acionistas britânicos e americanos, instigado por Trótski, nós, operários da CTM, declaramos em alto e bom som que não haverá nem trégua nem descanso até que o judeu Lev Davidovitch Bronstein, chefe da vanguarda da contrarrevolução, inimigo do povo chinês, do governo espanhol e do proletariado, seja expulso! Quanto ao seu apoio a..."

Sem esperar o fim do artigo, Trótski saiu do escritório, batendo a porta de vidro feita com pequenos azulejos coloridos. Como as chuvas mexicanas haviam carcomido há muito tempo o betume dos vidros, estes foram caindo um atrás do outro, o estrépito cristalino de cada queda repercutindo em toda a casa... Uma vez no pátio, deixou a raiva passar. Mas a constatação era amarga: a amizade entre ele e Frida não parava de crescer, sua saúde parecia ter melhorado e eis que os malditos artigos o traziam de volta ao que sempre fora sua realidade profunda – bastava sentir-se feliz num dado momento para que o infortúnio batesse à sua porta.

O pior, contudo, estava por vir. E dessa vez o infortúnio não se limitou a bater à sua porta, arrombando-a ruidosamente. Quando acabava de passar alguns dias idílicos na casa de campo de Hidalgo em Bojórquez, perto de Cuernavaca, um novo processo se abriu em Moscou. Dezessete pessoas ocupavam o banco dos réus, entre elas, Trótski, principal condenado *in absentia*. Entre a série de acusações, uma mais absurda que a outra c sabotagem de ferrovias, roubo de comida, tentativa de assassinato de Stálin por envenenamento de seus sapatos e sua brilhantina – uma delas particularmente o afetava: criticavam-no por ter assinado um acordo secreto com Hitler e o imperador do Japão, a fim de tentar precipitar a guerra para retomar o poder na Rússia! Era preciso reagir rápido. Levando em conta que um homem não podia ser condenado sem ter a possibilidade de defesa, um comitê americano pela defesa de Leon Trótski foi formado, secundado em seus trabalhos por uma comissão de inquérito sobre os processos de Moscou dirigida pelo filósofo John Dewey, renomado professor no mundo inteiro, cuja participação bastava para garantir a seriedade da coisa.

Durante uma semana, a Casa Azul foi transformada num bunker: policiais revistando as visitas, portas-janelas camufladas com painéis de madeira, barricadas de um metro e oitenta de espessura feitas com tijolos cimentados e sacos de areia erguidos na calçada. No interior, após Natalia ter escondido provisoriamente uma grande tela representando um nu espanhol do século XIX que ocupava um dos banheiros, temendo que um jornalista mal-intencionado viesse contar que Trótski estava cercado de pinturas pornográficas, os cinquenta membros da comissão, ao fim de intermináveis discussões fielmente transcritas por Ruth Ageloff, uma jovem trotskista americana, terminaram por produzir um documento redigido em inglês desmontando uma por uma todas as acusações dirigidas contra Trótski: terrorismo, espionagem, sabotagem, traição, tentativa de envenenamento...

13

Durante esses dias sinistros, Leon só conseguira ver Frida uma vez. Para isso, tivera de driblar seus seguranças e os policiais de plantão nos arredores da casa. Jean van Heijenoort, fiel entre os fiéis, saíra ao volante do carro, enquanto Trótski, deitado entre os assentos da frente e o banco de trás, estava dissimulado sob um cobertor! Ressuscitou assim que encontrou Frida, que lhe mostrara um desenho a grafite intitulado *O acidente*. Nele, via-se uma moça deitada numa maca da Cruz Vermelha e um ônibus colidindo com um bonde cercado de pessoas mortas ou feridas.

— Eu tinha dezenove anos quando desenhei isso — disse Frida, acrescentando, ao beijar Leon na face. — Estou tão contente de te ver. Senti sua falta.

— Também senti sua falta.

— E então, esse julgamento?

— Alguém disse para não falarmos de política...

— Dessa vez é diferente.

— Está quase terminado. A luz está aparecendo no fim do túnel — Leon respondeu em tom de brincadeira, voltando a ficar sério em seguida. — Por que está me mostrando esse desenho?

— Nunca o mostrei a ninguém. Nem mesmo a Diego. Foi a única vez que desenhei o que aconteceu comigo.

— E o que foi que aconteceu?

— A moça na maca sou eu. Eu tinha dezoito anos...

Aquela tarde, aconchegada em Leon, Frida lhe descreveu aquele terrível dia de setembro de 1925, quando o ônibus que ela pegara foi abalroado por um bonde. Trajando um vestido leve que a colisão rasgara, via-se nua, revestida de tinta dourada, derramada de um pote que caíra das mãos de um passageiro pintor de parede. "A dançarina, a dançarina...", haviam dito os passantes. Um corrimão lhe penetrara no flanco e saíra pela vagina. O balanço final do acidente fora atroz: coluna vertebral fraturada, costelas e colo do fêmur rompidos, perna esquerda fraturada, pé esquerdo esmagado, entorse no ombro esquerdo, osso pélvico deslocado...

— Acharam que eu tinha morrido, Leon. E é verdade, naquele dia alguma coisa morreu em mim. A propósito, não posso ter filhos — murmurou. Depois acrescentou: — Desculpe, você tem tantas preocupações e eu o aborrecendo com histórias antigas.

— Não são histórias antigas, Frida. Fico muito comovido por você me contar tudo isso, todos esses momentos tão graves da sua vida.

— Você precisa entender uma coisa, Leon... O México, na superfície, é muito agradável. O sol brilha todos os dias, lindas flores decoram as árvores, há uma festa em cada esquina, mas na realidade esse lugar exala uma atmosfera cruel, penosa, destruidora. Os que moram na Cidade do México sabem disso há várias gerações: "O grito mexicano é sempre um grito de ódio". Nunca se esqueça disso.

As horas que ele passava com Frida eram sempre horas essenciais, leves ou profundas, mas sempre essenciais. Não que ele não amasse mais Natalia, continuava a haver entre eles aquela extraordinária e pronta disponibilidade de espírito, para pequenas e grandes coisas, e que dava invariavelmente pretexto a comentários profundos, mas com Frida ele redescobria sensações que esquecera há muito tempo. A comunhão de ideias entre os dois não era uma evidência, eles sentiam que em certos assuntos estavam muito distantes um do outro, mas sempre se surpreendiam mutuamente, por uma pureza comum, uma mesma paixão, o mesmo rigor a serviço de uma curiosidade ilimitada. O sexo ainda não estava presente na relação deles, mas ambos sabiam que, chegado o momento, aconteceria. Então Frida seria para ele um renascimento: com ela, tinha certeza, tudo seria possível e novo. Pois tudo que ele vivia com ela era possível e novo. Assim, quando ele lhe falava de seu amor pela natureza e pela pesca, seu interesse pela botânica, era como se os vivesse pela primeira vez. "A ilha de Prinkipo era coberta de pinheiros, cujo cheiro forte flutuava no ar. O sol era vermelho. O mar e o céu mudavam de cor nas diferentes horas do dia", dizia Leon a Frida, que partia com ele para uma viagem numa Rússia que ela tocava quase com os dedos, de auroras e crepúsculos lilases, sobretudo quando ele discorria sobre suas caçadas ao lobo na Sibéria, quando o camponês sai desabalado, desenrola um novelo de barbante besuntado com sebo e descreve um amplo semicírculo que o animal jamais conseguirá transpor.

Antes que ele retornasse à Casa Azul, Frida pediu a Leon um favor a que ele aquiesceu imediatamente: quando toda aquela funesta história de processo terminasse, os dois iriam ao Club Asteca, cujas paredes eram revestidas com folhas de papel prateado de chocolate, escutar a célebre e ilimitada Coquito, rainha do mambo e imperatriz do *cuplé*, e beber taças geladas de margarita.

14

Como as chuvas da primavera ainda não haviam começado, o aguaceiro da véspera fora apenas acidental. Reinava na Cidade do México uma atmosfera singular, como todas as vezes em que uma estação avança pela outra. Foi algumas semanas depois do fim da comissão Dewey que Leon começou a escrever bilhetes a Frida. Escondia-os nos livros que lhe enviava, frequentemente na presença de outras pessoas, a começar por Natalia ou Diego, recomendando a leitura da obra-prima que ele emprestava.

No começo divertida e lisonjeada com esses bilhetes, Frida contentou-se em lê-los sem responder. Certa manhã, porém, Diego – que acabava de terminar uma relação tempestuosa com uma tenista profissional, ao mesmo tempo em que reatava uma antiga com Ione Robinson, a quem conhecera sete anos antes – anunciou que devia partir por alguns dias para Toluca, a fim de trabalhar com a jovem modelo de quem acabara de fazer um retrato dos mais sugestivos: *Nu de Dolores Olmedo*. Por mais que Frida repetisse que Diego provavelmente procurava substituir a mãe por esposas e amantes, depois repelia essas substitutas uma após a outra para se vingar melhor daquela que o abandonara ainda criança, o sofrimento acumulado ao longo de todos esses anos tornou-se subitamente insuportável. Ela decidiu responder imediatamente às missivas inflamadas de um Leon Trótski cada vez mais prisioneiro de seu próprio jogo de sedução e fazer uma *mise-en-scène* para entregar a primeira resposta às cartas de seu pretendente. A fim de festejar o retorno de Diego, que acabava de pôr um fim sem dúvida bastante provisório à sua efêmera relação com a bonita Dolores, ofereceu um jantar para o qual convidou Natalia e Leon.

Para a ocasião, escolhera um vestido transparente de tule preto sobre uma combinação de seda num tom chamativo, deixando aparecer ombros e braços. Com as sobrancelhas em arco, nariz proeminente, lábios finos que faziam supor certa crueldade, queixo arredondado, a cabeleira abundante enfeitada com travessas, os seios altos sob a seda justa, sentada atravessada em sua poltrona com as pernas cruzadas vestidas com meias vermelhas, queria ser a rainha da noite. E o foi. Leon, sem voz, subjugado, não despregou os olhos dela.

No momento das despedidas, Frida presenteou seu hóspede com a *História da eternidade*, livro de um jovem e promissor autor argentino, um certo Jorge Luis Borges, dentro do qual inserira um bilhete. Aproveitando-se de um breve instante, durante o qual Diego fora a outro cômodo mostrar a Natalia uma estatueta pré-colombiana que acabava de comprar, Frida beijou Leon na boca e depois, sugerindo que esperava muito mais do aquele simples beijo, enfiou a mão direita dele entre suas virilhas.

De volta a Coyoacán, Leon fechou-se em seu escritório, abriu a *História da eternidade* e desdobrou a carta cuidadosamente inserida entre o miolo e a capa: um desenho em tinta roxa representava uma mulher deitada de barriga para cima, as coxas abertas, sexo aberto cor vermelho-sangue. Uma legenda esclarecia: "*mi natural position in life*".

Leon, sem conseguir dormir, terminou se levantando para tentar trabalhar em seu escritório. De madrugada, percebeu que um sol radiante expulsaria a chuva e queimaria nas ruas as crianças miseráveis e os cães vadios.

15

Nos dias seguintes, os dois "amantes" não puderam passar ao ato. Sem que Diego e Natalia fossem informados, ficou decidido que os dois casais empreenderiam uma série de excursões na região. Não convinha aproveitar os últimos dias de sol? O ritual era imutável. Depois que a polícia fora avisada, a partida se organizava na maior discrição. Dois carros, um dos quais uma picape, foram preparados. Faziam as malas, enchiam as cestas de lanches, os guardas armados abarrotavam os bolsos de cartuchos, depois, lentamente, a caravana partia.

Dois destinos foram especialmente escolhidos. O primeiro levou-os diversas vezes a Cuernavaca, o "chifre da vaca", uma das cidades mais antigas do país, assim rebatizada pelos espanhóis. Ritualmente, a cidade era atravessada a toda velocidade, exceto por uma parada no hotel Leandro Valle, onde Diego fez questão de mostrar a Leon o que o muralismo "podia fazer de mais horrível, quando era realizado por um pintor de parede, além de ser o mais retardado mental político": um afresco de Siqueiros supostamente representando a injustiça social...

Originalmente denominada "o lugar das árvores murmurantes" pelos nativos, Cuernavaca fica situada no âmago de uma região semeada de pomares e jardins, onde crescem buganvílias em abundância. Era essa alegre exuberância tropical que Diego queria mostrar aos seus hóspedes. Caminhando através dos canaviais e dos jardins repletos de pássaros e flores, os dois casais experimentavam um sentimento sempre renovado de embriaguez e felicidade: Natalia e Diego, porque era difícil resistir a tal exuberância; Frida e

Leon, porque a própria impossibilidade de poderem se tocar multiplicava o desejo que sentiam um pelo outro. Conseguiam apenas, por ocasião dos piqueniques nas clareiras ou das caminhadas no campo, trocar alguns olhares e eventualmente se roçar. Um dia, quando voltavam à fria e brumosa Cidade do México, o carro parou perto de uma goiabeira silvestre que se aproximava de um pequeno curso d'água. Diego colocou garrafas de limonada para esfriar e cortou duas grandes laranjas, cujas cascas grossas, uma vez esvaziadas, serviram-lhes de copo. Leon e Frida trocaram discretamente os seus, cada um bebendo no copo do outro – e isso os emocionou. Noutro dia, Frida permitiu-se tentar o diabo; sob a toalha branca enfeitada com bordados multicoloridos representando flores e pássaros da cesta de piquenique destinada a Leon, ela inserira um bilhete carinhoso – "Te amo. Até breve, meu amor!".

Sua segunda série de esticadas levou-os diversas vezes a Taxco. Como a cidade situava-se a quase duzentos quilômetros da capital, a viagem durava várias horas, tanto para ir como para voltar. Lá, Leon gostava de sair à procura de espécies raras de cactos, desenterrando espécimes enormes no fundo de córregos secos, as quais, titubeando, levava para o carro, embrulhadas em grossos sacos de pano, recusando obstinadamente que alguém fosse ajudá-lo. Em outras ocasiões, saía para dar longos passeios a cavalo nas pequenas montanhas que emolduram a cidade. Um dia, quando programara uma nova cavalgada, topou com um grupo de trótskistas americanos, que, não se sabe como, foram informados de que podiam cruzar com ele, se não nas ruelas de paralelepípedos dessa antiga cidade mineira, pelo menos nas colinas próximas, esporeando os flancos de sua égua alazã. Assim que percebeu o pequeno grupo, instigou seu cavalo, lançou gritos em russo e partiu no galope, sozinho, para grande lástima de seu secretário Jan Frankel, que não conseguiu segui-lo, e dos policiais encarregados de sua segurança.

Só quando voltou, bem mais tarde, já praticamente à noite, que o incidente veio à tona. Quando todo mundo estava sentado ao redor de uma travessa de *tacos de carnitas*, Jan Frankel, seu funcionário desde 1930, censurou Trótski por sua conduta, dizendo, em tom de brincadeira, que ela poderia ter provocado uma catástrofe e que era perigosa tanto para sua segurança como "pela causa que todos defendem ao redor dessa mesa". Leon e Frida olharam-se, perguntando-se de repente se o secretário não utilizava uma linguagem de duplo sentido e se não compreendera o que estava acontecendo entre eles. Louco de raiva, Trótski levantou-se e pediu a Jan Frankel que deixasse a casa "imediatamente, está me ouvindo, imediatamente", acrescentando que estava demitido de suas funções.

O fim da noite foi eletrizante. Natalia recriminava Leon por ter sumido e não compreendia por que ele se separava de um companheiro tão fiel pela simples questão de "um passeio a cavalo". Quanto a Leon, não suportava que Natalia o repreendesse assim em público. Percebendo que a atmosfera tornava-se cada vez mais pesada, Diego começou suas palhaçadas. Enquanto ingeria com uma volúpia exibicionista copos de tequila e de *pulque* com aipo e figos-da-índia, lançou-se numa de suas peculiares teorias, explicando que sua preferência ia para as lésbicas, sem dúvida porque ele mesmo devia ser uma! E quanto mais Natalia parecia manifestar sua desaprovação e constrangimento, mais ele exagerava:

— Nada é mais belo do que as mulheres e o amor, e isso é ainda mais evidente quando duas mulheres se amam e você é espectador, ou melhor, você participa de seus encontros...

Frida, não querendo ceder todo o espaço a Diego, declarou que a homossexualidade era uma coisa natural, que era a pessoa que contava e não a orientação sexual e que, aliás, ela gostava muito de fazer amor com mulheres.

— Belas nádegas arrebitadas, uma boceta peluda, belos seios arredondados, que maravilha! E os mamilos, meus amigos, são muito importantes os mamilos. Aliás, confesso que os prefiro escuros a cor-de-rosa!

Enquanto Natalia estava muda de vergonha, Trótski parecia atento e, afinal, excitado pelo dueto travado entre Diego e Frida. Enquanto olhava para ela, como sempre fazia quando podia observá-la como observador, achava Frida de uma beleza que, efetivamente, era só dela. Com seu olhar profundo, seu batom e seu esmalte escandalosos, suas duas longas tranças entremeadas por fitas e fios de lã, seus imensos brincos de ouro e suas correntes de casamento guatemaltecas usadas como colares, seu colete Tehuana com peitilho rendado e sua saia bordada de seda colorida, ela irradiava uma luz estranha e irresistível, contra a qual era impossível lutar.

Impressionava o contraste entre aquele Trótski jovial e imaturo, vingativo, saltitante, fazendo uma corte assídua a Frida e não perdendo nenhuma gota de sua beleza, que ele admirava sem jamais se saciar, no nariz e na barba de um Diego que parecia não enxergar nada e de uma Natalia que, sem dúvida, enxergava, mas se recolhia em silêncio; e o outro Trótski, que padecia de terríveis dores de cabeça, vertigens, que se queixava de pressão alta e reclamava o tempo todo "que a idade o traiu".

Ao voltar de um passeio a Taxco, durante o qual Frida lhe apresentara a sopa de ostras, à qual os mexicanos atribuem virtudes afrodisíacas, Trótski encontrou em seu escritório um exemplar de *A serpente emplumada*, livro de D.H. Lawrence, autor falecido havia alguns anos que morara por um tempo em Cuernavaca. Não o abriu imediatamente, para fazer durar o prazer que sentia invadi-lo. Seu chá estava muito quente, e ele despejou a xícara no pires e o bebeu, sorvendo-o em pequenos goles. Em seguida, abriu o envelope escondido entre as páginas do livro: "O suco dos seus lábios é rico de todas as frutas, o sangue da romã, a esfericidade do *mamey* e o abacaxi perfeito. Venha amanhã às oito horas. Na entrada oeste do parque do Centenário. Tenho pressa de estar com você, inteirinha, então você nunca mais me esquecerá". Assinado: "Sua *chiquita* Friducha...".

16

Sentada num banco sob uma imensa buganvília, Frida o reconheceu imediatamente. Os olhos escondidos atrás dos óculos escuros, a cabeça protegida por um *sombrero* mexicano e vestindo uma inusitada camisa florida. Leon Trótski entrava, hesitante, no parque do Centenário. Raspara a barba e o bigode...

Ele não a reconhecera, daí a hesitação da sua abordagem. Convém dizer que, embora Frida exibisse uma camisa preta enfeitada com bordados vermelhos e amarelos e uma saia vaporosa com grandes flores verdes, a sombra feita pela buganvília a escondia aos olhos dos transeuntes. Contudo, assim que se levantou, avançando em sua direção e lhe fazendo um pequeno aceno com a mão, todas as suas dúvidas desapareceram. A jovem matreira e alegre, cuja saia parecia voar a cada um de seus passos, só podia ser Frida. Ambos estavam conscientes de correrem um risco enorme, mas seu desejo era mais forte do que tudo.

— Sua barba, você a...
— Raspei. Fica mais discreto, não?
— Sim — respondeu Frida, rindo.
— E agora — perguntou Leon timidamente — o que fazemos?
— Agora você deixa comigo — limitou-se a responder Frida, beijando-o na bochecha.

Uma vez que o calor, naquele início de abril, era sufocante, Frida resolveu sair da Cidade do México e levar Leon a Xochimilco. Lá, na água dos canais, a sombra das árvores e no frescor dos jardins flutuantes repletos de flores e folhagens, o calor seria mais tolerável e, sobretudo, os dois passariam totalmente despercebidos. Pegaram o bonde até a estrada de Tlalpan e dali à rotunda de San Fernando, depois, após uma baldeação, chegaram finalmente a Xochimilco. Durante a viagem, enquanto julgara mais divertido sentar-se na segunda classe, onde apenas uma pequena balaustrada separava os passageiros do exterior, Frida entregou-se a ternas confidências. Aquela maneira de avançar em sua intimidade lhe permitia romper as últimas reticências que os haviam até ali impedido de passar a uma relação mais física. Leon bebia suas palavras.

Espremidos entre as cestas das mulheres que iam comprar legumes e flores, e as vasilhas, ânforas e potes de barro dos camponeses que iam ao mercado, Frida contou como roubara o boneco Juanito de sua irmã antes de escondê-lo em seu armário e como um dia sua mãe afogou na sua frente ratos que ela encontrara no porão da casa e, mais tarde, um cãozinho que ela amava tanto. Falou de seu pai, que tocava valsas vienenses ao piano, que ela escutava em silêncio sentada ao seu lado, e ainda de muitas outras coisas. De seu primeiro desenho, um autorretrato datado de 1925 que ela guardara, e de suas primeiras telas esboçadas logo após o acidente: *Autorretrato com as nuvens*, retratos de Adriana Kahlo, de sua irmã Cristina, de Miguel N. Lira, de Alicia Galant... usava então seu colete de gesso, levantava à noite da cama e pintava.

Ao chegarem ao jardim que ficava defronte da grande igreja e do mercado, tomaram a direção do embarcadouro, onde se alinhava uma profusão de pequenas balsas com o fundo chato e os arcos decorados com flores. A tradição dita que o homem escolha uma balsa que tenha o nome de sua companheira ou o de uma pessoa querida. Em comum acordo, Frida e Leon escolheram a balsa batizada de "Cristina", decorada com girassóis, margaridas e miosótis brancos e amarelos, que começou a deslizar pelos canais em meio aos camponeses que ofereciam legumes, homens que vendiam flores, quituteiras que forneciam aos passageiros refeições que elas tiravam de enormes marmitas de alumínio, e turistas espalhados ao longo dos quiosques, onde se podia dançar e comer. A balsa deslizava pelos canais flanqueados por varandas cujos telhados de palha eram cobertos por trepadeiras. Reinava em toda parte uma espécie de luxúria corrompida, de invasão verde; e a água pela qual eles navegavam estava cheia de ervas, como uma sopa. Sobre a corrente de água, debruçavam-se íris, violetas e jacintos. Um erotismo difuso penetrava em todas as coisas. Por trás do frescor, esgueiravam-se um calor pesado, perfumes embriagadores, corpos suados. De quando em quando, a vegetação se adensava, as árvores escondiam o céu e, em pleno dia, isso compunha uma espécie de penumbra crepuscular.

Dali a pouco, Frida pediu ao remador que encontrasse um recanto afastado. Este obedeceu de boa vontade, amarrando sua balsa sob uma imensa árvore, cujos ramos formavam uma espécie de cúpula, dissimulando completamente a embarcação. Ele voltaria dentro de duas horas. Dentro daquela gruta de folhas improvisada, o cheiro de madeira podre se fazia mais opressivo e o silêncio, mais pesado. Do cimo das árvores, de vez em quando, caíam gotas quentes. Aquele refúgio aquático seria então seu quarto nupcial, o ninho efêmero onde suas bocas poderiam devorar-se.

Essa primeira vez foi um pouco estranha e bastante emocionante. Como se os dois se perguntassem o que estava acontecendo. Suas hesitações tornando seus gestos às vezes desajeitados, até mesmo deslocados, permitiram a seu prazer desenvolver toda a amplitude que haviam esperado. Ela ficou surpresa com seu vigor e excitada com o forte cheiro do seu suor; ele pareceu espantado com sua flexibilidade, e a beleza de seus seios o enlouqueceu. Haviam conservado parte de suas roupas, o que só fez aumentar sua excitação, bem como a presença, às vezes bem próxima, de embarcações que passavam perto deles sem vê-los, levando mulheres, com uma rosa vermelha enfiada nos cabelos, e homens de camisa branca, com uma taça de vinho na mão.

Leon, sem o seu *pince-nez*, era outro homem, que Frida achava bonito, mas ele confessava que se sentia "desarmado", "absolutamente perdido". O que a fez cair na gargalhada: "Da próxima vez, ficarei de calcinha!". Os dois terminaram por adormecer. Foi um grupo de músicos que os despertou. É tradicional que esses canais sejam percorridos por orquestras que acompanham as embarcações tocando marimba. As melodias são sempre românticas e as canções falam de amor. A que cantaram para eles não fugiu à regra. Escondidos sob os galhos da grande árvore, escutaram "María Elena", repetida em coro por Frida, que, como costumava fazer, alterou a letra:

Meu coração e minha bunda são teus.
Tu és o sol da minha vida.
Sou toda tua, em cima e embaixo de ti, meu amor.
Entreguei-te meu coração e muitas outras coisas também.

Quando o remador voltou, sugeriu a eles uma batalha de flores. A proposta entusiasmou Frida, e Leon deixou-se levar. Quando chegavam a um outro canal, a embarcação foi atacada por uma chuva de flores que brotavam de toda parte. Margaridas, miosótis, lírios, copos-de-leite, rosas cobriam tudo, enquanto os músicos tocavam sem parar. Leon e Frida queriam que aquela festa de flores não terminasse nunca, mas tinham de pensar em voltar.

Durante a viagem de volta, deram-se as mãos como dois colegiais. Ninguém parecia reconhecê-los e isso, ao mesmo tempo que os tranquilizava, divertiu-os muito. Se Frida chegou em casa sem problemas – Diego saíra mais uma vez com uma modelo, "uma húngara ou tcheca, pouco importa", após ter rasgado com uma tesoura um quadro representando um cacto, berrando que estava "cheio daquele México de merda!" –, o mesmo não aconteceu com Leon.

Quando apareceu à porta da Casa Azul, policiais e membros de sua segurança estavam uma pilha de nervos. Temendo por sua vida, haviam levantado todas as hipóteses, a começar pela ideia de um rapto. Perdera-se nas ruas da Cidade do México? Fora assassinado pelos matadores stalinistas? Natalia era a mais furiosa:

— Nunca mais faça isso! Eu estava morta de preocupação! O chefe da polícia da Cidade do México despachou vários homens à sua procura! Onde estava?

— Fui passear...

— O dia inteiro, sem segurança?

— Sim.

— Onde?

— Por aí.

— Há quem ache que o Estado mexicano gasta dinheiro demais para protegê-lo. Continue assim e daqui a pouco não terá mais nenhum policial à sua porta!

Leon não respondeu nada, dizendo que precisava ir para o escritório trabalhar. Não, não tinha fome. Não, não queria nada para beber. Não, não queria conversar, tinha muito trabalho. Foi uma das raras vezes em que a calma Natalia saiu batendo a porta do escritório do marido e xingando.

Sentado à sua mesa de trabalho, Leon pegou uma pena e escreveu numa folha de papel, que dobrou e depois escondeu num livro: "Frida, meu amor, beijo seu rosto querido. Cubro de beijos seus ombros, mãos, seios, barriga".

Do outro lado da cidade, Frida pensou no que acabava de viver. Parecia que, de repente, tinha compreendido tudo, como se um raio houvesse iluminado a terra. No dia seguinte, deixaria San Ángel, Diego e suas mentiras, e voltaria a morar no número 432 da avenida de los Insurgentes!

Não conseguiu dormir. Com a janela aberta, ficou a escutar os rumores da cidade, depois o silêncio, depois aquela espécie de medo vago e estranho que emana subitamente da escuridão das noites da Cidade do México. Às vezes, admitia que, no íntimo de si mesma, tinha medo daquela cidade. De dia, a cidade exalava uma espécie de charme enfeitiçante, mas, à noite, a abjeção oculta e o vício vinham à tona. Era aquela felicidade súbita da tarde no quarto de folhagem que a colocava diante desse medo. E se aquela história de amor, como todas as outras, terminasse mal?

17

Nos dois dias seguintes à tarde na barca florida de Xochimilco, Frida não saiu de San Ángel, pois Diego finalmente decidira passar algumas semanas fora, então para que precipitar as coisas? Quanto a Leon, não conseguiu sair de casa, pois a situação se complicara.

Cogitaram outros encontros, que tiveram de adiar. Tiveram de se contentar com cartas esgueiradas nos livros. "Nunca senti um desejo assim. Você me impressiona, querida", escreveu Leon a Frida. "Tudo sem você me parece horrível. Estou apaixonada por você mais do que nunca e cada vez mais, meu Piochitas [pequeno cavanhaque]", escreveu Frida a Leon, num envelope com a marca de seu batom e inserido em *Os homens de boa vontade*, de Jules Romain, sabendo que Leon mergulharia na leitura antes de começar sua sesta diária.

Com os belos dias que começavam, um desfile incessante de militantes trotskistas invadiu a casa, atrapalhando os planos dos dois amantes. Professores universitários, jornalistas, professores, refugiados da Europa inteira, intelectuais, advogados, sindicalistas, editores, além de simples turistas, até mesmo atores de Hollywood, como Edward G. Robinson, ou o senador Henry Allen, ex-chefe da campanha presidencial de Hoover, deram um jeito de aparecer na Casa Azul para dialogar com Trótski ou enfrentá-lo verbalmente.

Como Natalia previra, a equipe de segurança destacada para proteger seu marido foi reduzida a oito homens, que agora se revezavam a cada doze horas. Além das armas de curto alcance, passaram a dispor de apenas cinco armas de longo alcance, cinco cartucheiras e duzentos e cinquenta cartuchos. Mas o mais preocupante era o crescimento da campanha de difamação orquestrada pelo Partido Comunista e seus simpatizantes. Considerado um "inimigo do povo", cujas "ideias e atos coincidiam com os do fascismo", não restava a Trótski outra coisa senão "se comportar". Assessorados pela equipe de executores da polícia secreta russa, os comunistas mexicanos, muitos deles formados na Espanha, liderados pelo pintor David Alfaro Siqueiros, haviam decidido liquidar Trótski.

Em meio a essa tormenta, os dois amantes eram obrigados a inventar pretextos o tempo todo, nem que fosse apenas para se verem. Frida teve uma ideia, que expôs numa carta colocada num exemplar de *Canção de mim mesmo*, uma antologia de Walt Whitman, que ela adorava e que emprestou a Leon: poderiam encontrar-se secretamente no apartamento que sua irmã Cristina possuía em Aguayo.

Durante todo o mês de junho, o lugar foi seu porto seguro, com os dois podendo dar livre curso às suas fantasias. Leon enternecia-se com o lado infantil da personalidade de Frida, cujos jogos eróticos constituíam um meio de escapar ao que ela chamava de seu "vertiginoso sentimento de vazio". Frida ficava perturbada diante da obscenidade de certas propostas e gestos com que Leon não hesitava em presenteá-la, reconhecendo que fazia com ela coisas que nunca fizera com ninguém. Frida, que adorava que Leon brincasse com seus seios, e brincar com o sexo de Leon, tinha como divisa "no sexo, tudo que proporciona prazer é bom, tudo que machuca é ruim". Lamentavam apenas uma coisa: não acordarem de manhã abraçados. Pela janela aberta que dava para a sacada, teriam sentido juntos o cheiro de terra molhada da madrugada; respirado as fragrâncias dos jacarandás e vulcões subitamente tão próximos.

— Aqui, a aurora aproxima tudo — disse Frida. — As montanhas e os bosques. E quando fechamos os olhos, respiramos melhor ainda o perfume tão especial da Cidade do México.

— Ninguém precisa da aurora — replicou Leon, com o nariz no sexo de Frida. — Sentir você aqui é como sentir a primeira de todas as manhãs. Seu perfume lembra o perfume perdido do antigo lago da Cidade do México.

O gozo de Frida alcançou as nuvens no apartamento da rua Aguayo. Leon poderia pensar que sua habilidade era a única responsável. Mas ele estava enganado, ignorando dois elementos que Frida guardava bem guardados no fundo de si mesma e que multiplicavam seu prazer.

O primeiro elemento remontava a 1934, época em que Frida sofrera um novo aborto após três meses de gravidez, depois do que lhe haviam aconselhado abster-se de relações sexuais durante certo tempo. Enquanto ela estava no hospital, Diego, que no passado pedira a Cristina que posasse nua para ele, começou com ela – que ele representara sob os traços de uma Eva carnuda segurando na mão uma flor em forma de vagina – uma relação amorosa duradoura, uma vez que chegou a instalá-la num apartamento da rua Florencia. Cristina era alegre, generosa e de uma feminilidade sedutora. Após seu terrível acidente, essa dupla traição – do marido e da irmã – foi para Frida a maior mágoa de sua vida. Pedindo-lhe que lhe emprestasse seu apartamento, ela se vingava de Cristina e a obrigava a ser cúmplice de um adultério.

Mas isso não era tudo. Aquela dupla traição tinha sido demais para Frida. Precisou de anos para se livrar da teia de aranha de seu ciúme e tristeza. Uma vez recuperada desse choque, decidira desfrutar da mesma liberdade sexual que o marido. Decisão que tomara depois daquele insosso outono de 1934 e respeitada em diversas oportunidades. Mas dessa vez gozava duplamente sua vingança: ia para a cama com o mentor intelectual do seu marido no apartamento da irmã que a traíra. Punia Diego e fazia um ato de resistência. Profundamente comunista, sem por isso aprovar a violência homicida de Siqueiros e seus amigos, transava com o homem da Quarta Internacional. E esse homem, como gostava de dizer para Cristina, era quem a "possuía divinamente", e não era isso, em suma, o mais importante?

18

Lentamente, uma espécie de banalização de sua relação se instalou, apimentada, todavia, pelo temor de serem descobertos e a necessidade de escapar da polícia política. Trótski trabalhava muito e Frida nunca pintara tanto. Encontravam-se regularmente no apartamento de Cristina para transar ou passar horas a fio falando do essencial e do supérfluo, certos de que ninguém poderia desvendar seu segredo.

No fim de junho, Frida, que alimentava um projeto de exposição, convidou, como costumava fazer, vários amigos que pudessem aconselhá-la para um jantar formal, chamado no México, *cena de manteles largos*. Naturalmente, Leon e sua mulher estavam entre os convidados. A noite foi animada e o jantar dos mais fartos. Sopas espessas, bacalhau preparado segundo uma receita caseira, costeleta de porco ao molho agridoce, *tortitas* de batatas, salada de abobrinha, feijão preto frito com queijo, sorvete de limão, havia comida para todos os gostos. Quando chegou a hora de passar à sobremesa preferida de Frida, abacaxi recheado e línguas de gato, a temperatura subiu. Embalados pelo vinho, todos vieram cantar algo. Canções da Revolução Mexicana e melodias populares prevaleciam. Enquanto Diego ingeria uma infusão de flores de laranjeira entre duas tequilas, Frida, que tinha a intenção de sair do aposento para mostrar ao "camarada Trótski" suas últimas telas, entoou a célebre "Vou para o porto onde se encontra a barca de ouro que me transportará; vou embora, só vim para dizer adeus...".

— Excelente ideia — disse Diego, acrescentando, ao oferecer um copo de tequila a Natalia, que recusou: — Eu fico aqui com a Natalia.

— Por que não — esta replicou, ligeiramente desconcertada.

— Aqui está — murmurou Diego, cantando para Natalia uma versão muito pessoal de "México lindo y querido": "Fascinante e adorada Natalia, se morro longe de ti, que eles digam que durmo e me tragam para cá... Canto tuas belas nádegas, teus seios, tua boca, teus quadris que são para mim os talismãs do amor de meus amores...".

O ateliê de Frida estava na penumbra. Enquanto procuravam o interruptor, as mãos dos dois amantes se roçaram. Leon beijou Frida, que aceitou, recuando em seguida alguns passos quando o facho de luz iluminou violentamente o cômodo. Como todas as vezes em que mostrava suas obras mais recentes, Frida estava nervosa.

— É um pouco como se eu estivesse com as pernas escancaradas e você observasse meu sexo — ela murmurou, enquanto descerrava para ele, literalmente, três telas cobertas por faixas de tecido manchadas de tinta.

— É como um striptease — disse Leon, bastante perturbado.

— Sim, você entendeu tudo, lindo.

A primeira tela representava uma índia hierática com um rosto de máscara pré-colombiana alimentando uma Frida Kahlo com cabeça de adulto e corpo de criança.

— *Minha ama e eu*, na realidade uma verdadeira beberrona — disse Frida.

Na segunda tela, uma ânfora cheia de flores silvestres, cujos talos evocavam muito claramente órgãos sexuais, reinava, majestosa, ao lado de uma rosa solitária.

— Sem água, ela vai morrer? — perguntou Leon.

— Sim, exatamente — respondeu Frida, acariciando-lhe o rosto. — Chamei essa de *Pertenço à minha proprietária*...

— E por que está escrito "Viva a Cidade do México" no vaso de terracota?

— Sem dúvida meu amor pela minha terra natal...

— Não seria antes porque, a despeito do seu amor por mim, você será sempre "propriedade" de Diego?

— E você de Natalia, não é mesmo, Piochitas?
Leon não respondeu.
— Veja — disse Frida, desvelando o terceiro quadro.
Leon sorriu. Tratava-se na realidade de duas pequenas miniaturas de apenas 14x9 cm, colocadas em molduras similares e em forma de lira e incrustadas de conchinhas. A primeira era um retrato de Frida, a segunda de Leon, as duas mantidas juntas por uma corda que envolvia seus pescoços, como se os estrangulasse.
— *Leon e eu, 1937-19...*
— A segunda data foi deixada em aberto...
— Deus sabe o que o futuro nos reserva, querido.
Após alguns segundos de silêncio, Leon perguntou:
— Quer dizer que anda trabalhando muito agora?
— Sim, graças a você, meu amor. E isso não é tudo — ela continuou, indo buscar, escondido sob outras telas, um quadro inacabado mostrando apenas uma cabeça.
— É você?
— Sim, um autorretrato. Quando estiver terminado, será seu.
Em vez de manifestar alegria, Leon ficou subitamente triste. Não que o quadro não lhe agradasse, muito pelo contrário. Sua alegria, com a ideia de receber um presente desse, contudo, era como que embotada por um excesso de emoções e um temor que ele até agora nunca pudera ou quisera manifestar.
— O que está acontecendo? — perguntou Frida.
Após uma ligeira hesitação, contou-lhe que estava preocupado. Na véspera, Natalia lhe dissera que ele falara dormindo e chamara por ela, Frida, várias vezes. Sonhara que acabava de escapar da prisão, que atravessava centenas de quilômetros de deserto gelado num trenó puxado por renas e guiado por um condutor bêbado.
— Pois eu acho poético — disse Frida.
— Não, em fevereiro de 1906, fugi de Berezovo, para onde me haviam deportado, uma cidade situada além do círculo polar... Conheci Natalia. Nosso filho nasceu durante o meu cativeiro. Ela me esperava na pequena estação cercada de bosques nevados

e planícies brancas... O sonho dessa noite deixou-a enlouquecida. Está começando a suspeitar que há alguma coisa entre nós e...

Trótski não terminou sua frase. Frida acabava de ouvir, no corredor que dava acesso ao ateliê, Diego assobiando as primeiras notas da "Internacional". Era sua maneira de anunciar sua chegada, não que quisesse avisá-la, mas todas as vezes que fazia aquele trajeto punha-se a assobiar a "Internacional". Era assim. Frida e Leon fingiram examinar *Minha ama e eu*.

Natalia, ao lado de Diego, apareceu, triunfante, anunciando que Leon partiria no dia seguinte para as montanhas em companhia do seu guarda-costas:

— Para fazer exercício físico, trabalhar como um agricultor, andar a cavalo, caçar...

— Como assim, como um ladrão, sem nos avisar? — indagou Diego.

— E para onde? — perguntou Frida.

— Uma *hacienda* a cento e trinta quilômetros ao Norte da Cidade do México — respondeu Natalia — perto de San Miguel Regla.

— Eu não estava sabendo — disse Leon, irônico.

— Esqueci completamente de avisá-lo, Landero telefonou, a *hacienda* está livre. Pode ir para lá quando quiser... Está fazendo um tempo lindo. Você não está assoberbado de trabalho... Então eu disse sim. Uma verdadeira surpresa, que tal?

Visivelmente, Natalia acabava de pegar todo mundo de surpresa. Ao anunciar essa viagem, colocava o marido contra a parede e o forçava ao silêncio. Afinal, não iam brigar como inimigos diante de seus anfitriões.

O olhar que Natalia disparou para seu marido e para Frida dizia até onde ia a extensão de suas suspeitas.

19

Frida, que acabava de percorrer mais de uma centena de quilômetros pelas estradinhas esburacadas das montanhas de basalto vermelho e de atravessar pequenas aldeias com ladeiras repletas de tabernas, burros, poeira e casas velhas num rosa esmaecido pelo tempo, estava esgotada. Por mais que o motorista de Diego fosse prudente, a velha caminhonete Ford caindo aos pedaços por pouco não escapa das ribanceiras. Contudo, quando finalmente surgiu a placa indicando San Miguel Regla, Frida sentiu seu cansaço desaparecer como que por encanto. Urubus rodopiavam no céu.

Como ninguém fora avisado, ela desconfiava que a recepção poderia não ser amistosa. Portanto, quando vários homens ameaçadores, empunhando metralhadoras, pararam o veículo e fizeram descer seus dois ocupantes, aquilo não a preocupou. Muito pelo contrário, tranquilizou-se: saíra viva daquela viagem por estradas poeirentas pelas quais imensos caminhões, como mensageiros da morte, andavam em disparada. Evidentemente, assim que saiu do carro, Jesús Casas, o tenente de polícia que comandava a pequena guarnição da rua Londres e que acompanhara Trótski até ali, reconheceu-a.

— Apenas cumpro meu dever, senhora Rivera — ele disse.

Frida detestava que a chamassem assim, "senhora Rivera", mas para o funcionário de polícia, Frida Kahlo não existia, apenas a "senhora Rivera" contava. Enquanto o motorista estacionava o carro, ela percorreu a pé a curta distância que a separava da entrada da fazenda, perdida no meio de uma floresta de pinheiros. Era uma construção pesada, quadrada, em forma de fortaleza, construída em torno de um pátio, e cujas janelas, dando para o exterior, eram dotadas de barras. Trótski ocupava ali um pequeno apartamento situado nos fundos do prédio. Avisado por seus guardas, esperava Frida na soleira da porta.

— Três dias sem te ver é muito tempo — ela disse, atirando-se em seus braços.

— Espere, aqui não — ele pediu, arrastando-a para dentro.

— Mas não tem ninguém.

— Não se engane, sabem de tudo, há espiões em toda parte — ele disse, apresentando-lhe em seguida uma mulher gorda, que acabava de entrar no aposento: — Teresa, a cozinheira.

— Ela cozinha bem? — Frida sussurrou ao ouvido de Leon.

— Não, pelo contrário — ele respondeu, esperando que ela deixasse o cômodo para beijar longamente Frida, acrescentando: — Poderia ter me avisado que vinha.

— Aí não teria sido mais uma surpresa, Piochitas — derreteu-se Frida. — Não está contente de me ver?

— Sim, claro!

— Eu não queria passar meu aniversário sem você.

— Seu aniversário?

— Dia sete de julho! Enfim, é dia seis, mas comemoro sempre no dia sete! Trinta anos, bela idade, não acha! Hein, meu Viejo...

Trótski pareceu contrariado.

— Não tenho nem presente...

— Pois eu sim! No dia do meu aniversário, sou eu que dou os presentes. Feche os olhos.

Mal colocou uma latinha azul em suas mãos, desatou a falar, enquanto abria o embrulho para ele. Era uma caneta-tinteiro Misrachi, em cuja tampa ela mandara gravar a assinatura dele.

— Assim você será obrigado a me escrever!

— Como conseguiu minha assinatura?

— Roubei — respondeu Frida, com petulância.

Naquele momento, a *hacienda*, cujo aspecto antes austero e calmo agradara imediatamente a Natalia, que conspirara para despachar o marido para lá a fim de que tirasse Frida da cabeça, estava sendo varrida por uma espécie de furacão de alegria. Frida era incansável e saltitava de um cômodo a outro. Leon, que a observava requebrar-se com vivacidade, compreendia mais uma vez por que, quando ainda estava no cais em Tampico, caíra imediatamente nos encantos daquela mulher. Ela não parava, dando sua opinião sobre a decoração, lamentando que não houvesse nenhum buquê de flores na casa, que tal janela fosse aberta e outra fechada, declarando que homens sozinhos numa casa, e além disso armados até os dentes, não podia dar senão em catástrofe, e que visivelmente não havia nada para comer e que mesmo assim tinham de comemorar sua vinda e seu aniversário:

— Afora algumas velas usadas, pedaços de sabonete carcomidos, pimentões murchos, alguns gafanhotos secos, poeira e um pombal vazio, não há nada. Ah, sim, garrafas de Tepache para encher a cara. Com isso, não vamos muito longe!

Frida sugeriu suas soluções: uma vez que aqueles homens estavam armados, poderiam caçar patos e rolinhas às margens do rio que corria na montanha. Ela os cozinharia à mexicana! Quanto a ela, iria com Leon até Huasca, cidadezinha situada a três quilômetros de San Miguel Regla, outrora um grande centro de mineração, do qual não restava mais nada, exceto um gosto pela festa que vinha do tempo em que o ouro e a prata corriam a rodo. Lá, em meio aos desfiles de julho, da música, do calor e da poeira, eles iriam ao mercado e trariam algo para preparar uma bela mesa:

— Uma toalha branca de crochê de Aguascalientes, pratos de cerâmica Talavera e taças azuis em vidro *soufflé*.

— Tem certeza de que vai encontrar tudo isso? — perguntou Leon.

— Claro, rapaz — respondeu Frida.

O passeio pelas aleias do mercado de Huasca quase terminou antes de começar. Mal chegaram, um rapaz que saía da agência do correio reconheceu Trótski. Embora este último usasse bombachas não amarradas nos joelhos e calçasse alpercatas, o jovem carteiro saudou-o, erguendo o punho cerrado!

Por sorte, Frida tomou as rédeas da situação e, após agarrar Leon pelo ombro, perdeu-se com ele nos corredores do mercado.

Comprou feijão preto para fazer uma salada, agrião, tomates, abacates, ingredientes para uma sopa de camarão e cacau, que entraria na composição de determinados molhos.

— Para você variar um pouco sua papa de milho e banana! — disse.

De volta à *hacienda*, cozinhou junto com Teresa, que resmungava por ter perdido a supremacia. Arrumou uma mesa de festa no pátio da casa, repleto de árvores e flores, onde Teresa criava porquinhos-da-índia e onde viviam uma velha perua e um velho galo. Como sempre, o jantar terminou em música. Mas em vez das *mañanitas* tradicionais, Frida cantou músicas mais melancólicas, como a das "Andorinhas", que falava em amor e separação.

Essa noite, a primeira que passaram juntos, Frida e Leon, sem tentar compreender o porquê, não fizeram amor. Leon contou como eram seus dias. Talvez pelo calor sufocante desde sua chegada, ou o cansaço, o fato é que passeava pouco, escrevia muito e ia muitas vezes sentar no pátio na companhia da perua e do galo, que vinham visitá-lo. Dormia como uma pedra e resumiu seu estado de espírito nessa frase misteriosa: "Pensamentos e sentimentos estão sufocados e vagos. Melhor assim". Frida, por sua vez, só falou de uma coisa, de sua pintura. Era sempre assim quando estava num período de criação intensa. Como se não conseguisse fazer nada a não ser pintar e falar de sua pintura. Diego era padrinho do pequeno Dimas, filho do índio Dimas Rosas, que lhe servira de modelo. A criança morrera precocemente, como todos os Rosas, que preferiam escutar feiticeiros a médicos. Desde a época colonial, os retratos mortuários eram uma espécie de tradição que prestava homenagem a criaturas exemplares.

Então ela quisera prestar homenagem, à sua maneira, ao pequeno Dimas, morto banalmente aos três anos de idade. Representara-o deitado em seu leito de morte, uma coroa de papelão na cabeça, trajando o manto de seda dos reis magos, olhos abertos perdidos no vazio.

— A morte vista por uma ateia — disse Leon.

— Sim, exatamente. A mortalidade infantil atinge índices alarmantes no México.

— Você pensou em um título?
— *O defunto Dimas*.

Em seguida, cansados de falar, Leon e Frida terminaram adormecendo.

De manhã, foram despertados por um leve aroma de miosótis, misturado ao eflúvio resinoso do bosque de pinheiros, a uma vaga fragrância de folhagem e ao aroma do café que Teresa acabava de preparar. O galo cantava. Frida não podia ficar. Fora uma escapulida. Haveria outras. Fez essa promessa para si mesma, enquanto observava Leon ir diminuindo à medida que o carro ganhava velocidade.

No caminho de volta, enquanto a caminhonete Ford corria através de intermináveis sebes de cactos, atravessando as raras aldeias com cabanas de tijolo e barro, Frida sentiu uma estranha sensação de vazio e de trevas. Havia grandes muros íngremes, tufos de flores púrpuras, altas mangueiras, bananeiras, estradas tão estreitas que pareciam riachos pedregosos. Voltava à Cidade do México como num sonho. Pensava em Leon, mas distante, numa espécie de esquecimento. Finalmente chamaria seu quadro, não de *O defunto Dimas*, e sim *Vestido para o paraíso*. Era mais soturno, porém mais correto.

20

Frida percorreu diversas vezes a estrada de San Miguel Regla, às vezes sob céu nublado, às vezes sob um sol brilhante todo amarelo, na luz mais crua das montanhas silenciosas, saindo sempre cedo, após um café tomado às pressas, para chegar antes de anoitecer na Cidade do México, pois com a chuva o caminho da volta era dos mais perigosos.

A história então se complicou com o passar dos dias. De um lado havia a vida de Leon, que capturava peixes com as próprias mãos, fazia a sesta, galopava horas nos campos dos arredores, lia *Le Temps* tomando chá, continuava a escrever determinada obra, mas agora não se identificava mais com sua ação e prosseguia na medida do possível e muito mal a redação de sua biografia do "chacal do Krêmlin". Do outro, a vida de Frida, que pensava que as criaturas eram terrivelmente sós e nada poderia arrancá-las dessa solidão. Frida estava mais do que nunca voltada para si mesma e às vezes se perguntava se sua capacidade de mudar continuava ainda tão forte. Leon, apesar do exílio, do medo, do relativo porto seguro de San Miguel Regla, era capaz de enxergar longe, de antecipar, como no estudo que acabava de terminar e no qual previa uma conflagração mundial dentro de dois anos, com uma aliança, isso era certo, entre Alemanha e URSS. Frida, por sua vez, vivia com medo: de não poder mais pintar, de sofrer ainda mais, de não saber direito o que fazer com aquele relacionamento amoroso, por fim, de perder Leon, pois aquela "biografia de merda", como ela a chamava, devia certamente obcecar Stálin, que faria de tudo para impedir seu autor de terminá-la. Leon era o que era, a situação vivida pelos dois amantes era o que era, mas Frida ainda não estava disposta a pôr fim aquele amor. Frida ainda precisava de Leon.

No começo, tudo parecera fácil. Agora, o menor atrito era fonte de conflitos. Um dia, quando voltava de um passeio com Leon durante o qual haviam entrado – sabe Deus por quê – numa igreja de Pachuca, caiada de branco, com ornamentos azuis e dourados, com o chão juncado de flores silvestres e ramos amarelos, e sido tão felizes, eles, os ateus, ao saborear o silêncio do lugar, Leon ficara louco de raiva porque ela julgara por bem lhe contar como, um dia, Diego a surpreendera fazendo amor com o escultor nipo-americano Isamu Nogucho. Uma verdadeira cena de Chaplin! Noguchi, com as calças na mão, fugira pelo telhado, perseguido por Diego, que disparava contra ele com uma pistola, enquanto o cachorro de Frida arrebentava raivosamente uma das meias do amante em fuga.

— Ora, Piochitas, isso já tem um ano! História antiga! E depois, porra, pergunto se você faz a Natalia te chupar! Então para, por favor!

Essa absurda crise de ciúmes deixava Frida deliciada.

— Você me ama de verdade, Viejo! Se está com ciúmes, é porque me ama de verdade! — repetia, bebendo copos de *pulque*.

Na realidade, essa discussão escondia outra coisa. Leon estava preocupado. Seu nervosismo, que muitas vezes, antes que ele tomasse a palavra nas reuniões, se traduzia num mal-estar físico que o deixava pálido, às vezes inclusive sem sentidos, voltara. Natalia, que lhe escrevia duas vezes por dia, sem dúvida ciente das idas de Frida à *hacienda*, pedia-lhe explicações, e de maneira cada vez mais premente. Seu círculo imediato – secretário, guarda-costas, colaboradores – fora enviado em missão a San Miguel Regla, a fim de interromper o que Natalia chamava "aquela relação inútil e sem futuro". Trótski, que centrara sua vida inteira na política revolucionária, estava em vias de comprometer tudo. Se Diego soubesse, aquilo provocaria uma explosão de consequências incalculáveis. Quanto aos comunistas mexicanos, Siqueiros à frente, pediriam sua expulsão. Jean van Heijenoort, que há anos dedicava sua vida a Trótski, era o mais virulento. Trótski, que o xingara no dia em que soubera que ele fora dançar num bar na Cidade do México, que lhe enchia os ouvidos com a necessidade de uma dedicação total à causa, que não parava de pregar sermão, que queria passar por um baluarte da virtude, dormia com a mulher daquele que o recebera, enganando aquela que o acompanhava durante anos arriscando a própria vida. "Eu sacrifiquei os melhores anos da minha vida por você; tomei-o como modelo, Lev Davidovitch, que terrível decepção", lamentava-se Jean van Heijenoort, chorando.

Mas quanto mais argumentava o outro lado, mais Trótski reafirmava suas posições. Às vezes, ficava cheio da Casa Azul, que era como uma prisão: traduzir, escrever, datilografar intermináveis documentos, dar conferências, intervir, dormir de noite com uma pistola no pijama... E todos os seus colaboradores, Natalia à frente, só falando em dever, de virtude, de honra, de ascetismo. Trótski sufocava. As intermináveis missivas da mulher, magoada, o enojavam. E, em meio a tudo isso, havia Frida, a radiante, a original, a cheia de vida, sempre reinventando o cotidiano, sempre rindo, sempre pronta a todas as aventuras. Eis por que às vezes ele explodia à toa e tinha estúpidas crises de ciúme.

No começo de agosto, enquanto Frida se preparava para uma nova ida a San Miguel Regla e se olhava pela última vez no espelho – saia comprida de algodão franjada de cores vivas, corpete apertado; maquiagem leve, batom vermelho-sangue nos lábios, cabelo dividido ao meio, trançado e formando um coque na nuca com a ajuda de uma fita –, abriu a carta que acabavam de lhe trazer. Poderia lê-la no carro, mas decidiu demorar-se e degustá-la no terraço da casa de San Ángel. O tempo estava bonito e ela reconhecera a letra de Leon. A carta fora postada de Huasca e escrita em tinta roxa, a da caneta que ela lhe dera de presente.

Releu-a diversas vezes, para ter certeza de tê-la compreendido direito. Parando em cada frase, cada palavra. Nela, Leon parecia abatido, abria-se, prostrava-se, mergulhava em seus dramas, repetia sua ladainha sobre a idade – "não tenho mais forças, não tenho mais perspectivas". Frida não acreditava no que lia. Poucos dias atrás, em San Miguel Regla, ele a amara como nunca e parecera novamente invencível. Em suma, Leon, agora lhe exprimia um amor desvairado que era incapaz de assumir. Frida seria seu último amor, que o fizera renascer para a vida e morrer ao mesmo tempo, por não conseguir vivê-lo plenamente. "Meus olhos envelhecidos não podem suportar seu sol ofuscante", resumia ele, antes de concluir: "Não devemos mais nos ver, meu amor. P.S. Principalmente, não deixe esta carta cair em mãos estranhas, queime-a, eu te suplico, meu amor, queime-a".

Frida permaneceu prostrada vários minutos, abatida, sem voz. Em seguida, após dizer ao motorista que não partia mais para San Miguel Regla, pegou uma garrafa de uísque e se trancou em seu ateliê.

21

Frida passou vários dias com a carta de Leon no bolso, sem relê-la, sem jamais querer relê-la. Aquela carta perturbadora, que era bem diferente de uma carta de rompimento, que era uma das mais belas que já recebera, fora escrita por um homem maduro que voltara a ser, como dizia nela, o colegial de dezessete anos que havia sido. "A ressurreição de um ser humano é quase sempre o nascimento de um novo amor", ele escrevera em epígrafe a esta carta, que, na realidade, não passava da primeira de um envelope grande que continha duas... Em sua pressa e perturbação, Frida não vira a segunda carta... Enquanto a desdobrava, recitava as frases da primeira: "Não é nem amor, nem ternura, nem afeição, é a vida inteira, a minha, que descobri quando a vi em suas mãos, sua boca, seu peito", "ressalto que continuo para sempre com você. Nesse instante ainda repleto de sensações, minhas mãos esgueiram-se entre laranjas e meu corpo sente que meus braços te rodeiam", por fim, a frase que ela preferia: "dormi com sua flor; você deixou flores no meu ombro – flores vermelhas".

Aquela manhã, ela saíra de carro. A noroeste da Cidade do México, a poucos quilômetros, existe uma região plana e descampada pela qual se estendem campos de pedras e sebes de cactos e urtigas empoeiradas. Atrás de um conglomerado de grandes rochas amarelas, uma fila de salgueiros forma uma enorme mancha verde que esconde um lago de águas profundas. Criança, ela tinha o hábito de ir até lá com seus pais e irmãs. Desde então, voltava regularmente, quando uma tristeza grande demais prevalecia sobre sua alegria natural.

Foi lá que abriu o envelope para ler a segunda carta. Leon, sem dúvida perturbado pelo que acabava de escrever, pusera num mesmo envelope a carta que destinava a Natalia e a que escrevera para Frida! Frida, que não acreditava no acaso, mas acreditava, em contrapartida, no destino, que coloca os homens no lugar certo, na hora certa, pedindo-lhes então que tomem sozinhos a decisão que mudará suas vidas. Leu a carta em voz alta diante das águas cintilantes do lago:

— "Natalia, desde que cheguei aqui, não fiquei de pau duro nenhuma vez. Como se ele não existisse. Ele também descansa dos esforços desses últimos dias. Mas eu inteirinho – incluindo ele – penso com ternura na sua velha e querida xoxota. Quero chupá-la, enfiar minha língua até o fundo. Natalotchka querida, também te penetrarei com toda a força, com minha língua, meu pau. Perdoe-me, Natalotchka, estas linhas; é, creio, a primeira vez na minha vida que lhe escrevo assim. Beijo-te bem forte, apertando todo o seu corpo contra o meu"

Frida deteve-se alguns instantes, bebeu vários goles de uísque, e releu a carta, voltando a certos trechos, acrescentando a eles seus próprios comentários:

— "Minha única Nata, minha eterna, minha fiel, meu amor, minha vítima." *Que grande babaca!* "Oh, seus olhos, Natacha, nos quais se refletiu toda a minha juventude, toda a minha vida..." *Velho sujo, trostskista de merda!* "Minha letra está deformada por causa das lágrimas, Natalotchka, mas haveria alguma coisa a mais..." *Pobre impotente, dejeto infantil do comunismo!*

Como que para conjurar a má sorte, releu ainda mais alto a carta que Leon lhe enviara: "Juntaremos nossos lábios, nossos corpos e nossas almas, meu amor, meu renascimento...".

Oh, e depois, porra, ela pensou, após uma nova talagada de uísque, *como um homem pode enviar ao mesmo tempo duas cartas de amor a duas mulheres, no mesmo dia?* Leon queria que ela queimasse sua carta após lê-la. Ela fez bem melhor. Pegou uma bela pedra redonda, na qual amarrou as duas cartas e atirou tudo nas águas do lago, esperando que o remoinho provocado pela pedra desaparecesse totalmente e a água voltasse a ficar lisa e calma, para poder partir sem olhar para trás.

Dissera ao motorista que voltasse para buscá-la no fim do dia. Ainda tinha horas pela frente. À beira do lago, um pequeno galpão oferecia pratos baratos. Com a garrafa de uísque na mão, instalou-se a uma mesa e pediu uma refeição pantagruélica.

— A tristeza dá fome — disse à bonita mestiça num vestido vermelho justo e descalça, que a servia: sopa, arroz quentinho, peixinhos fritos, pedaços de carne cozida, legumes, cesta de mangas, papaias e sapotas. — A tristeza dava fome e às vezes vontade de trepar — repetiu, olhando a bonita rapariga, que se chamava María e que lhe explicou que homens do canteiro de obras vizinho, situado do outro lado do lago, vinham às vezes vê-la para fazer coisas e que, se ela quisesse, o que ela fazia com os homens podia muito bem fazer com uma mulher que era asseada e cheirava bem.

A fim de melhor exercer sua segunda profissão, a moça ficou inteiramente nua e cobriu seu corpo com berloques falsos prateados e azul-turquesa como um ídolo. Quando terminou de fazer amor, Frida observou detidamente o corpo de María, pensando no autorretrato que tinha começado e do qual mostrara um esboço a Leon, no dia em que ele entrara em seu ateliê. Decidiu ali dar a ele o corpo de María. Seu autorretrato lembraria a beleza selvagem daquela jovem índia, cujo ardor acabava de levá-la até onde nenhum homem soubera conduzi-la. Sentada, com as mãos crispadas sobre o peito, deu um último beijo na moça e se vestiu. María recusou as cédulas que Frida lhe estendeu.

— Não entre mulheres — disse.

A noite começava a cair quando os faróis da caminhonete Ford iluminaram o galpão. Do outro lado do lago, um comboio de caminhões chegava numa nuvem de poeira.

— São os homens — disse simplesmente María.

22

Convinha falar de uma vitória de Natalia? E, em caso afirmativo, era completa? Fato é que – vingança feminina ou necessidade de marcar território –, ela promoveu, para o retorno daquele a quem agora só chamava de "meu queridíssimo marido", embora não fossem casados, uma festa para a qual foram convidados, evidentemente, como esclarecia o convite, "Senhor e senhora Diego Rivera".

No evento, no qual serviram-se um ragu de cordeiro ao *pulque*, uma gigantesca salada de abacates e pequenas *copitas* de conhaque dançando de mão em mão, Frida, precedida pelo farfalhar de suas saias e anáguas multicoloridas, enfeitada com joias como uma deusa asteca, passou por todas as cores da paleta emocional: alegria, tristeza, indiferença, raiva, não sabendo o que fazer, o que dizer, nem que atitude tomar. Embora não estivesse mais com a carta de Leon a Natalia em seu bolso, poderia atirar o conteúdo no meio do salão, o que seria o prenúncio de um terremoto. Preferiu conservar o silêncio e observar, como um entomologista, as duas criaturas que se agitavam à sua frente. Ela sabia tudo, eles não sabiam nada.

À medida que a festa rolava, Frida, que descansava num sofá num aposento contíguo ao quarto de Leon e Natalia, escondida pela penumbra, ouviu os primeiros estilhaços de uma discussão que foi se amplificando. Ela, que às vezes tinha visto Leon ir e vir em seu escritório, ditando em movimento textos em francês ou alemão, não reconheceu completamente aquela voz que lançava frases marteladas, ritmadas, melodiosas. Parecendo alquebrada pela emoção, desestabilizada, a voz se mostrava hesitante, desajeitada, ao passo que a que lhe respondia – a de Natalia – era firme, forte, convicta de seu direito.

Vivendo um intenso sentimento de culpa para com Natalia após o relacionamento que acabava de ter com Frida, Trótski decidira atacá-la em vez de reconhecer seus erros e fazia nada mais nada menos do que uma cena de ciúme. Enquanto esta se dedicara de corpo e alma a ele, havia anos, nas pequenas e grandes coisas, o grande homem lhe censurava por uma infidelidade fictícia que remontava a 1918, época em que um camarada, tendo, verdadeiramente se apaixonado por ela, ajudara-a a entender o funcionamento do cargo que ela acabava de obter no departamento dos museus do Comissariado do Povo para instrução pública...

— Há vinte anos, vinte anos, Lvionotchek! — Natalia não parava de repetir. — E eu não fiz nada!

Envolto em sua dignidade, Trótski limitou-se a responder:

— O passado é o presente!

Sempre escondida na penumbra, Frida ria e chorava ao mesmo tempo. Acuado entre seu sentimento de culpa e sua dignidade pessoal, Trótski, que era um grande político, afundava cada vez mais a cada uma de suas intervenções, cuja má-fé era óbvia.

— Ouça uma coisa, leãozinho sujo — dizia Natalia —, você está projetando em mim o pecado que acaba de cometer e está se castigando pelas torturas que te inflige só de pensar nessa traição. Se isso não me desse vontade de chorar, eu morreria de rir!

— Aquele Iat, era como ele se chamava — continuou Trótski —, aquele rapaz que...

Frida nunca ouvira Natalia desafiar Trótski daquele jeito. As explicações humilhantes que ela lhe dava chegavam quase a comover Frida em seu coração de mulher. *Os homens são todos iguais*, pensava, prestes a voar em socorro de Natalia, que terminou por subir o tom:

— Basta, Lvionotchek, você já passou dos limites. Não fiz nada. Não fui para cama com Iat, enquanto você foi com essa puta da Frida! Por acaso perguntei o que você fez ou não fez com Clare Sheridan, que supostamente esculpiria sua cabeça em pedra-sabão, em seu escritório do Krêmlin, em 1920?

Trótski não respondeu. As forças estavam se invertendo.

— O passado é o presente... Não era isso que me explicava ainda há pouco?

Dessa vez, Frida recebeu como uma punhalada o longo silêncio que sucedeu à pergunta de Natalia: Eles estavam se reconciliando – ela sentia isso. Ao contrário da calmaria terrível que acontece no olho do furacão, durante a qual ele recobra fôlego para redobrar a força em seguida, a discussão terminou de repente. Trótski falava, reencontrando sua voz moderada, profunda, e cada uma de suas palavras era como uma navalhada no corpo de Frida:

— Natalotchka, estamos juntos há trinta e cinco anos. É assombroso ver tudo que a natureza nos reserva, quando somos surpreendidos pela desgraça. Nunca iremos nos separar, não é? Você é minha alma gêmea, só com você posso falar da velhice que se aproxima. Só você pode me compreender.

— Meu leãozinho, meu amor.

— Eu queria que você soubesse que você é não só minha camarada, minha rainha do lar, como também minha mulher desejável. Foi por isso que lhe enviei aquela carta um pouco crua, sei que nenhum de nós dois perdeu o apetite sexual. Senão aquela carta teria sido simplesmente um insulto.

— A que carta você se refere?

— Não a recebeu! Eu lhe falava da sua xoxota, do meu pau. Dizia que tinha terminado com Frida...

— Leon, por favor! Não, não recebi nenhuma carta desse tipo, eu teria me lembrado!

— É realmente muito estranho — disse Trótski.

— Pouco importa, Lev Davidovitch. E como você diz: nenhum de nós dois perdeu o apetite sexual.

Frida, do outro lado da divisória, estava fora de si. Toda aquela água com açúcar, todas aquelas mentiras lhe davam vontade de vomitar. A conversa prosseguiu, Trótski contou a Natalia que chorava de arrependimento, de tormento, que era seu "velho cão fiel". Puseram-se a recordar suas vidas, como haviam se conhecido, em 1902. Evocaram o apartamento da rua Lalande e o da rua Gassendi, o túmulo de Baudelaire que eles avistavam atrás do muro do cemitério Montparnasse, ela lembrou que ganhava vinte rublos por mês, que enviava à sua família, ele se lembrou que escrevia para diversas publicações "para arredondar as contas nos fins dos meses". Ele amava aquela garota generosa, calma, com suas maçãs do rosto salientes e seus olhos tristes; de origem nobre, era uma rebelde desde a infância e isso o agradara imediatamente. Ela fora logo atraída por sua vitalidade, seu espírito inquieto, sua capacidade de trabalho... Aquilo era demais, Frida se levantou. Tudo aquilo era repugnante, dava-lhe asco. Como pudera sucumbir aos encantos daquele velho que lhe contara que, depois de suas cavalgadas em San Miguel Regla, era como Tolstói, o qual, após ter passado também horas a cavalo, aos setenta anos, voltava impregnado do cheiro de urina, de bosta e de capim, cheio de desejo e concupiscência por sua mulher? Que ele ficasse com sua velha revolucionária, aquele "velho cão fiel", e que morresse de sua nostalgia nojenta!

A noite parecia interminável. Frida não contava mais as *copitas* de conhaque que ingeria e, numa espécie de névoa, pôde mesmo assim ver os olhares de ódio que Natalia lhe dirigia. Trótski mal ousava olhar para ela, o que sem dúvida provava que não confessara toda a verdade a Natalia: seu rompimento com Frida não era tão claro quanto suas palavras pretendiam exprimir. Diego, por sua vez, bêbado e gaiato, berrava para quem quisesse ouvir que, "sempre que trepava com uma mulher, queria fazê-la sofrer, e que Frida era a vítima mais conhecida dessa repugnante tendência". Alguns, tomando isso por uma piada, puseram-se a rir, outros pareceram incomodados. Frida, manipulando suas miçangas e franzindo a sobrancelha, estava morta de vergonha.

É realmente uma festa de merda! pensou. Como todas as vezes em que sentia o desespero invadi-la, perguntou-se qual barragem poderia rapidamente edificar para deter a subida das águas. Num canto do pátio, Jean van Heijenoort fumava um cigarro. Ela pudera constatar várias vezes que ele não era insensível ao seu charme. Era jovem, gostava de dançar, agradava muito as mulheres, lembrava Jean Marais, aquele ator francês cuja foto ela vira na revista *Ciné*, e estava livre feito um passarinho desde que a mulher e o filho haviam ido morar nos Estados Unidos.

Após uma breve conversa com ele, convidou-o para um encontro na noite seguinte, no Tenampa, um bar da moda. A ideia de colocar na sua cama a ex-amante de seu líder espiritual o divertiu bastante. Respondeu afirmativamente ao convite de Frida, beijando-a levemente no pescoço.

23

O caso durou algumas semanas. Jean van Heijenoort, exercendo as funções de secretário, tradutor e guarda-costas, tinha pouco tempo livre. Costumavam ir jantar no Bellinghausen, à rua Londres, onde tinham uma mesa reservada. Mas nada em sua atitude permitia supor que eram amantes. Convém dizer que Trótski, evidentemente sem saber de nada, não lhes facilitava as coisas. Doente só de pensar que seu jovem assistente pudesse passar a noite fora, encontrava sempre alguma coisa para ele fazer, o que o obrigava a ficar na Casa Azul, mas não o impedia de sair assim mesmo, nem que fosse, como contava a Frida, "para evacuar toda a tensão que reina entre os muros desse antro maldito".

Os dois casais – Trótski e Rivera – continuavam a se frequentar, mas um observador perspicaz teria percebido imediatamente que diferenças sutis haviam agora se interposto entre eles. Certa distância estava presente. Frida não disparava mais "*love*" às escondidas, como gostava de fazer, e as relações entre as duas mulheres alternavam momentos de frieza e de súbitas efusões. Diego, ocupado demais em assediar suas novas modelos e a contar as *copitas* de conhaque que era capaz de ingerir em um minuto, exibia certa indiferença. Quanto a Leon, vivia aquela situação com muito sofrimento e mal-estar.

Uma história como essa não pode terminar assim, de supetão, com uma simples decisão tomada por um ou por outro. Seus desdobramentos são profundos, as lembranças voltam incessantemente, a menor brisa pode reacender o fogo encoberto nas cinzas. Por várias vezes, os dois amantes quase reataram a relação. Aliás, ela tinha realmente se interrompido? Tudo bem, não faziam mais amor, mas se encontravam aqui e ali. Sua cumplicidade era bem real, nitidamente se entendiam. Tudo, nos olhares que trocavam, em seus gestos, nos subentendidos que deixavam pairar por ocasião dessa ou daquela conversa, mostrava que ainda eram bem próximos.

Leon, que foi o único a dizer a Frida que pensara nela na manhã de dezessete de setembro, data de aniversário do seu terrível acidente, tinha, contudo, uma ideia fixa: queria porque queria que ela lhe devolvesse as cartas que ele escrevera. "Imagine se elas caem nas mãos da GPU!", não cansava de lhe dizer. Frida hesitava. Devolver-lhe as cartas era como se rompessem uma segunda vez. Terminou, contudo, por ceder e, após tê-las relido várias vezes, devolveu-as. No dia seguinte ele lhe comunicou que também queimara as dela e que isso o fizera sofrer. Ela ficou inconformada.

Veio um período, outonal, durante o qual ela encontrou diversas vezes Leon no pátio interno da Casa Azul. Alguma coisa mudara. Ontem ainda luxuriante e luminoso, o pátio, onde, criança, ela brincara com suas irmãs, pareceu-lhe escuro, quase solene, como que morto, silencioso demais, exceto quando um bonde passava atrás dos muros, fazendo um barulho metálico, ou quando as explosões dos motores de carro soavam como rajadas de metralhadora. Foi ali que ela terminou por confessar a Leon que recebera a carta que ele endereçara a Natalia.

— Que carta? — ele perguntou.

— Aquela em que você fala do seu pau, Piochitas — respondeu Frida, satisfeita com seu segredo e surpresa que Leon tomasse aquela revelação com certa indiferença.

Como se tudo aquilo não contasse mais. Ele quase riu.

— Você a destruiu?

— Amarrei numa pedra e atirei num lago!

Como para testar o grau de indiferença mútua, Frida e Leon, deram um jeito para que um soubesse que o outro começara um novo caso. Após romper com Jean, com a mesma rapidez e surpresa com que começara, Frida se enrabichou por uma jovem irlandesa, uma *marchande* de quadros com as nádegas cheias de manchas vermelhas, e deu um jeito para que Leon as surpreendesse um dia beijando-se atrás de um dos grandes vasos de flores vermelhas e brancas do pátio. Leon, de sua parte, armou um plano diabólico que quase resultou em escândalo. Mal a relação com Frida terminara, e firmada a reconciliação com Natalia, pôs-se a dar em cima de uma jovem mexicana que morava no bairro. Para encontrá-la, precisava de uma desculpa que não despertasse suspeitas. Tendo todas as razões para crer que um grupo de matadores enviados por Stálin alojara-se num casario próximo à sua, imaginou um plano destinado a escapar de seus agressores: utilizaria a escada dissimulada no fundo do quintal e iria esconder-se na casa da jovem mexicana. Naturalmente, certo número de ensaios era necessário a fim de verificar se a estratégia era boa, ensaios que deveriam acontecer no maior segredo. A jovem mexicana, mais do que reticente, informou a Trótski que desdenhava seus assédios e não desejava vê-lo fazer uma escalada noturna no muro de sua casa. Político habilidoso, mas péssimo estrategista quando se tratava das coisas do amor, Trótski parecia não querer compreender. Foi preciso novamente toda a força de persuasão de Jean van Heijenoort para que ele desistisse da bela moça. A versão que forneceu a Frida foi completamente diferente: para não colocar em perigo a própria sobrevivência da Quarta Internacional, que não teria se refeito de tal escândalo caso este explodisse, fora obrigado a recusar os insistentes assédios da rapariga...

No dia sete de novembro, dia do nascimento de Trótski, que comemorava seus cinquenta e oito anos, e incidentalmente o xx aniversário da Revolução de Outubro, Frida presenteou Leon com o autorretrato que começara nos primeiros tempos de seu relacionamento, uma pequena tela de 60x76 cm. Em vez de se representar como camponesa, trajando o traje típico de Tehuana, ou militante política, de punho erguido, preferiu pintar-se como grande burguesa, num ambiente um pouco austero, como nas fotos posadas que seu pai fazia em seu ateliê. Aparecia empertigada, estática, entre duas grandes abas de pesadas cortinas brancas. Colo e orelhas adornados com joias coloniais. Cabelo preso, tranças em rede enfeitadas com um miosótis cor-de-rosa e uma fita vermelha. Saia salmão com detalhes e barra brancos, blusa púrpura, xale amarelo-ocre. Unhas pintadas, boca de um vermelho vivo, faces róseas. Numa das mãos um pequeno buquê de flores silvestres, na outra, uma carta em que era possível ler: "A Leon Trótski, com toda a minha ternura, dedico este quadro em sete de novembro de 1937. Frida Kahlo em San Ángel, Cidade do México".

Enquanto lhe dava o quadro, Frida observou Leon com atenção. Ele parecia realmente comovido e lhe agradeceu, beijando-a carinhosamente. Frida julgou ver seus olhos se demorarem no peito bem desenhado sob a blusa vermelha e as pregas do xale amarelo-ocre, e divertiu-se pensando que não se tratava dos seus, mas da jovem índia que amara na cabana à beira do lago. Frida também observou Natalia, que declarou achar o quadro "absolutamente encantador, e com um frescor quase juvenil". Na realidade, percebia claramente que Natalia compreendia perfeitamente o teor particular daquele quadro e que isso a fazia sofrer: aquela moça sedutora, aparentemente tão bem-comportada, era na realidade bastante perniciosa e mais uma vez se oferecia, com toda a impudência, ao seu "marido".

Terminada a festa, Frida voltou para casa. Ruminando que não aguentava mais, que era tarde, que estava cansada. Tomou três doses de Phanodorm e tentou em vão pregar o olho.

24

Natalia estava exultante. Fazia meses que ninguém a via em tal estado de euforia.

— O comitê de defesa acaba de telegrafar de Nova York. Anunciou publicamente seu veredito durante uma manifestação! Inocente, Lvionotchek, inocente!

A calma de Trótski contrastava com a efervescência que tomara conta rapidamente de toda a casa.

— "Constatamos a impostura dos processos de Moscou." Está escrito, Lvionotchek, "*the frame-up*", "*the frame-up*", a "impostura" dos processos de Moscou.

Trótski ergueu lentamente a cabeça e largou sua caneta, a que Frida lhe dera de presente:

— Está bem. Está muito bem — contentou-se em dizer.

Natalia continuou:

— "Constatamos, portanto, a inocência", Lvionotchek, está ouvindo, "a inocência de Trótski e de Leon Sedov"!

Pouco a pouco, o escritório foi se enchendo de gente, secretárias com blocos de anotações nas mãos; a cozinheira limpando as mãos no avental; os guarda-costas, pistolas na mão; os camaradas de plantão no pátio, metralhadora a tiracolo.

— Que ninguém abandone seu posto, eu suplico — disse Trótski — sobretudo você, Jean, você é o melhor atirador entre nós.

Natalia estendeu o telefone a Leon. Era Ruth Ageloff, que o ajudara muito por ocasião das sessões da comissão Dewey, traduzindo, datilografando, procurando documentos. Na euforia, ela colocou na linha sua irmã, a jovem Sylvia, que, assim como ela, era militante trotskista americana e que queria parabenizar o herói de viva voz.

Depois ligara o rádio. A comissão de inquérito anunciava que os duzentos e quarenta e sete citados que formavam um volume de quatrocentas páginas seriam publicados pela Harper & Brothers, em Nova York, sob o título *Not Guilty!* "Inocente!".

Diego chegou, abraçando Leon e Natalia.

— Fodemos com os stalinistas!

Os signatários do documento eram advogados, escritores, editores, jornalistas; havia inclusive um ex-membro do Comitê Nacional da Confederação dos Trabalhadores Mexicanos, ex-deputados do Reichstag, inúmeros professores, médicos e pesquisadores.

— Que vitória, Leon! — Diego não parava de repetir. — Isso vai mudar tudo! É importantíssimo, importantíssimo!

— Veremos, amigos. Seguremos o entusiasmo. Uma etapa foi vencida, mas o caminho ainda é longo...

Na mesma noite, os Rivera, como os chamava Natalia, porque sabia que isso irritava Frida, deram uma festa na casa de San Ángel, para a qual foram convidados diversos trotskistas mexicanos e estrangeiros presentes na Cidade do México. Aquela vitória era deles e por nada no mundo teriam perdido a festa. Mais uma vez beberam e cantaram. Mais uma vez, Diego usou a pistola para atirar, do terraço, em hipotéticas estrelas que cintilavam na noite mexicana. Mais uma vez Diego, morto de fome e com um humor de cão, mandando ao inferno médico, regime e remédios, devorou tudo que estava ao seu alcance, mulheres e comida, criticando não se sabe porquê a religião católica e os servos de Deus com uma falta de respeito e uma vulgaridade que dessa vez passaram dos limites. O tumulto que se seguiu deu o tom ao fim da noite. Frida, para não ficar atrás, resolveu, não se sabe o por quê, dar uma cambalhota. Naturalmente, não conseguiu, mas quando suas saias deslizaram ao longo de suas pernas, cobrindo-lhe o rosto, a plateia, hipnotizada, percebeu que ela estava sem calcinha, o que acrescentou a uma noite já bem encaminhada a nota de loucura que ainda lhe faltava. Diego queria que todo mundo se beijasse, homens e mulheres, mulheres entre si e homens entre si, e que a bebida literalmente jorrasse. Jean van Heijenoort, que até ali conseguira não beber uma gota de álcool, pensou que não lhe restava mais senão rezar para que a noite fluísse sem incidentes. Com efeito, teriam bastado alguns atiradores bem posicionados, ou participantes da festa armados com armas brancas, ou mesmo granadas, para promover um massacre e assassinar Trótski sem que se soubesse de onde o tiro partira, tão grande a confusão.

Logo antes de os primeiros convidados deixarem a casa de San Ángel, aproveitando a escuridão do terraço, Frida enfiou a mão entre as pernas de Leon, dizendo-lhe ao ouvido:

— Cá entre nós, Piochitas, seu caramujo não está com saudade da minha concha?

Leon não respondeu. Frida nunca soube se ele não ouviu ou se negou a responder.

Se o dia doze de dezembro ficou para os trotskistas como a data na qual a comissão Dewey os inocentou dos crimes de que eram acusados, para os habitantes da Cidade do México, é o dia consagrado ao nascimento do Menino Jesus e ao culto de Maria, a Virgem de Guadalupe, sua padroeira. A partir dessa data e até a véspera do Natal, todas as noites uma festa chamada *posada* é realizada nos diversos bairros de Coyoacán. Um grupo de crianças visita as de uma rua vizinha, que por sua vez, farão uma visita às crianças de outra rua, e assim por diante até o dia de Natal. Diante de cada porta, o grupo de crianças pede hospitalidade. O diálogo é convencionado: "Em nome dos céus, eu lhes peço hospitalidade, pois minha querida mulher não pode mais viajar". A resposta é imediata: "Isso não é um albergue, continue seu caminho". Entabula-se a conversa: "Não sejam tão cruéis, façam uma caridade". "Vão embora, não insistam, ou me zangarei." "Viemos de Nazaré, eu me chamo José, sou carpinteiro..." "Não interessa o seu nome, deixe-me dormir etc." Em seguida as portas se abrem. Deixam entrar os peregrinos. As crianças correm até o pátio. De olhos vendados e bastão na mão, golpeiam as *piñatas*, que explodem em mil pedaços, despejando seu conteúdo. Os adultos chegam em seguida, no final, distribuem bombons e brinquedos às crianças. Fartas refeições são servidas, durante as quais se comem folheados de *chorizo*, picadinho de frango e feijão vermelho, *tortillas* recheadas com flor de abóbora, queijo e batata.

Trótski vivenciou de uma forma estranha aqueles dias tipicamente mexicanos. Todo aquele tumulto o perturbava, o deixava incomodado. Ele não sabia dizer o porquê. Alguns dias antes de o ano 1937 desembocar no seguinte, ele teve um sonho estranho, que fez questão absoluta de contar a Frida. Tudo lhe parecia absurdo do início ao fim, absurdo e atroz. Começava na cozinha, a grande cozinha azul e amarela da Casa Azul infestada de formigas, baratas e uma quantidade de outros insetos dos quais ele não conseguia se livrar, que a atravessavam numa procissão ininterrupta. Depois, o sonho continuava, utilizando visivelmente elementos das festas da Virgem de Guadalupe. Enquanto no rádio um comunicado de Moscou anunciava a execução sem processo de oito pessoas, todas ex-colaboradores de Trótski, grupos vinham bater à porta da Casa Azul. Não eram mais crianças, mas adultos, e embora eles repetissem as perguntas tradicionais – "Em nome dos céus, eu lhes peço hospitalidade etc." –, a atmosfera alegre cedera lugar ao medo. Soprava um vento glacial, estava escuro. Os que vinham à procura de hospitalidade formavam um longo cortejo, o das vítimas do stalinismo: os anarquistas espanhóis assassinados nas ruas de Madri, muitos anônimos, também muitos rostos ensanguentados, para os quais Trótski podia dar um nome: Marc Rhein, raptado num corredor de hotel; Camillo Berneri, desovado num beco com o corpo crivado de balas; Andreu Nin, desaparecido na Catalunha; Gamarnik, encontrado depois do "suicídio"; Boudou, Mdivani, Okudjava, Eliava, velhos camaradas, todos fuzilados; Kavtaradzé, assassinado num porão; os irmãos Nestor e Mikhail Lakoba, executados numa estrada de terra; Erwin Wolf, seu querido amigo, emparedado vivo na prisão; Ignace Reiss, encontrado num fosso perto de Lausanne;

e Kurt Landau, assassinado no meio da rua; todos, homens sem rostos, rostos sem corpos, engolidos pelo oceano.

— Eis o meu sonho, que continua no pátio, onde os espero, onde me obrigam a arrebentar suas cabeças com porretadas, como no seu jogo da *piñata*. Enquanto ouço subir da rua o clamor daqueles que exigem minha expulsão do México... Às vezes, Frida, tenho a impressão, aqui, no pequeno jardim tropical de Coyoacán, de viver cercado de fantasmas com a testa esburacada.

Frida nunca sentira Leon tão cansado e desmotivado. De repente, e era a primeira vez, ele lhe pareceu muito velho, desgastado. Ele dizia que estava cheio, que a vida inteira tivera de mostrar seus documentos a funcionários antipáticos, justificar-se, esconder-se, fugir. Na manhã desse sonho terrível, um jornalista do *Baltimore Sun* viera entrevistá-lo. Leon exigira a soma exorbitante de mil dólares, a qual, obviamente, lhe recusaram. A direção do jornal era taxativa: não desembolsaria mais de duzentos dólares. Contando a história, Leon não desanuviaria diante de uma Frida arrasada, que não encontrava palavras para fazê-lo compreender que ele não era mais o homem influente que havia sido e que agora não passava de um ex-comissário de todas as Rússias em exílio vigiado no México...

Mais nada parecia divertir o velho. Nesse período de Natal, Frida passou os dias nas lojas procurando presentes para os amigos. Mostrou a Leon as bonecas de papelão fantasiadas de acrobata ou outras trajando roupas prateadas que ela adorava. Mostrou-lhe também patins multicoloridos e apitos de múltiplas formas, que ela colecionava e às vezes usava para, como dizia, "*épater le bourgeois*", no meio de uma discussão séria ou de uma peça de teatro para mostrar sua desaprovação. Leon permaneceu paralisado, tragado em seu terrível sonho, em sua decepção.

Após um longo silêncio, ele tomou-lhe a mão e disse com doçura:

— O passado evocado dá sempre medo, não é?... Mas quando é evocado a fim de engolir o presente... ele... parece infernal.

Frida não soube o que responder. Aliás, aquele pensamento talvez não pedisse nenhuma resposta. A noite descera sobre o pátio. Frida e Leon conversavam numa quase penumbra. Comentaram que estavam em vias de entrar numa noite densa. A da Cidade do México é mais escura do que em outros lugares, sempre com uma alerta à espreita, alguma coisa de feroz.

— É realmente uma noite terrível — disse Frida, acrescentando após um longo silêncio: — Está pensando em quê, meu amor?

Leon não pareceu surpreso. Ambos sabiam que ainda se amavam, mas um amor diferente, talvez mais profundo, cujas fronteiras eram difíceis de determinar.

— Penso num cavalo baio, malhado de branco, correndo e saltando. Relinchando, muito excitado, com a crina ao vento, as narinas dilatadas. Seus cascos retinem nas pedras. Ele galopa ao longo da praia. Eu me pergunto o que ele pode estar procurando.

Frida sorriu.

— Acha isso ridículo?

— Ao contrário. Escute... Enquanto você sonhava, eu trabalhava no meu ateliê. Outra insônia, isso acontece cada vez mais... Pintei uma paisagem em aquarela. No meio de um imenso prédio, bem na frente; um cavalo a galope! O céu é de um azul intenso. Só a sombra do cavalo dá profundidade à imagem. Era estranho, enquanto pintava, eu ouvia o barulho dos cascos. O conjunto dá uma impressão de opressão e solidão.

— Você pintou meu sonho!

— Não sei. Sempre achei que eu não pintava meus sonhos, e sim minha própria realidade.

— Sim, mas nesse caso trata-se do meu sonho, e não do seu...

25

O ano de 1938 começou com um episódio estranho. Um dia em que Trótski saíra, um desconhecido se apresentara na Casa Azul com grandes sacos de fertilizantes destinado, ele afirmava, ao jardim de Diego Rivera. O entregador afirmara que foram enviados pelo general Múgica, ministro das Comunicações. O segurança, desconfiado, recusara os sacos e ordenara ao entregador que viesse no dia seguinte. O que ele evidentemente não fez. E quando verificaram se o general havia dado ordens para entregar alguma coisa na Casa Azul, ele deixou claro que nunca dera nenhuma instrução nesse sentido!

Esse acontecimento se superpôs, na cabeça de Trótski, a um outro. Como todo dia cinco de janeiro, desde 1933, ele lembrou do suicídio de sua filha Zina, que abrira o gás em seu apartamento de Berlim. Ela também era perseguida pelos agentes especiais do Krêmlin. Ela também temia ver-se obrigada a voltar um dia à Rússia. Depois da morte do pai de seu filho, Platon Volkov, deportado para a Sibéria, ela sofrera inúmeras crises de delírio, que a levaram a ser internada para tratamento numa clínica em diversas ocasiões. Mas em Berlim, sozinha, desesperada, grávida, julgou que a única solução era pôr fim aos seus dias. Sobre a mesa de cabeceira, deixara uma carta destinada à sua amiga Jeanne Martin des Pallières, na qual lhe pedia que cuidasse de Sieva, seu filho de seis anos "tão bonzinho"...

De seus quatro filhos, Zina era aquela de quem Trótski era mais próximo, pois parecia-se com ele tanto física quanto, de certa maneira, moralmente. Então, em todos os momentos difíceis de sua vida, desde cinco de janeiro de 1933, pensava nessa morte, ruminando que talvez um dia ele também escolhesse aquele caminho fatal.

Aquela história de sacos de fertilizantes o preocupava muito. Num primeiro momento, adotou medidas de defesa mais sérias: exigindo que uma pequena tropa montasse guarda vinte quatro horas por dia e que um sistema de alarme fosse instalado na casa de Coyoacán.

Observando idas e vindas suspeitas na casa vizinha à de Trótski, Diego tomou as rédeas da situação. Após checar a identidade dos vizinhos, promoveu obras na Casa Azul. Abriu uma porta entre dois cômodos, o que evitaria a seus ocupantes fazerem um desvio em caso de necessidade de fuga; fechou janelas com grossos tijolos de barro vermelho e planejou fazer uma ampla abertura no muro que separava a Casa Azul da casa vizinha, que ele pretendia adquirir. Grandes sacos de areia bloqueariam agora a entrada da rua Londres a toda circulação e, a cada visita, Leon se dirigiria para um dos cômodos do interior antes que as portas que davam para o pátio fossem abertas.

Como se não bastasse o medo gerado pela falsa entrega dos sacos de fertilizantes, a campanha de calúnias e ameaças promovida pelos stalinistas mexicanos recomeçou ainda mais forte. Dessa vez criticavam Trótski por seu papel no esmagamento da Revolta de Kronstadt em 1921, sugerindo que, para fazer triunfar o provérbio segundo o qual os fins justificam os meios, ele não hesitara em matar inocentes. Na realidade, o que Trótski e seu círculo temiam não era tanto os ataques da imprensa, aos quais terminaram por se habituar, e sim as chamadas para ocupar as ruas e manifestar-se debaixo de suas janelas. Uma falsa manifestação política realizada na esquina da rua Londres com rua Allende poderia muito bem degenerar e terminar num atentado contra ele.

Finalmente, Diego Rivera julgou preferível que seu hóspede se afastasse durante certo tempo e lhe propôs que fosse morar na casa de um amigo mexicano, Antonio Hidalgo, que possuía uma mansão nas Lomas de Chapultepec, a oeste da Cidade do México. A fim de dissimular a ausência de Trótski, Natalia permaneceria em Coyoacán e faria tudo para simular que este último ainda morava ali: não deixaria ninguém entrar no quarto de Trótski, alegando uma doença que o obrigava a permanecer deitado; e, de tempos em tempos, levaria chá, livros, os jornais diários que ele tinha o hábito de devorar, sem esquecer de ligar o rádio nas horas em que ele gostava de ouvir...

No dia treze de fevereiro, Lvionotchek esgueirou-se no carro estacionado no pátio e, embrulhado numa capa, deitou-se no chão do veículo, enquanto Jean van Heijenoort ao volante, transpunha o portão e passava em frente à guarita dos policiais, acenando-lhes com um gesto que queria dizer: estou sozinho e com pressa!

A casa do casal Hidalgo era uma maravilha de calma e seus habitantes, solícitos e respeitosos. Sem poder sair e nem desfrutar do parque adjacente, do qual no entanto podia sentir o cheiro da relva e das árvores, nem das múltiplas lojas que animavam dia e noite as ruas daquele bairro chique, Trótski passava os dias lendo e escrevendo, em especial um artigo intitulado "Sua moral e a nossa", ao qual ele acrescentava incessantemente novos parágrafos. Hidalgo e Jean van Heijenoort faziam a ligação com a Casa Azul. Desde seu exílio na Turquia, em fevereiro de 1929, Trótski e Natalia só haviam se separado por breves períodos. Aquela era a quarta vez, e, tal como durante os anteriores, trocavam cartas repletas de detalhes do dia a dia.

Pensando no que chamava um "futuro mais distante", contou-lhe que cogitava substituir seus ternos brancos por paletós de couro, seus sapatos claros por escuros, e seu chapéu de palha por um boné. Pediu que lhe mandasse seu sobretudo, seu *cache-nez* e sua cinta ortopédica, pois sentia dores nos rins. Também lhe pediu seu creme capilar esquecido em Coyoacán e uma escova dura que lhe permitisse mantê-los domados. Na realidade, e apesar do ato de contrição reiterado, em lágrimas aos pés de Natalia, garantindo-lhe seu amor infalível e a necessidade que tinha dela, não podia se abster de pensar em Frida, em tudo que acabava de viver com ela, em tudo que ela lhe dera. A nostalgia que sentia por esse passado recente era uma nostalgia feliz.

Na manhã de dezesseis de fevereiro, ia escrever-lhe uma nova carta, na qual pretendia exprimir seu desejo de revê-la, quando uma confusão foi ouvida no hall de entrada da *villa*. Diego Rivera, monumental, suando em bicas, o rosto fechado, o que lhe conferia uma espécie de força dionisíaca, irrompeu violentamente em seu quarto, acompanhado de Jean van Heijenoort:

— Leon Sedov está morto! — disse Diego.

— O que está dizendo? — berrou Trótski.

Diego repetiu "Leon Sedov está morto", agitando o jornal vespertino que reproduzia a matéria de Paris.

— Liova, meu pequeno Liova... Fora daqui! Saiam do meu quarto! Saiam! — disparou, acrescentando: — Esperem, Natalia já sabe?

— Não.

— Então serei eu que lhe direi. Vamos imediatamente para Coyoacán.

A viagem até a Cidade do México foi penosa para os três passageiros. Jean van Heijenoort dirigia. Diego estava sentado ao seu lado. Trótski, sozinho no banco de trás, tinha a cabeça ocupada por um único pensamento: enquanto terminava seu artigo, seu filho lutava contra a morte e ele não sabia de nada! Com os dentes cerrados durante todo o trajeto, um segundo pensamento submergiu o primeiro. Era a terceira vez que ele chorava a morte de um filho. Após a morte de Nina, em 1928, depois a de Zina, cinco anos mais tarde, agora era Leon Sedov, que ele e Natalia chamavam afetuosamente de Liova, que morria...

Ao chegar a Coyoacán, pôs as mãos sobre os ombros de Natalia, repetindo-lhe diversas vezes "Nosso pequeno Liova está doente, Natalotchka, nosso pequeno Liova está doente", antes de se trancar em seu quarto com ela e só sair na tarde do dia seguinte.

Frida, presente, abraçou Natalia demoradamente, tomando-a em seus braços.

— Leon vai lhe contar, eu não consigo — Natalia disse, desaparecendo na cozinha, as costas subitamente arqueadas, como se tivesse ficado velha no lapso de uma noite.

Frida apertou calorosamente as mãos de Leon, que a arrastou até seu escritório, antes pedindo que preparassem um chá.

— Há exatamente trinta e dois anos, Natalia me anunciava na prisão a notícia do nascimento de Liova... É horrível...

Sentados lado a lado no sofá, Leon e Frida não afastavam suas mãos, enlaçadas como as de dois amigos reunidos por uma mesma desgraça.

— Como aconteceu?

— Liova sentia muitas dores abdominais. Foi transportado com urgência para uma pequena clínica em Auteuil, dirigida por um médico russo emigrado. Para evitar que os matadores de Stálin o encontrassem, foi registrado com o nome de sr. Martin, engenheiro francês. A cirurgia correu bem. Dois dias mais tarde, estava de pé... E morreu de repente, no terceiro dia...

— Como? Por quê?

— Pouco antes de ele morrer, a enfermeira de plantão encontrou-o vagando de pijama pelos corredores da clínica, delirando e sem saber o que dizia. Parece que, horas antes de sua morte, um médico dirigiu-se a ele em russo e deram-lhe alguma coisa para comer entre as horas regulares das refeições.

— Acha que ele foi envenenado?

— Sem dúvida alguma, isso é comum na Rússia — disse Leon, com a voz engasgada, os olhos marejados, acrescentando: — Hoje é o dia mais triste de nossas vidas, Frida. O mais escuro. Mataram nosso filho. Mataram nosso pequeno Liova...

— Ele tinha filhos?

— Sim e não.

— Não entendi.

— Ele vivia com Jeanne Martin des Pallières, que cuidava de Sieva, nosso neto, quanto sua mãe, Zina, se suicidou em Berlim.

— O que você vai fazer?

— Obter a guarda da criança e trazê-la para o México...

Haviam conversado o dia inteiro, anoitecera. Frida, que voltara a sentir dores terríveis no que chamava de seu "pé ruim" e que, após a cirurgia que fizera quatro meses antes, sabia que provavelmente precisaria de outra, preferiu calar-se. Em tempos normais, teria dito que continuava a "mancar com o casco", que "aquilo enchia o seu saco" e que "há meses a rasgavam à toa". Mas não abriu a boca. O sofrimento de Leon era tão intenso, que o seu lhe pareceu irrisório. Em tempos "normais", ela também lhe teria dito que estava trabalhando num croqui, *Lembrança de uma ferida aberta*, em que se representava sem cabeça, o coração inchado e vermelho, sentada, o pé enfaixado, uma das mãos dissimulada sob sua saia, acariciando uma ferida aberta: seu sexo cor de sangue. Pensou: *De todo modo, não vou lhe falar desse quadro em que estou me masturbando, vou ficar calada*.

No momento de partir, beijou Leon na boca, dizendo-lhe:

— Eu te amo. Amo vocês dois, Natalia e você — acrescentando que soubera que o poeta francês André Breton chegaria em breve à Cidade do México.

Ao ouvir aquele nome, Trótski mudou subitamente de expressão, como se todo o seu sofrimento, real e profundo, acabasse de evaporar. Sua fisionomia era a de um homem novamente enérgico, agudo, dominador. *Como fazia para recuperar aquela calma?*, perguntou-se Frida. Sua vida arriscada, inquieta, cheia de sobressaltos e perigos, não o havia privado, com o tempo, de toda sensibilidade?

26

Foi nas horríveis semanas subsequentes à morte de Liova, quando Frida se afastara voluntariamente da vida de Leon e Natalia a fim de não interferir em sua dor, que o poeta francês André Breton, acompanhado de sua esposa, com quem se casara havia três anos, chegou ao México. Sob o pretexto de uma missão do ministério das Relações Exteriores e de uma série de conferências, o chefe incontestável do movimento surrealista, cabeleira prateada ao vento, passou sua primeira noite na casa de Lupe Marín, ex-mulher de Diego, com a qual este acabava de reatar e a quem voltara a desenhar e pintar sob o olhar ressabiado de Frida.

Na realidade, o célebre "papa do surrealismo", quase embarcara de volta para a França naquela mesma noite. O funcionário da embaixada não tendo previsto nenhum alojamento, e Breton não estando em condições de pagar um quarto de hotel, foi Diego que encontrara essa solução. Em poucos segundos, a angústia e a cólera do grande homem arrefeceram:

— Vocês dormirão as primeiras noites na casa de Lupe, depois virão para nossa casa em San Ángel. Vocês são nossos convidados. Está tudo programado. Quanto a Trótski, ele me encarregou de transmitir seu convite. Está à espera de vocês.

Desde o primeiro encontro, Frida antipatizou com André Breton. Não gostava do azul profundo de seus olhos, julgava seu rosto tão pouco expressivo quanto uma máscara, nem de suas mãos, que se agitavam no ar como dois moinhos inutilmente teatrais, e ainda menos daquela maneira imbecil de oferecer a mão para ser beijada, como uma dama do século passado. Mas essa rejeição física não era a mais importante. O homem enchia sua plateia com incessantes fórmulas ou teorias, cada uma mais pretensiosa, inepta e arrogante que a outra, como "Essa terra é o lugar surrealista por excelência" ou "Aqui os cactos têm a eternidade à sua frente: a dos ídolos de pedra". Frida costumava dizer: "O problema com *el Señor* Breton é que ele se leva muito a sério". Na realidade, pensava sinceramente que ele não entendia nada do México. Falando apenas de si próprio – "Para mim o essencial é que não cedi nas três causas que abracei no começo: a poesia, o amor e a liberdade" –, lembrava para quem quisesse ouvi-lo que em várias ocasiões tinha erguido a voz em defesa de Trótski e que este não teria senão um desejo: encontrá-lo o mais rápido possível. A seu ver, havia sido um dos primeiros a pressentir a grandeza de Trótski e a defender sua honra perdida de revolucionário. Quando não dissertava horas sobre o papel do inconsciente na criação, condenava a onda de emburrecimento sistemático que banhava tudo que não se referisse ao surrealismo e não incensasse sua ilustre pessoa.

A primeira discussão aconteceu após uma conferência pública dada por Breton no Palácio das Belas-Artes, durante a qual atacara "os intelectuais clericais, stalinistas, espiões do GPU, membros de todas as seitas e panelinhas", e para a qual exigira a presença de uma discreta força de ordem composta por militantes mexicanos, que Trótski lhe oferecera prontamente. Naturalmente não ocorreu nenhum incidente, ainda mais porque a plateia que viera escutar as boas-novas do mestre foi muito escassa.

Durante a refeição que seguira a conferência, realizada na casa de San Ángel, Frida Kahlo não resistiu a uma pequena ironia. Enquanto todo mundo desfrutava da suave noite no jardim, enquanto a índia que exercia a função de guarda-costas e cozinheira preparava o jantar num fogo de brasa, Breton, percebendo o tamanduá que passeava com toda a liberdade entre os vasos de agaves, comentou que aquele animal figurava em seu *ex-libris*, tirando espantosas conclusões sobre as razões daquela aparição providencial e possivelmente devida ao que ele denominava o "acaso objetivo". Frida, após escutá-lo impassível, replicou que um rebanho de tamanduás teria sido bem-vindo para encher a sala, onde os membros das forças de ordem eram mais numerosos que o público!

Tendo recebido muito mal a brincadeira, Breton calou-se de repente. Jacqueline, sua esposa, dotada de uma inteligência aguda, divertida, fascinante e de luminosa de beleza, salvou a situação. Dando uma gargalhada maravilhosa, avançou até Frida, pegou-a pela mão e disse que morria de vontade de ver suas telas e que Breton — nome que ela lançou com a deferência devida — também ficaria muito feliz se ela pudesse fazer essa gentileza. Frida concordou. Aos vinte e oito anos, Jacqueline era enérgica, espontânea e de uma beleza que chamava atenção. Olhar intenso, rosto agudo aureolado por uma cabeleira dourada, procurava cultivar seus talentos de pintora, enquanto ganhava a vida como dançarina aquática no Coliseum da rua Rochechouart em Paris. Frida, conquistada por aquela em quem Breton via uma ninfa e que ele apelidara "Catorze de Julho", ruminou que um dia as duas poderiam ter um caso. Então cedeu, porque a mão que segurava a sua era extremamente suave e porque devia ser excitante fazer amor com uma sereia.

Assim como Frida gostava de mostrar suas telas às pessoas que apreciava — lembrou-se da primeira vez em que Diego as contemplara longamente, ou momentos passados com Leon tentando fazê-lo penetrar em seu universo particular —, detestava expor sua intimidade a desconhecidos ou pessoas que sentia que lhe eram hostis. Mas felizmente havia Jacqueline, igualmente pintora, e era para ela, somente para ela, que mostraria um quadro, só um, minúsculo, com apenas dez centímetros por quinze: *Garotinha com máscara em forma de caveira*. Via-se, contra um fundo de desolação, nas distantes montanhas repletas de nuvens, uma garotinha de vestido cor-de-rosa, descalça, tendo nas mãos uma flor *zempazuchi* amarela, a cabeça coberta por uma caveira branca e à sua direita uma máscara hedionda.

— Por que uma flor amarela? — perguntou Breton.

— É a flor dos mortos entre os astecas. Hoje, ela enfeita os cemitérios no dia de Finados — respondeu Frida.

O que ela queria era alijar Breton da conversa. Dirigiu-se a Jacqueline:

— Vocês têm filhos?

— Uma filhinha, Aube, de dois anos.

— "Beijei a aurora [*aube*] estival. Nada ainda se mexia na fachada dos palácios. A água estava morta. Acampamentos de sombras não deixavam a estrada do bosque...", Arthur Rimbaud — declamou Breton.

— Deixamos Aube em Paris, na casa de amigos — continuou Jacqueline. — Não deu muito certo. Ela se recusa a acreditar que partimos! Diz que estamos atrás da porta, próximos à floresta, que nos vê regularmente num canto do jardim. Isso me deixa louca.

— Pois eu jamais poderei ter filhos. Aborto atrás de aborto.

— Pronto, é isso: esse quadro é um autorretrato. Nele, você revela seu desespero à ideia de nunca carregar a descendência de seu marido — disse Breton, voltando-se para Diego. — O inconsciente revela o consciente. Você pinta seus sonhos...

Frida repetiu a Breton o que já dissera a Trótski, alguns meses antes:

— Nunca pintei o que sonho, pinto apenas minha própria realidade.

Então sentiu a mão de Jacqueline apertar mais forte a sua. Em sinal de cumplicidade e compaixão.

— André, isso é assunto de mulher, vocês não podem compreender — disse Jacqueline, incluindo Diego no "vocês".

Nem essa sutil observação, que sugeria delicadamente que talvez não valesse a pena estender o assunto, foi capaz de deter Breton, que, fazendo pose, lançou:

— Mulher... A mulher deve ser a última palavra de um agonizante e de um livro. Virgem ou puta, ela é onipresente, por ser erótica.

Na realidade, a situação era complexa. Breton estava realmente seduzido por Frida. Ela correspondia perfeitamente ao ideal feminino surrealista. Teatral, excêntrica, misteriosa, independente, era um misto de fada e bruxa. Breton estava sinceramente fascinado pelo que vislumbrava da obra de Frida naquela tela minúscula, que não era maior que uma mão.

— Você não tem nenhum mestre, isso é visível. Nenhuma tradição, referências. Se eu lhe pedir para citar seus pintores preferidos, dirá que não tem nenhum...

Enquanto pensava, *que inseto esse veado francês*, Frida respondeu:

— Grünewald, Piero della Francesca, Bosch, Clouet, Blake, Klee, Gauguin, Rousseau...

— Claro, você está me embromando! Que humor!

— Sim, de fato. Sou ignorante, natural, quase ingênua.

— Isso, é exatamente isso — disse Breton, que, embora só estivesse ali havia poucos dias, acrescentou: — Encontro em você o que descubro no México, o surrealismo selvagem, depurado de toda influência... Em seu relevo, em sua flora, no dinamismo que lhe confere a mistura de raças, mas também, como aqui, em suas aspirações mais elevadas. Pois bem, vou lhe dizer...

— Sim, diga-me.

— Creio que posso aceitá-la no nosso grande movimento internacional surrealista!

— Eu ignorava que era surrealista até que você viesse ao México. Na realidade, eu, que nunca sei realmente quem sou, agora tenho esta certeza graças a você: sou surrealista.

— Mais que isso, sua arte é como uma fita enrolada numa bomba!

— *Mierda! ¿Una bomba? Estupendo, maravilloso*, obrigada *Señor* Breton, estou atarantada. Eis-me pintora surrealista! Não acredito, que felicidade!

Todo mundo parecia compreender o que se passava, exceto Breton, que julgava ter feito um novo recruta.

— Eu também gostaria que minha pintura e eu mesma fôssemos dignas das pessoas às quais pertenço e das ideias que me dão força; eu gostaria que minha obra contribuísse para a luta pela paz e a liberdade — prosseguiu Frida.

— Mas, claro — aquiesceu Breton, dizendo acreditar piamente que os caminhos da poesia e da revolução levavam a humanidade do reino da necessidade ao da liberdade e que era por isso que queria necessariamente falar com Trótski.

— Creio que um encontro está marcado para amanhã — disse Frida, a fim de dar fim a uma noite que já se eternizava.

— Sim, vamos nos deitar para ficarmos novos e bem-dispostos — disse Jacqueline, que percebera claramente que Frida não aguentava mais.

Instalados no andar superior da casa, Breton e sua esposa recolheram-se aos seus aposentos após um último drinque.

Enquanto conciliava o sono, Frida pensou na pele de Jacqueline, que cheirava a madressilva.

27

Enquanto seus dois homens trabalhavam, um pintando em seu ateliê, o outro preparando a conferência que deveria dar na Universidade Nacional da Cidade do México, Jacqueline, sentada no jardim da casa de San Ángel, contava a Frida os dois primeiros encontros entre Breton e Trótski.

— Ficamos bastante comovidos. Nos sentimos imediatamente acolhidos de braços abertos. Natalia nos serviu chá. André, que detesta chá, chegou a beber uma xícara, murmurando ao meu ouvido: "Nessas circunstâncias históricas, digamos que está bebível...".

Durante o primeiro encontro, que durara apenas algumas horas, os dois homens haviam falado dos processos de Moscou, de Malraux, de Gide. Um pensava que tinha à sua frente toda uma vertente da Revolução Russa que ressurgia de repente, o outro, que falava com um artista que não só era totalmente independente do stalinismo, como totalmente hostil ao movimento. Jacqueline, apaixonada por Breton, só falava em "surpresa fascinada", "admiração mútua", e disse como caíra nos encantos "daquele homem que falava um excelente francês com um ligeiro sotaque dourado". Lembrou também o quanto Trótski lhe parecera "jovem e ainda vigoroso", perguntando-se inclusive se era um bom amante. Frida escutava em silêncio, ainda mais que Jean van Heijenoort lhe confidenciara alguns dias antes, secretamente, que tivera de arranjar exemplares da obra de Breton, que Trótski jamais lera, para que ele se familiarizasse com um movimento surrealista ao qual era totalmente alheio. Quanto a essa recepção tão calorosa, em meio às flores róseas, buganvílias roxas e dos cactos, Jean lhe contara que Leon lhe dissera que não tinha como ser sectário em matéria de ideologia "quando os aliados escasseiam". Em suma, que ele compreendera o valor estratégico de receber em sua casa um dos raros intelectuais franceses que o apoiavam abertamente. Para Frida, a gentil Jacqueline não percebia que os dois grandes homens tinham todo interesse em que seu encontro de cúpula se desenrolasse da melhor maneira possível e repercutisse nesses termos na imprensa internacional.

Se durante o primeiro encontro nenhum grande tema fora verdadeiramente abordado, isso não se repetiu no segundo. Jacqueline começou por contar como André detivera-se longamente diante do autorretrato que Frida dera de presente a Trótski e dissera essas palavras memoráveis, que a moça recitava como se se tratasse de versos sagrados: "O que estamos assistindo aqui, meu caro Trótski, como nos mais belos dias do romantismo alemão, é o despontar de uma jovem mulher dotada de todos os talentos de sedução que costuma evoluir entre os homens de gênio".

Mas Trótski e Breton não falaram somente de pintura. Esse segundo encontro resultou numa disputa que em verdade revelava o abismo que separava os dois homens. Os gostos literários de Trótski indo apenas até o século XIX, e mais particularmente aos grandes escritores naturalistas, ele confidenciou com grande candura a Breton que, quando lia Émile Zola, "entrava numa realidade mais vasta".

— Você precisava ter visto a cara contrariada de Breton respondendo a Trótski que reconhecia alguns méritos em Zola!

— Na realidade, pensavam diferente em tudo. Trótski não compreendia por que Breton atribuía tanta importância a esse Freud e suas teorias, das quais desconfiava, nem por que adorava Sade e Lautréamont: "Em todo caso você não vai me dizer, meu caro Breton, que estes dois são tão importantes para a emancipação do homem quanto Marx e Engels!". Ele criticava o surrealismo por querer "sufocar o consciente sob o inconsciente" e não via por que convinha dar tanta importância ao "acaso objetivo".

Embora Jacqueline insistisse muito no clima respeitoso, civilizado, deferente dessas conversas, Frida compreendia perfeitamente o que estava se passando. Decerto sua falta de objetividade a respeito de Breton era total, mas ela conhecia perfeitamente seu Piochitas e sabia que por trás de sua calma aparente ele podia dissimular uma rejeição total. O que aliás não excluía o cálculo político mais frio. Trótski via perfeitamente onde estavam as lacunas políticas de Breton, e Breton podia observar as de Trótski no domínio literário, uma vez que, aos olhos deste último, a poesia mais contemporânea terminava em Nerval. No fim desse encontro, enquanto Natalia, mais uma vez, fazia circular as xícaras de chá, que ela adoçava com uma colher de geleia, Trótski "deu a ideia magnífica, magnífica", insistiu Jacqueline, "de criar uma Federação Internacional dos Artistas e Escritores Revolucionários".

— Para contrabalançar as organizações stalinistas! É uma ideia formidável, não acham? — exclamou Breton, que, na companhia de Diego, acabava de juntar-se às duas mulheres no jardim. — Palavras para mudar o mundo! O poder das penas contra o dos fuzis!

— E então, essa conferência — perguntou Frida, que decidira ser gentil — avança?

— Não vamos ter mais conferência — ele respondeu.

— Não? Mas isso é horrível! — disse Frida, cuja ironia não foi apreciada pelos dois homens.

— O reitor da universidade pediu demissão, teme-se um golpe de Estado — disse Diego.

— Contra Cárdenas? — perguntou Frida.

— Sim — respondeu Diego — e isso não é tudo.

— A imprensa comunista está sujando minha imagem — acrescentou Breton. — Todos os dias, sugerem que o surrealismo é uma torre de marfim. Em suma, Diego acaba de me informar que me exoneram de toda função oficial. Querem me fazer calar. Minha leitura de poemas feita em vinte e seis de junho, terá sido então a última intervenção de André Breton no México.

— Você poderá se encontrar mais com Trótski — disse Jacqueline.

— E visitar nosso belo país — acrescentou Frida, que não imaginava estar tão certa, uma vez que, dois dias mais tarde, os Breton e os Rivera, acompanhados de Leon e Natalia, partiram em diversos carros, escoltados por doze guarda-costas, para Toluca, cidade situada a sudeste da Cidade do México e encarapitada a dois mil e seiscentos metros de altitude.

28

A exploração dos arredores da Cidade do México levou dois meses, durante os quais os três casais, cujos carros seguiam em fila indiana, chacoalhavam em meio às pedras e à poeira, batendo a cabeça nos tetos dos veículos. O alegre bando, cujo forte não era a discrição – embora a segurança de Trótski o exigisse –, percorreu assim estradinhas ladeadas de campos cheios de cactos e palmeiras, castigadas pelo sol, e ficaram em pousadas quentes como fornos. Visitaram a planície calcinada de Teotihuacán e suas pirâmides sacrificiais, o mosteiro-fortaleza de Acolmán, a catedral neogótica de Tepic, o estranho campo de lava do Pedregal, as orquídeas da serra de Taxco, os horizontes infinitos do deserto dos Leões, o Popocatépetl e o Iztaccíhuatl, vulcões com os picos nevados. Eles viram os jardins de flores escarlates zumbindo de colibris em Cuernavaca, a pirâmide de Xochicalco, e Toluca, Tenayuca e Calixtlahuaca, todos testemunhos vivos das culturas indígenas reivindicadas pela Revolução Mexicana. Ao longo das estradas acidentadas, cruzaram com vendedores de facões de caça, revólveres, câmeras fotográficas, lanternas de bolso, relógios, corais. Diego tinha razão: "Aqui começam as coisas sérias, nossa realidade, a de nossos sonhos e anseios".

Os piqueniques eram alegres, para dormir encontravam pousadas, as noites eram regadas a álcool, às vezes até iam ao cinema num vilarejo perdido, quando Trótski se escondia atrás de um lenço e, rindo gostosamente, assistia a um *western*. Um novo tempo se instalava, espalhando-se numa vaga e brumosa realidade; a da manhã, da tarde, e da noite. Em determinados dias, Breton e Trótski, arrebatados pela luz, piscavam os olhos como homens que saíram da prisão: "Eis o México profundo, o México do índio – dizia Diego –, o tempo não é mais recortado em parcelas exatas. Não existe mais nem meio-dia, nem noite".

Breton não resistia a comentar o que via – "Ah, essas estradas desérticas abundam em acidentes geográficos e miragens" – e achava sempre um jeito de associar fatos triviais a dados mais gerais, que ele transformava imediatamente em teoria, exceto quando passava ao lado de *peónes* corroídos pela pobreza, cujo estupor e tristeza ele não percebia. Era ao mesmo tempo angustiante e comovente. Quanto a Trótski, entregava-se aos seus dois passatempos favoritos: distribuir apelidos e embrulhar cactos em sacos de lona, terminando por encontrar o que ele procurava há tempos, o "pequeno velho", um cacto coberto de pelos brancos.

Frequentemente, as mulheres, cansadas das discussões sobre o status da arte antes e depois da revolução, aproveitavam para jogar carteado russo, uma variante do "cadáver esquisito" surrealista, para fuçar nos mercados, passear nas aldeias, enfim, fumar em paz e se maquiar, duas atividades que Trótski não suportava, repetindo: "Mulheres não devem fumar, é deselegante! Nem se maquiar, é perda de tempo!".

Em suma, o alegre bando viveu seus momentos mais felizes, exceto na noite em que Diego, que exagerara um pouquinho no conhaque, entrou numa explicação confusa, em que dizia que Frida, logo no início de seu relacionamento, para segurá-lo, tornara-se o que ele quisera que ela se tornasse: uma namorada ateia que, como ele, acreditava no comunismo e caminharia ao seu lado nas manifestações políticas:

— Então, de um dia para o outro, a pobrezinha que temia a Deus, que usava um grande crucifixo, rezava e ia à missa regularmente, virou ateia. E ela, que não se interessava por política, abraçou o comunismo! É assim que ela aparece no meu afresco *Distribuição de armas*, certo? Bela bunda comunista! Belos peitos! Uma coisa na cama! Viva a revolução proletária!

Um silêncio constrangedor acolheu as palavras ébrias de Diego. Trótski, que não podia dizer nada, fervia de vergonha. "Obrigado a me calar, a fechar a boca diante desse palhaço!".

Essa noite, Frida não dormiu na cama do marido, preferindo o sofá.

Foi o único momento realmente desagradável. Sim, o pequeno bando viveu então seus momentos mais felizes. Frida podia ver Leon diariamente e constatar que sua cumplicidade permanecia intacta. Quanto à amizade por Jacqueline, esta crescia cada vez mais, como naquele dia em que Frida, voltando de um de seus passeios, com queimaduras causadas pelo sol, viu suas dores amenizadas por Natalia, que lhe sugerira tratar suas queimaduras à moda russa, com iogurte. Foi Jacqueline que passou o unguento, e Frida ficou arrepiada. Porque as mãos de Jacqueline acariciavam seus ombros e costas nus com uma destreza perturbadora, e também porque uma reflexão desta última a deixou desconcertada. Quando ela lhe perguntou em que consistia exatamente aquela "história do afresco" mencionada por Diego na noite em que ele estava bêbado, e que Frida esclarecera que Diego a representara entregando armas aos camponeses e operários mexicanos revoltados, "de calça masculina, camisa vermelha estampada com a estrela de cinco pontas e os cabelos curtos à *la garçonne*", Jacqueline dissera: "Você devia estar muito sensual vestida desse jeito". Não era uma pergunta. Jacqueline não esperava nenhuma resposta. Mas aquelas palavras "ao léu" abalaram Frida.

Foi durante a viagem a Guadalajara, antigamente a mais espanhola das cidades da Nova Espanha, que a bela aliança se quebrou. Era junho. Diego fora pintar um afresco nessa cidade e o pequeno grupo decidira ir até lá encontrá-lo. Embora Trótski e Breton, ao longo de todas as suas férias amistosas, tivessem descoberto paixões comuns – o amor à natureza, a caça às borboletas, a pesca dos axolotes, calça arregaçada e mãos mergulhando na água gelada –, um incidente estúpido foi o verme que se instalou no fruto de sua amizade. Durante sua segunda conversa, Trótski evocara a ideia da criação de uma federação de artistas revolucionários, projeto que, evidentemente, exigia a redação de um manifesto. Com toda a naturalidade, Breton fora designado para redigi-lo. Mas as semanas passavam e Trótski não via nada aparecer. "Então, André, esse manifesto, está adiantado? Então, André, tem alguma coisa para me mostrar?" Trótski não parava de perguntar e só obtinha respostas confusas, vazias, dignas de um aluno tentando escapar de um professor exigente.

Para que a raiva de Trótski explodisse, era preciso um incidente. Este aconteceu numa modesta igreja rural para os lados de Puebla, quando ele surpreendeu Breton roubando, em meio a uma verdadeira floresta de ex-votos, uma dúzia deles deixados ali por camponeses gratos. Trótski, o ateu, não suportava que Breton blasfemasse daquela maneira uma crença popular, conspurcando práticas ancestrais. Como ele, que se dizia revolucionário, podia agir daquela forma?

Quando o assunto veio à baila no caminho de volta, Breton foi irônico:

— Alguns pedaços de metal e pinturas ingênuas na madeira, qual a importância disso? Um roubo? Não. Uma participação na cultura surrealista. Essas pessoas deveriam ter orgulho por André Breton se interessar por elas!

— No fim, André, você está roubando o povo!

— O "povo" não saberá de nada, o "povo" está se lixando! E, para nós, surrealistas, essas obras um pouco estranhas são um tesouro!

— Você pensa que está numa de suas colônias!

— Não, realizo um gesto surrealista anticlerical! Morte os padres!

— Você não entende nada disso, meu pobre amigo, no México todos os bens eclesiásticos pertencem ao Estado. É o povo que você está roubando!

— E daí?

— Se as autoridades locais souberem desse roubo, os stalinistas farão vibrar a veia patriótica dos mexicanos. Imagine o escândalo: Trótski e seus amigos atentam contra o patrimônio nacional.

— A revolução do proletariado mundial deve...

Trótski não lhe permitiu terminar a frase:

— Deixe o proletariado onde está e não toque na revolução, vai sujar seu belo terno! Em vez de roubar nas igrejas, faria melhor se redigisse o nosso manifesto. Se não se sente capaz, diga logo!

※

Breton, que estava na frente, sentado ao lado do motorista, morrendo de raiva, mandou parar o carro. O cortejo rodava havia cerca de duas horas. Frida e Jacqueline, no carro que vinha atrás, viram Breton descer com uma expressão de estupor no rosto. A terra em volta queimava, pálida, seca, o vento a erguia em poeira de areia fina. Seu pescoço e clavículas suavam em bicas sob a camisa aberta. Fazia um calor sufocante e úmido. Breton entrou no carro, enquanto Jean van Heijenoort foi substituí-lo junto a Trótski.

O resto da viagem – mais de seis horas – desenrolou-se num silêncio de morte. Ao chegarem a Guadalajara, os dois grupos evitaram-se cuidadosamente. Trótski foi visitar José Orozco, que tinha seu ateliê na cidade, a fim de mostrar claramente a Breton e a Rivera que podia encontrar quem quisesse onde quisesse, mesmo que isso os desagradasse. Quanto a Breton, passeou com Jacqueline e Frida pelas ruas de Guadalajara à procura de mascates e objetos antigos.

No caminho de volta, Breton terminou se manifestando. Aquilo era uma espécie de doença nele. Precisava dar sua opinião sobre tudo, explicar tudo, analisar tudo. No caso, explicava a Frida o que era o México:

— Uma terra vermelha, uma terra impregnada do sangue mais generoso. Uma terra onde a vida do homem não tem preço, sempre pronta como o agave, a perder de vista que a exprime, a se consumir numa flor de desejo e perigo.

As duas mulheres entreolhavam-se, dissimulando o riso.

— "Desejo e perigo, desejo e perigo...", repetiu Jacqueline, acrescentando maliciosamente: — Como a menina da mansão que visitamos ontem?

Contemplando pelo vidro um céu esplendidamente azul, enquanto sobre o horizonte flutuava uma densa névoa nacarada, Breton, com a cara mais séria do mundo, respondeu:

— Essa admirável criatura de dezesseis anos, idealmente despenteada, que veio abrir a porta para nós, era uma fada lasciva. Vocês notaram? Estava nua por debaixo de um vestido de baile em farrapos. Pouco importa sua origem, sua sujeira. Basta-me dar graças por sua existência, assim é a beleza.

De volta a San Ángel, Frida sentiu-se subitamente cansada. Aqueles passeios a fatigavam e aquelas discussões banais a entediavam. Dava-se conta de que a presença de Breton constituía um obstáculo às conversas que poderia ter tido com Leon. O maldito surrealista continuava enfurnado na casa de Trótski. A propósito, esquecido o incidente de Guadalajara rapidamente, reconciliaram-se. Precisavam muito um do outro. Breton garantiu que iria retomar a redação do manifesto e formalizar o melhor que pudesse as ideias que Trótski queria transmitir. Obcecado por seu manifesto, Trótski não via tudo que o separava de Breton. Frida, por sua vez, observava e via claramente o que acontecia. A par das conversas em torno de temas políticos ou culturais, os dois homens também abordavam outros assuntos, às vezes mais vastos, às vezes mais específicos. Por exemplo, Trótski adorava animais e sustentava que os cães possuíam alma, decerto um pouco diferente daquela dos homens, mas, em todo caso, uma alma. Breton, evidentemente, não podia concordar:

— Eis o que é inconciliável com o materialismo dialético. É uma posição que eu chamaria "sentimental", logo indefensável.

— Observe o meu cachorro — disse Trótski —, é um amigo. Não acha que tem um olhar humano, que é capaz de ter emoções?

— Sustentar que seu cachorro é "amigável", meu caro Leon, é tão absurdo quanto dizer que um mosquito é "cruel" ou que um lagostim é "reacionário".

Frida, que assistia à cena, tomou a defesa de Trótski:

— Pois bem, eu gostaria de ser uma águia. O que há de notável numa águia são seus olhos e sua expressão!

— E por que não um caracol ou uma minhoca! — ironizou Breton, se divertindo.

Frida não ria. Por várias razões. Breton irritava-a cada vez mais. Aquela discussão parecia-lhe inútil, na medida em que o pensamento mexicano integrava de tal forma o laço entre os homens e os animais que ela pensava que era preciso ser um intelectual europeu ressequido para não aderir a tal evidência. E depois, Diego a preocupava, já fazia vários meses que, apesar das cirurgias por que passara dois anos antes, continuava a desenvolver uma angústia patológica imaginando que ia ficar cego, e isso o deixava com uma irritabilidade doentia.

Enquanto Breton e Trótski discutiam se os cães tinham ou não uma alma, e Diego continuava a arrastar seu mal-estar, ela não parava de observar a foto tirada em Cuernavaca, que imperava na lareira da sala de jantar. Nela, estavam todos alinhados, um ao lado do outro, como se fossem posar para um afresco que Diego pintaria e que teria por tema: o futuro artístico do planeta após a ofensiva cultural trotskista. Todos os protagonistas de sua história de amor estavam ali e, na foto, todos tinham conhecimento dela: Frida, Trótski, Natalia, Jean van Heijenoort, até mesmo André e Jacqueline, embora em menor medida. *Só Diego ignorava tudo, mas até quando? Enfim, pouco importa*, concluiu Frida. Cogitavam agora uma nova excursão, em torno do lago de Pátzcuaro, cercado de pradarias e penedos, e só isso contava. Amanhã tinham de acordar cedo.

29

— Para mim, é simples — disse Breton, saboreando seu *pescado blanco* —, se dependesse de mim, eu teria deixado tudo lá e ido embora a pé.

— Mas para onde teria ido? — perguntou Diego. — A região não passa de um vasto pântano...

Breton não respondeu e se limitou a fazer um gesto vago com a mão que podia significar qualquer coisa.

A partida para Pátzcuaro foi tumultuosa. Breton, Jacqueline, e Jean van Heijenoort foram os primeiros a partir pelas estradas de terra encharcadas pelas chuvas, em busca daquelas bonequinhas de argila representando mulheres nuas, com os olhos amendoados e o sexo aberto como lábios, das quais a casa de San Ángel possuía tantos exemplares. Trótski e Natalia, depois Diego e Frida juntaram-se a eles, agora estavam todos reunidos, ao crepúsculo, naquele pequeno restaurante da ilha de Janitzio, habitada por pescadores, após terem passado juntos pelos pátios e galerias coloridos, anestesiados pelos grasnados incessantes dos mainás cantando em suas gaiolas. Era um momento divertido: como Trótski não falava espanhol, conversava em francês com Breton, como Frida não falava francês, conversava em inglês com Jacqueline; quanto à Natalia, que só falava russo, ficava calada a maior parte do tempo, ou intervinha quando ninguém esperava, e seus diálogos com Diego eram engraçadíssimos.

Após o relato daquele passeio, durante o qual o carro atolara várias vezes, a conversa foi naturalmente para o terreno da arte e da literatura. A ideia do manifesto voltou à tona. Na realidade, não era nem mais nem menos do que uma repetição ligeiramente modificada do projeto elaborado quinze anos antes por Trótski em *Literatura e revolução*, na época em que procurava, a todo custo, evitar a tutela das artes e da literatura por parte do stalinismo. Inevitavelmente, a questão do andamento da redação do trabalho se colocou novamente, com menos virulência do que anteriormente, mas agora não era mais possível, afinal Breton tinha que escrever aquele maldito texto! Como já era tarde, prometeram encontrar-se novamente no dia seguinte para voltar ao assunto e, por que não, sempre num dos pequenos restaurantes da ilha de Janitzio, escondido no fundo de um daqueles becos tortuosos emoldurados por casas com telhas de barro.

Não houve segunda conversa, nem tanto porque Frida voltara a meter os pés pelas mãos, advertindo aos três futuros signatários do manifesto que todos haviam omitido sutilmente esclarecer como um Estado revolucionário deveria tratar as obras de artistas cujas ideias não fossem as defendidas pela revolução, mas porque à noite Breton foi acometido por uma crise de afasia. Não há outra palavra: o papa do surrealismo não conseguia mais falar! Após alguns dias de vã expectativa, durante os quais Trótski limitava-se a repetir "A independência da arte – pela Revolução! A Revolução – pela libertação definitiva da arte!", o que para Frida não queria dizer muita coisa, o surrealista mudo foi deixado aos cuidados de Jacqueline Lamba e, em menor grau, de Diego e Frida, enquanto Trótski retornava a Coyoacán.

Alguns dias mais tarde, os três homens retomaram suas discussões, enquanto Jacqueline e Frida divertiam-se como colegiais e Breton, convalescente, escrevia o famoso manifesto, finalmente coassinado por Diego Rivera, porque Trótski, que não obstante redigira boa parte dele com Breton, pedira que o nome do companheiro substituísse o seu.

Os dias seguintes foram marcados por uma sucessão de histórias tristes. Primeiro, o anúncio da morte de Rudolf Klement. Secretário do escritório da Quarta Internacional em Paris, acabavam de encontrar seu corpo decapitado, depositado numa mala, boiando nas águas do Sena. Depois, a campanha contra Trótski recomeçou ainda mais violenta: a revista mensal *Futuro* e o diário *El Popular* o apontavam novamente como traidor dos interesses do povo e cúmplice do fascismo hitlerista. Por fim, os Breton retornaram à França. Após uma última conversa no pátio ensolarado da Casa Azul, durante a qual Trótski entregou solenemente a Breton o manuscrito do manifesto, revisto por ele, foram da Cidade do México para Vera Cruz, onde os esperava o transatlântico *Iberia*.

Frida ajudara Jacqueline a fazer suas malas. Ao contrário das de André, abarrotadas de máscaras, cerâmicas, molduras decoradas, bonecas, crânios de açúcar, caixas de madeira pintada e ex-votos furtados nas igrejas, as malas de Jacqueline não continham nenhum objeto, nenhum testemunho de qualquer pequeno furto, nenhuma lembrança. Jacqueline abraçara Frida demoradamente. Levaria para Paris seu perfume, seu sorriso, as lembranças de suas gargalhadas quando elas zombavam da intransigência de Trótski, a quem chamavam de "o Velho". E depois se veriam novamente em Paris, uma vez que Breton prometera organizar uma exposição individual só das obras de Frida.

Durante as poucas semanas que seguiram à partida de Jacqueline, Frida pensou nela várias vezes e com muita tristeza; revendo-a, graciosa, entre os pés de romãs, louro, pimentão, as buganvílias oferecendo ao sol os cachos floridos assim como ela oferecia ao sol seu corpo bronzeado, às vezes reluzente de suor. Depois, as imagens de Jacqueline se embaçaram, como se um vento poderoso houvesse penetrado nos aposentos de San Ángel, insuflando os reposteiros, erguendo as colchas das camas, batendo as grandes portas escancaradas que davam para o jardim. Então voltou a pintar, pois voltava sempre à pintura. Pintou uma pequena tela, que intitulou *Frutos da terra*, na qual se viam espigas de milho, duas delas em sua palha e uma terceira descascada, representando para ela o tempo que passa, o da ausência de Jacqueline; depois, um cogumelo, bulbo de cabeça para baixo, a ponta para o alto, como um falo, imagem de seu desejo por Jacqueline. Depois pintou

Pitahayas, pequeno esqueleto brandindo sua foice acima de romãs vermelhas brotando de um cacto. Por fim começou *Dois corações felizes*, representando duas imensas romãs abertas, sanguinolentas, esfregando-se uma contra a outra, ocupando todo o quadro, frutas polpudas e frementes. A Trótski, que lhe perguntava o que aquilo afinal significava, ela respondeu, provocante:

— Duas bocetas furiosas, por essa você não esperava, hein, Piochitas!

Em setembro, quando Trótski estava inteiramente entregue à criação de uma nova Internacional, a Quarta, Diego organizou o primeiro leilão de quadros de Frida. Ela, que sempre escondera cerca de trinta quadros na eventualidade de um dia poder leiloá-los, recebeu a visita de Edward G. Robinson. As telas, alinhadas lado a lado no terraço da casa de San Ángel, não deixaram o célebre ator e sua mulher Gladys indiferentes. Compraram quatro. Frida, louca de alegria, quis absolutamente dividir sua conquista com Trótski, a quem foi encontrar em seu escritório da Casa Azul. Ele não conseguiu pronunciar uma palavra. Frida estava muito feliz, volúvel, raramente a vira tão exuberante e alegre:

— Você compreende, vou poder ser livre! Livre! Vou poder viajar e fazer tudo que quero. Não preciso mais pedir dinheiro a Diego!

— Conseguiu um bom dinheiro, pelo menos? — perguntou Leon.

— Duzentos dólares por quadro — ela disse.

— E aonde quer ir?

— A Nova York.

— Eu achava que você detestava os americanos...

— Um jovem galerista, Julien Levy, me convidou para expor. Três semanas. Vinte e cinco telas! Imagine! E você nunca adivinhará quem escreveu o texto do catálogo.

— Tem certeza?

— Estou esperando.

— André Breton...

— Como sabe?

— Ele gosta sinceramente do que você faz.

— Não quero que ele escreva o que quer que seja sobre meu trabalho!

— Está louca!

— Estou me lixando! Esse idiota, não!

— Espere ao menos para ler o que ele escreveu.

— Já fiz isso!

— Ele enviou para você?

— Sim.

— Então?

— Sabe como o veado termina? Escute: "Não falta a essa arte uma gota sequer de crueldade e humor, que é a única capaz de unir os raros poderes afetivos que entram em composição para formar esse filtro cujo segredo o México detém". Que besteirada!

— O que você vai fazer?

— Embarco daqui a dois dias para Nova York... O vernissage é dia primeiro de novembro.

30

No navio que a levava a Nova York, Frida tomou uma decisão. Na véspera de sua partida, passara uma noite eufórica e regada, não obstante estragada por Diego, para variar, que convidara para a festa uma de suas amantes, uma jovem modelo, índia com a boca carnuda e seios generosos, *que ele deve agarrar rugindo, o porco*, pensara Frida. E, uma vez que era assim, partiria para Nova York com o coração leve, prevendo um número considerável de amantes homens e mulheres aos quais diria que abandonara Diego, "esse lixo que tanto me fez sofrer". Sim, era isso, era isso que diria: "liberdade total para os dois". E pouco lhe importavam as amantes de Diego. Ela não tinha nada a ver com isso. Decerto, sentiria um pouco a falta dele, mas na realidade não o amava mais. Em seus baús, levaria as obras que mais prezava: *Minha ama e eu, Eu e minha boneca, Fulang Chang e eu, O que a água me deu, Hospital Henry Ford, Burbank – criador de frutas americanas*. Além de outras e de uma série de pequenos autorretratos em molduras feitas de latão, conchas, gesso colorido, pedaços colados de cerâmica de Talavera, como *O quadro, Olho* e *O sobrevivente*, "para sacanear o burguês, que pensará tratar-se de um negócio folclórico".

Mal colocou os pés em solo americano, Frida caiu imediatamente sob o encanto de Julien Levy. O jovem galerista era um belo homem, hedonista, possuía uma voz meiga e quente e logo na primeira noite lhe propôs fazerem um tour pelos bares do Harlem, o que ela aceitou de boa vontade. À medida que a noite avançava, e apesar do cansaço que começava a tomá-la, ela flertou sem complexos com ele, mas decidiu voltar sozinha para o seu hotel. Precisava de um pouco de estratégia, um pouco de expectativa, não deixá-lo crer que a partida já estava ganha, ainda mais que no dia seguinte ambos deveriam ir à casa de Edgar Kaufmann, um rico colecionador amigo de Levy, que morava na Pensilvânia. Portanto, iria para a cama cedo nessa primeira noite.

Durante a viagem de trem, Frida prosseguiu em sua estratégia de sedução, soltando no meio da conversa que Diego era um "velho porco obeso", que ela estava cheia de "ser sua boneca" e outras amabilidades do mesmo quilate. E quando Levy se aproximava um pouco demais dela, ela lhe dizia, maliciosa, que era realmente uma pena que ele defendesse a pintura surrealista com tanto zelo, sem isso ela decerto o teria acolhido em seu leito... Ao chegar à casa de Edgard Kaufmann, Frida continuou seu jogo amoroso. Agora tinha três pretendentes: Levy, Edgar Kaufmann e o filho deste último. Sua roupa mexicana fazia maravilhas na imaginação dos três homens que pensavam ter chances. Impossibilitados de voltar à noite para Nova York, Julien Levy e Frida passaram a noite, a convite de Edgar, em sua imensa mansão de cinquenta aposentos. Esse detalhe é importante, pois, na hora de dormir, o balé dos três homens diante da porta do quarto de Frida foi incessante: um evitando o outro, cumprimentando-se, todos constrangidos e terminando por voltar aos seus respectivos quartos. Quando Julien Levy entrou no seu, Frida esperava-o inteiramente nua em sua cama, tendo mantido, como único adorno, seus enormes brincos redondos. Sabendo que seu inglês claudicante, marcado por um forte sotaque hispânico, conferia-lhe um charme irresistível, não fez nada para disfarçar suas imperfeições, e as poucas palavras convidando Julien Levy a vir encontrá-la terminaram por perturbar o rapaz, que então se lembrou das palavras de Breton: "Cuidado, caro amigo, nossa mexicana é a mulher surrealista por excelência e possui *a beleza do diabo*".

A vida é estranha. Na noite do vernissage, quando reinava, triunfal, em meio a todas as suas telas, numa exposição que afinal era a primeira de sua vida, Frida foi invadida por um sentimento bizarro, do qual não conseguia se livrar: queria que Diego estivesse ali! Não para lhe jogar na cara que ela também existia como pintora, como pintora por inteiro, sem ele, mas simplesmente para que ele partilhasse sua alegria e sua felicidade. A pequena galeria do número quinze, 57th East Street estava abarrotada de gente. Estava todo mundo lá: Ginger Rogers, Martha Graham, o casal Rockefeller, Dorothy Miller, George Grosz; marchands, colecionadores, críticos, artistas, militantes, editores, bilionários, políticos. E ex-amantes, como Noguchi, a quem convenceu de que havia acabado de largar Diego, "só para ver sua cara", ou Nickolas Muray, que conhecera no México em 1931 e que a ajudara a preparar aquela exposição. Esgrimista de primeira, grande fotógrafo responsável por publicar suas fotos na *Harper's Bazaar* e na *Vanity Fair*, piloto de avião, mecenas, Nick Muray tinha todos os talentos. Carinhoso, sincero, dotado de um corpo esbelto e atraente, era o anti-Diego. Em meio à confusão da noite, Frida, vestido branco, resplandecente, xale preto nas costas, fitas coloridas nos cabelos, teve tempo de lhe sussurrar que o amava como um anjo.

— Como um anjo? — este lhe respondeu, quando os dois se detinham diante de *Meu vestido está pendurado ali*.

— Sim, você é um lírio do vale, meu amor.

Nick parecia não estar preparado para ouvir aquelas doçuras:

— E Julien Levy também é um anjo?

Frida conseguiu arrastá-lo para um pouco mais longe, bem perto de *Cão ixcunhitle e eu*.

— Assim que esse circo terminar, iremos juntos a Tehuantepec! Ok, *my love*?

— Acha que sou um de seus gigolôs?

— Não sou mais sua Xochitl preferida?

— Não, você não é mais minha flor preferida! Você não sabe o que quer. E isso me cansa!

Nick estava furioso. Felizmente, o barulho e as pessoas abafaram aquela discussão. Uma verdadeira briga de namorados. Nick estava realmente apaixonado por Frida, a tal ponto que ela pensou que um dia poderia desistir de tudo e vir morar como ele em Nova York. Ele era tão diferente de todos os outros. Sem crueldade, sem segundas intenções, de uma gentileza desconcertante que parecia a prova de qualquer coisa. Apesar da refrega, conseguiu passar para Frida uma mensagem essencial: que era ele e mais ninguém, e imediatamente, que a sua lendária paciência tinha limites.

Na manhã seguinte, encontrou Nick no Central Park. Devoraram *bagels* salgados comprados num vendedor ambulante e passaram o dia passeando pelas aleias do parque. Quando a noite começava a cair, apaixonada feito uma colegial, ela lhe disse:

— Prometa que nunca vai trazer mais ninguém aqui sem ser eu, este é o nosso parque, pertence apenas a Nick e Xochitl!

Nick não respondeu, beijando-a longamente. Estavam ao pé da Bethesda Fountain.

As semanas seguintes estão entre as mais felizes da vida de Frida. Pelo menos era o que ela não parava de repetir para Nick. Passavam horas fazendo amor no sofá do seu escritório, escutando discos de Maxine Sullivan na vitrola. À noite, iam dançar até de madrugada. Frida descobriu o uísque, e ria de mãos dadas com Nick.

— E seu galerista? — perguntou-lhe Nick uma manhã.

— Esquecido, surrealista demais, come na mão daquele veado do Breton — respondeu Frida.

Uma noite, Nick ousou inclusive lhe falar em casamento. Afinal de contas, por que não? Ela não amava mais Diego. Poderia vir morar em Nova York, com ele.

— Eu me chamaria senhora Frida Muray, teria que me habituar — ela se limitou a responder.

A exposição terminou em quinze de novembro. Apesar da crise, Frida vendera metade das obras expostas. Era agora, como observou a imprensa, "uma pintora completa, cuja obra inusitada, muito feminina, tipicamente surrealista, retomando os grandes temas da cultura mexicana, estava em vias de ameaçar os louros de seu distinto esposo".

Apesar do sucesso dessa exposição e da felicidade incrível que vivia com Nick, não podia se abster de pensar no que deixara no México e, principalmente, em Trótski.

Certa manhã, recebeu uma carta de uma tristeza atroz, na qual Leon lhe contava uma piada de mau gosto de Diego que descambara no drama. Em dois de novembro, dia de Finados, Diego irrompera na Casa Azul. Estava com cara de que tivera um dia ruim, sua cara de moleque que prepara um golpe sujo. Carregava um embrulho, que deu a Leon, garantindo tratar-se de um presente. Leon o abrira e descobrira uma grande caveira roxa, na testa da qual se lia, escrito com açúcar branco, a palavra "Stálin". Diego dera uma grande gargalhada, batendo nas costas de Leon, e fora embora tão subitamente quanto aparecera. "Desnecessário lhe dizer", escrevia Leon, "que tão logo seu marido partiu, pedi a Jean que destruísse a maldita caveira".

Mas isso não era tudo. Diego acabava de compreender que eles tinham tido um caso. Soubera poucos dias depois de sua partida para Nova York. Quem lhe contara? Leon alimentava suspeitas, mas nenhuma prova. Cristina talvez, para se vingar. A caveira não era senão um episódio de uma série de fatos mais graves. Na realidade, Diego decidira cortar relações com Trótski, invocando desavenças políticas. De sua parte, Trótski, por um acaso como só a vida pode aprontar, pusera a mão numa carta de Diego destinada a Breton, na qual ele jogava seu hóspede na lama. Sua secretária, inadvertidamente, a colocara na correspondência que ele devia assinar! A atitude inconsequente de Diego preocupava muito Trótski: ele atacava violentamente o presidente Cárdenas e acabava de dar seu apoio ao general Almazán, que prometera amordaçar os sindicatos e reprimir a esquerda, em suma, colocava em perigo a vida de Trótski e Natalia. Trótski jurara não interferir na vida política mexicana e Rivera se comportava como um irresponsável. Muito ligado a esse arruaceiro, Trótski corria o risco de ser novamente expulso. No ponto a que haviam chegado os dois homens, isto é, alimentando mutuamente sentimentos confusos próximos do ódio, o rompimento era inevitável. Diego cogitava demitir-se da Quarta Internacional e Leon abandonar a Casa Azul. Sua carta terminava com estas palavras: "Fridita, é hora de eu ir me deitar. Até eu dormir, vou conversar em pensamento com você. Estou ficando velho, Fridita. Sinto falta da sua risada. Beijo como você sabe que gosto de fazer, mas sinto-me muito cansado".

O fosso entre o drama que vivia Trótski e a felicidade em que Frida nadava era tamanho que, ao mesmo tempo em que se julgava afetada por tudo que acontecia do lado da Casa Azul, sentia uma espécie de indiferença e culpa. No mesmo dia do recebimento dessa carta, Nick e Frida tinham tomado o café da manhã no restaurante do hotel Barbizon, depois, de braços dados, foram ao estúdio de McDouglas Street. Foi lá que Nick fez uma série inigualável de retratos de Frida. Dois, em especial, eram particularmente caros a ela. No primeiro, um retrato em cores, ela aparecia pela primeira vez em muito tempo demonstrando uma serenidade extraordinária, vestindo um sublime *rebozo* de cor vermelha. No segundo, na realidade um conjunto de cerca de vinte fotos, em preto e branco dessa vez, estava de pé, pcito exposto, arrumando seus cabelos num gesto desdenhoso. "Essas fotos", dissera Nick, "nunca deverão ser mostradas a ninguém, nenhuma revista poderá publicá-las, nenhum editor usá-las na capa de um de seus malditos livros de arte, são nossas fotos, ninguém a não ser você deve conhecer sua existência." Haviam feito amor antes que Nick capturasse aquelas poses e voltaram para cama uma vez tiradas as fotos.

No ápice desses dias despreocupados, os problemas de saúde de Frida voltaram à tona. Enormes caroços formaram-se na sola de seus pés, próximos aos pontos de apoio, impedindo-a de andar, e sua coluna voltou a incomodar. Enclausurada vários dias em seu quarto do Barbizon, cansada de passar suas noites de insônia lendo romances policiais, aproveitou para honrar a encomenda de Clare Boothe Luce, redatora-chefe da *Vanity Fair*, que queria oferecer à mãe de uma certa Dorothy Hale um retrato de sua filha, que acabava de se suicidar. Pintou o próprio suicídio, com muito sangue e um corpo que voa pelos ares e se espatifa no chão. Depois de um certo tempo, esgotada, largou o quadro, dizendo que o terminaria mais tarde. Começou outro, que pretendia que fosse mais leve, mas não saiu assim, *Autorretrato com macaco*, no qual enrolou conscienciosamente uma fita vermelha em volta do pescoço, que a conectava, feito uma veia, a um macaco. Nick, aliás, não compreendeu por que emanava desespero tão grande desse quadro. "Porque tudo sempre tem um fim, meu amor", respondeu Frida.

Ao fim de alguns dias, e por insistência de Nick, ela consultou especialistas em ossos, nervos e pele, e ficou na expectativa até que o doutor David Glusker conseguisse fazer cicatrizar a úlcera que tanto a incomodava. Mas o encanto estava quebrado. "Estou melhor, mas já é quarta vez que me dissecam", ela disse a Nick. "Estou começando a ficar de saco cheio."

O quarto do hotel Barbizon dava para um pequeno parque onde árvores de bordos com folhas ruivas balançavam suavemente. O zoológico do Central Park não estava longe, ela ouvia o rugir dos leões e tigres e às vezes via os ursos pondo-se de pé nas patas traseiras para tentar agarrar a comida que as crianças atiravam. Nick apertou Frida em seus braços.

— A nós dois, somos indestrutíveis!

— Que vida cachorra, meu irmão, de um jeito ou de outro levamos a pior.

— Aprendemos lições conforme o curso das coisas, e avançamos, certo?

A calma de Nick era tão diferente da superexcitação permanente que ela vivia no México ao lado de Diego, que às vezes ela ficava desconcertada.

— Mas tudo termina caindo em cima da gente, como um grande aguaceiro.

— Mas você é forte, meu amor.

— Às vezes tenho vontade mandar tudo para o inferno.

— Não gosto de ver você assim triste.

— Eu também não — disse Frida. — Vamos tomar um uísque e ouvir um disco de jazz.

Graças aos remédios e à presença benéfica de Nick, Frida terminou por se restabelecer. Isto é, ficou novamente disposta a percorrer as ruas de Nova York. Foi durante esse período que recebeu a confirmação do convite de Breton, intimando-a a ir a Paris, onde ele pretendia organizar uma exposição sua que a revelasse aos críticos parisienses próximos do surrealismo, isto é, na sua cabeça, ao mundo inteiro...

Ela hesitava. Nick dizia-lhe que ela não podia perder aquela oportunidade, ainda que sua partida o deixasse triste. Além disso, ela não repisava o dia inteiro que estava de saco cheio dos americanos "que são idiotas ao quadrado", de "suas casas, que parecem fornos de pão", e de "seu conforto fútil que não passa de um mito". Diego, por sua vez, escrevia-lhe suplicando que fosse. "Não seja tola", dizia, "não perca a oportunidade de ir a Paris por mim". Assinado: "Seu sapo-rã nº1". Mas o que o sapo-rã nº1 não lhe dizia é que a impelia a ir para Paris para castigá-la por seu caso com Trótski. Sabia perfeitamente que o México lhe fazia falta e que em Paris faria mais ainda. E depois Diego começara uma nova aventura e queria o campo livre, talvez até mesmo considerasse voltar a transar com Cristina de tempos em tempos. Entre Diego e Frida, era sem dúvida Diego que sabia melhor como fazer o outro sofrer...

Nos primeiros dias de janeiro de 1939, Frida embarcou com destino ao Havre. Fazia apenas um pouco mais de três meses que Daladier e Chamberlain haviam assinado os acordos de Munique. A Guerra Civil Espanhola chegava ao fim, uma calma precária reinava na Europa.

Dentro de oito meses as tropas alemãs invadiriam a Polônia.

31

Jacqueline Lamba e André Breton moravam em Paris num apartamento perto da Place Blanche, no número 42 da rue Fontaine, bem atrás de *Le Ciel et l'Enfer*. Foi a primeira coisa que Frida observou ao sair do carro: aquele cabaré exibia um nome premonitório. Ficou logo irritada por ter de dividir um quarto minúsculo com a pequena Aube, que não era especialmente desagradável, mas que, aos quatro anos, tinha a língua comprida e pulava feito um gafanhoto. Além disso, obrigar uma mulher que não pode ter filhos a conviver em grande promiscuidade com uma garotinha talvez não fosse a melhor ideia do mundo.

Os dias seguintes à sua chegada deram outras razões para o seu nervosismo. Os Breton, sem dinheiro, levavam uma espécie de vida boêmia, em meio a uma sujeira que não os incomodava, e tinham uma relação estranha com a comida que os fazia comer qualquer coisa a qualquer hora do dia. Tudo isso na realidade não teria a menor importância, se o projeto da exposição de suas obras tivesse evoluído corretamente. Ora, não acontecera nada disso. Os quadros de Frida continuavam presos na alfândega, pois Breton sequer se dera ao trabalho de ir buscá-los; quanto à galeria que a princípio iria expô-los, Frida não demorou a compreender que não existia. O papa do surrealismo, que se autoproclamava para quem quisesse ouvir o sumo da "honestidade e transparência", mentira para ela.

Não conhecendo do movimento parisiense senão poucas obras, alguns escritos, mexericos, fofocas, ou o que Breton se dispusera a lhe contar, conhecer seus membros constituiu para ela uma decepção à altura de sua expectativa. Esteve com Desnos, Aragon, Éluard e muitos outros, na esperança de poder fazer amigos, mas percebeu rapidamente que aquelas criaturas eram homens frios e inacessíveis, que ela apelidou de os "Grandes Cocôs". Tudo bem, ela os acompanhava nos cafés de artistas e cabarés, para escutar jazz ou dançar, ou melhor, observá-los dançar nas boates da moda, mas não suportava suas infindáveis discussões em torno de revoluções que nunca fariam, palavras de ordem que nunca respeitariam, teorias que jamais colocariam em prática, nada fazendo senão esquentar seus preciosos traseiros em cafés sinistros, falar de arte e cultura, julgando-se os deuses do mundo e desprezando o resto do gênero humano, sem esquecer a redação de panfletos pomposos, cuja elaboração levava horas. *Porra, o que viera fazer naquela cidade de merda!* Os dois únicos surrealistas a seus olhos que encontravam misericórdia eram Max Ernst, autor de colagens luxuriantes, e Marcel Duchamp, com quem tivera uma aventura de uma noite e que lhe prometera achar uma galeria em caso de deserção de Breton.

Em meio a toda aquela monotonia, todas aquelas pessoas tão falsas e por assim dizer "irreais", havia Jacqueline, a luminosa, a dançante Jacqueline com o corpo selvagem. Era a única a compreendê-la. Com ela, percorreu a Place des Vosges, o cais do Sena, depositou velas em Notre Dame para as pessoas que amava, entre elas Diego e Trótski. Com ela foi assistir à Ópera dos três vinténs, da qual copiou, em seu mau alemão, alguns versos: "E o tubarão tem dentes? E os carrega no rosto,/ E Macky tem uma faca/ Mas a faca não se vê". Com ela, perdeu-se nas alamedas do mercado das pulgas de Saint-Ouen, onde encontrou maravilhada uma bonequinha de olhos azuis trajando vestido de noiva – "para substituir a que me quebraram quando eu era criança, você compreende, Jacqueline" – que ela um dia colocaria, cercada por arames farpados, num quadro que intitularia *A noiva assustada ao ver a vida aberta*. Com ela, passeou pelas ruas, parques, de dia, de noite, deu uma escapada até Chartres, aos castelos do Loire, passou longos momentos nas salas do Louvre. Certa manhã, antes de sair para encontrar Duchamp, que continuava a procurar uma galeria, escreveu algumas palavras para Jacqueline: "Eu gostaria que o meu sol te tocasse. Que tu tirasses minhas saias com barra rendada e minha blusa antiga que uso sempre, e minhas pulseiras".

À noite, quando voltou, viram-se sozinhas.

— Aube foi dormir na casa de uma amiga — disse Jacqueline.

— E Breton está em Bucareste — respondeu Frida.

Passaram três dias luminosos fazendo amor e bebendo todas as garrafas de conhaque, uma "bebida angelical", que Frida descobriu nessa oportunidade.

— Sempre desejei você — disse Frida. — Desde a Cidade do México, desde sua chegada ao jardim da minha casa. Mas você, me conta, quando aconteceu?

— Na Cidade do México, igual a você, depois esqueci. Então houve a festa na casa em Aragon.

— A festa na casa em Aragon?

— O jogo da verdade...

Frida sorriu. Era o jogo predileto de Breton, que não tolerava nenhuma distração, nenhuma piada durante sua prática. Quem se recusasse a responder a uma pergunta pagava uma prenda, tipo passear de quatro pela sala, de olhos vendados, e adivinhar quem o beijava ou o acariciava. Nessa noite, Frida não quis dizer sua idade. Apesar das ordens reiteradas de Breton. Foi ele que decidiu a prenda. "Fazer amor com aquela poltrona", ele disse, apontando para uma *bergère* e acrescentando: "Uma poltrona de sexo feminino!".

— Você se deitou no chão e começou a acariciar os pés da poltrona como se se tratasse de pernas abertas, depois subiu até o assento como se se tratasse de um sexo que você fingia abrir, depois os braços, que você pegava nas mãos como duas belas nádegas... Caramba, fico louca só de lembrar!

— Venha — disse Frida, beijando Jacqueline carinhosamente.

Sim, foram dias e noites que a fizeram esquecer todo o resto: aquela Paris onde ela se entediava tanto e aqueles intelectuais que não paravam de decepcioná-la.

Uma noite, estavam nuas, recostadas uma contra a outra, fumando o maravilhoso cigarro de depois do sexo, Jacqueline percebeu na mesa de cabeceira uma carta endereçada a Frida e que ela deixara ali havia mais de uma semana. Vinha da Cidade do México.

— Vejo que está sem pressa de ler. Tem medo de ser uma má notícia?

— Não. É Leon. Abra, se quiser. E leia para mim.

— Mas não é muito pessoal?

— Faz tempo que não trepamos, vamos, leia, está morrendo de vontade!

Trótski escrevia a Frida para lhe pedir que interviesse junto a Diego, que se retirara da Quarta Internacional sob o pretexto de que ele sugerira, não obstante com a diplomacia necessária, não aceitar posto burocrático, que de toda forma ele seria incapaz de exercer. O sapo-rã sentira-se ultrajado e batera a porta. "Nenhuma solidariedade mental me liga mais a Diego. É um golpe e tanto para nossa organização, mas também para Diego", concluía Trótski. "Em que outra organização ele encontrará tanta simpatia e compreensão – como artista, como revolucionário, como homem? Suplico-lhe, minha fiel amiga, que me ajude."

— O que pretende fazer? — perguntou Jacqueline.

— Nada. Que os dois se virem. Também tenho meus problemas.

— O que quer dizer?

— Não posso mais ficar aqui. Impossível. A criança, André, a exposição que nunca acontece, minhas dores que voltaram. Preciso ficar... sozinha.

— E para onde você vai?

— Para um hotel.

— Há centenas em Paris! Ou caros demais ou infames.

— Marcel cuidou de tudo. Encontrou um quarto no hotel Regina, Place de la Pyramide.

— Não é Place de la Pyramide, é Les Pyramides. Mas que Marcel? Duchamp?

— Sim, Marcel Duchamp! Por acaso conhece outro Marcel?

32

Inaugurado em 1900 para a Exposição Universal, o hotel Regina, de cujas janelas Frida via os jardins do Louvre, era um hotel de luxo, onde, infelizmente, após ter recebido autorização para instalar seu cavalete e lá terminar *O suicídio de Dorothy Hale*, só pôde ficar por alguns dias. Com efeito, mal se instalou, uma inflamação bacteriana renal começou a fazê-la sofrer atrozmente. Sem conseguir andar, uma ambulância levou-a para o Hospital Americano, onde foi aceita na emergência. Rapidamente fora de perigo, voltou ao seu quarto de hotel.

Os dias passaram, monótonos e terríveis. Deitada em sua cama, Frida escrevia a Jacqueline, já que estava impossibilitada de visitá-la. Confessava-lhe que o amor era a base de toda a sua a vida e que este, a seus olhos, devia durar o tempo que proporcionasse prazer; e era esse sentimento que ela experimentava naquele momento. Contou-lhe também que às vezes pensava no fim de uma relação, assim que esta acabava de começar. Dizia-se ciumenta, possessiva, admitindo-se persuadida a preferir mulheres quando fazia amor com uma delas, e homens quando fazia amor com um deles. Enviou diversas cartas a Nick, nas quais lhe dizia que o amava, que se sentia feliz só de pensar em amá-lo, em revê-lo e só de pensar que ele a esperava. Uma noite, em que o sofrimento lhe revirara o estômago, voltou a pensar na proposta que Nick lhe fizera de ir morar com ele em Nova York. Durante alguns segundos, convenceu-se de que, para continuar sua vida, só tinha essa solução.

O único raio de sol nesses dias no hotel Regina era Mary Reynolds, a mulher de Marcel Duchamp, que vinha passar todas as tardes com ela. Ela esperava sua chegada e ficava triste quando a hora da partida se aproximava. A jovem, uma americana simpática, cheia de entusiasmo e falando com um sotaque do Sul, não tinha nada a ver com "o bando de cuzões fedorentos que puxavam o saco de Breton", foi o que Frida lhe disse. Mary ria. Visivelmente, não estava longe de pensar como Frida, mas, desafortunadamente, não sentia atração sexual por ela, pois não veria com maus olhos transar com a frívola Mary na cama gigante e macia do hotel Regina.

Pouco a pouco, a infecção cessou.

— Durante dois dias inteiros, não consegui mijar — disse a Mary —, era como se eu fosse explodir! Que merda!

E como uma boa notícia nunca vinha sem outra, Marcel entrou um dia triunfante no quarto. Encontrara uma galeria.

— A galeria de Pierre Colle. O marchand de Dalí...

— Em que data?

— A partir de dez de março. E por quinze dias.

— Então, champanhe para todo mundo! — gritou Mary, acionando feito louca a campainha do garçom do andar, que foi intimado a voltar com uma garrafa Magnum mergulhada em um balde de gelo.

Aproveitando a bonança que lhe proporcionava a cura, Frida aceitou o convite de Mary e Marcel para passar o resto de sua temporada em Paris na casa deles, no apartamento de Montparnasse.

Foram momentos felizes e leves. Encontrou-se com Jacqueline em diversas ocasiões, na casa dela ou dos Duchamp, quando estes se ausentavam. Teve inclusive um caso de dois dias com um militante trotskista que lhe trazia documentos para os membros mexicanos da Quarta Internacional. Sua maneira de fazer amor era estranha, mas bastante nova já que procurava um prazer efêmero. Ressuscitava. Chegou a escrever a Trótski que teria gostado de passear com ele pelas ruas de Paris, sem mencionar os problemas que ele tinha com Diego.

Alguns dias antes do vernissage da exposição, Pierre Colle foi lhe fazer uma visita. Mary e Duchamp estavam presentes e a tranquilizaram, dando-lhe seu apoio. Colle estava na companhia de um sócio que não recuava: ou ela aceitava suas condições ou partia sem expor suas telas.

— Algumas telas, veja bem, como posso dizer, são chocantes demais para o nosso público e...

— Mas um dos elementos essenciais do surrealismo não é justamente o escândalo? — perguntou Frida.

— De certa maneira, o escândalo surrealista é um escândalo...

— Institucionalizado — disse Frida, cortando a frase no meio.
— Que não machuca ninguém, em suma. Uma tempestade num copo d'água.

— Não, não se pode dizer isso — respondeu o sócio de Pierre Colle, uma espécie de funcionário da revolução controlada, um tal de Maurice Renou.

— Velho bastardo, filho da puta, mais uma palavra e eu te mato, depois como seus colhões! Um surrealista que acha minha pintura "incômoda", devo estar sonhando, cacete!

Duchamp salvou a situação na hora agá. Sabia, por sua vez, que Frida precisava expor de qualquer jeito e que, independentemente das condições, a exposição seria um sucesso tanto pelo escândalo como por seu talento:

— Senhores, eis Frida em todo o seu esplendor: provocação, grosseria, virulência, o próprio surrealismo!

A tensão acumulada na sala abaixou imediatamente. Frida não emitiu mais uma palavra e os dois homens foram embora, como dois advogados satisfeitos com sua negociação.

Frida pensou: *Tudo que eu quero agora é estar totalmente curada, fazer essa porra da exposição e dar no pé.*

33

À medida que descobria como seria exposição na companhia de Pierre Colle e Maurice Renou, Frida sentia brotar em seu íntimo uma raiva que ela conhecia bem: a de ter a sensação de ser embromada. Aquele "veado do Breton" transformara a exposição Frida Kahlo em "exposição México". Era como se as pessoas estivessem nas aleias do mercado das pulgas da rue des Rosiers. Haviam misturado, dispostas numa ordem cuja coerência só o mestre podia entender, fotos de Álvarez Bravo, esculturas pré-colombianas, telas dos séculos XVIII e XIX, e uma porção de merda proveniente da coleção privada de Breton – candelabro de cerâmica, caveira de açúcar, artigos de artesanato vendidos por uma ninharia nos mercados mexicanos subitamente transformados em obras de arte, bem como, evidentemente, a série de ex-votos roubados nas igrejas de Puebla. E, no meio de todo esse bricabraque surrealista, dezessete telas de Frida *rosas num monte de esterco*, ela pensava, disposta a girar nos calcanhares e sair para tomar o primeiro navio rumo ao México.

Contudo, sua raiva e sua tristeza desapareceram prontamente com a chegada dos primeiros convidados. Eram todos para ela. Kandinsky estava tão tocado por seus quadros que, após tomá-la nos braços e erguê-la do chão, falou-lhe de sua pintura com lágrimas nos olhos. Picasso, a seus pés, viera com um presente, brincos que a intimou a usar "*inmediatamente*". Juan Miró beijou-a calorosamente. Paalen e Tanguy a parabenizaram. Até mesmo Max Ernst, o grande Max Ernst, um dos primeiros a abordá-la, disse-lhe, com sua sobriedade habitual: "Está ótimo, a senhora está no caminho certo". Parecia que a seita surrealista marcara um encontro para ir aplaudir a mexicana!

Havia inclusive alguns camaradas trotskistas perdidos na massa dos burgueses endinheirados e revolucionários de salão, especialmente uma jovem franzina com rosto em forma de coração, nariz pequeno, bochechas caídas, usando óculos de lentes grossas para miopia. Não parecendo se preocupar com o que vestia, carecia de toda distinção e despertava pouca simpatia. Era a amiga americana que a acompanhava, uma tal de Ruby Weil, comunista importante, que a apresentou a Frida:

— Sylvia Ageloff, irmã de Ruth, que trabalhou como secretária de Leon Davidovitch, na época dos processos de 1937 — disse.

Frida, educada, deu dois beijinhos, embora na realidade o que a interessasse mais fosse o rapaz que a acompanhava. Parecendo mais velho do que ela, esbelto, ombros largos, com uma cabeleira abundante cacheada e grandes olhos verdes, a testa alta riscada por rugas profundas, escondia um encanto irresistível por trás de sua tez azeitonada.

— Jacques Mornard Vandendreschs — disse Sylvia, acrescentando, trêmula: — Meu noivo...

O rapaz carregava um grande buquê de flores nas mãos, que ofereceu a Frida:

— Ele queria conhecê-la de qualquer maneira — acrescentou Sylvia, que se afastou com Ruby para visitarem o resto da exposição, após "entregar" seu noivo a Frida.

A princípio tímido, Jacques Mornard Vandendreschs tornou-se falastrão e não largou de Frida, que não conseguiu se desvencilhar dele a noite inteira. Com o buquê sempre na mão, contou-lhe sua vida no detalhe e na desordem mais completa, misturando alhos com bugalhos.

Cheio de cacoetes, falando precipitadamente, sentindo às vezes certa dificuldade para encontrar as palavras, o que o levava a gaguejar um pouco, dizia-se filho de diplomata, de nacionalidade belga, que cultivava um desinteresse completo por toda questão política e ganhava a vida escrevendo artigos sobre esportes para o *Ce Soir*.

Revelou que nascera em Teerã, que morara em Bruxelas e continuara seus estudos no colégio Santo Inácio de Loyola, que estudara três anos na Escola Politécnica de Paris, que herdara uma fortuna colossal de três milhões de francos, que era um excelente alpinista, colecionador de carros antigos, hábil lançador de dardo e martelo, que participara de inúmeras regatas, que era fascinado pela cirurgia e que, a propósito, destrinchava um frango assado com precisão cirúrgica, que seu pai acabava de morrer num acidente de carro na estrada Ostende-Bruxelas, que era dotado de extraordinária memória visual, que fora preso na Bélgica porque se recusara a fazer o serviço militar, que era casado com uma tal Henriette van Prouschdt, mas que, por fim divorciado, pretendia casar com Sylvia o mais cedo possível.

Frida não aguentava mais, a tal ponto que, quando Sylvia voltou, deu-lhe mil beijos, uma vez que finalmente a livrava do rapaz maçante, o qual lhe parecia um perigoso mitômano. Ele não lhe dissera, naquele fluxo de palavras, que era obrigado a ficar na Europa porque não conseguia obter o visto americano? Por que o governo dos Estados Unidos teria recusado um visto ao filho de um diplomata belga, que se interessava por esportes e não por política, e que gozava de uma fortuna pessoal suficiente para ser independente...? Sem falar na observação daquele surrealista belga do grupo de Nougé, Jean-Baptiste Baronian, que, por sua vez, achava estranho que um cidadão belga afirmar ter morado na "chaussée du Havre" em Bruxelas, quando todo bruxelense conhece apenas a "chaussé de Wavre"... Vamos, aquele belga que falava francês com um sotaque espanhol e numa língua recheada de hispanismos era um tremendo mentiroso, ainda que, e ela reconhecia isso de bom grado, emanasse do rapaz uma aura fortemente sensual à qual ela não podia ser insensível.

Na semana seguinte, e embora a exposição não fosse um sucesso financeiro, a imprensa foi ditirâmbica. *La Flèche de Paris* afirmou que as telas de madame Frida Kahlo eram "uma porta aberta para o infinito e a continuidade da arte". O *Les Arts pour Tous* enalteceu a "autenticidade e sinceridade dessa obra vinda de longe", quanto ao *Soir de Paris*, sob a pena do grande crítico Niklos Décointay, elogiou aquela "beleza convulsiva" que se exprime na "beleza dramática de um corpo ferido". A *Vogue* colocou na capa a mão cheia de anéis de Frida e a estilista Schiaparelli criou um modelo intitulado "Madame Rivera". Por fim, o prestigioso Louvre adquiriu um pequeno retrato, *Le Cadre*, no qual Frida aparece coroada com uma trança, cabelos e fita verde entremeados, na qual estão espetadas três grandes flores amarelo-ouro.

Apesar de todas essas marcas de reconhecimento, Frida decidiu voltar ao México, após uma escala em Nova York. Queria fugir daquela Europa "podre".

Em vinte e cinco de março, o *La Fayette* deixou o porto do Havre. Breton, que não obstante escrevera que Frida era o "protótipo do artista surrealista, uma personalidade feérica dotada de um mundo interior cuja sensualidade vai até a morbidez", não a acompanhou. "As mulheres são sempre subestimadas, você sabe. Os homens são os reis, governam o mundo, e mais ainda o da cultura. Uma mulher pintora, imagine! Breton, como todos os outros homens, como todos os outros surrealistas, está com inveja do seu sucesso", confiou-lhe Jacqueline, que, por sua vez, ficou ao seu lado até o fim, até o pé da passarela que oscilava ao longo do enorme casco escuro do transatlântico.

Uma vez em seu camarote, esgotada de cansaço e pela emoção de todas aquelas semanas parisienses, Frida mergulhou no sono: dentro de cinco dias encontraria Nick.

Ao despertar, com o litoral da França já fora do campo de visão, ficou na cama e escreveu a Jacqueline. Ainda carregava o perfume de seus beijos, toda a ternura de suas carícias. Disse-lhe que sem ela as noites seriam longas e difíceis, que guardaria para sempre a lembrança de seu rosto no cais, os olhos pregados na janela de seu camarote. "Eu queria que o meu sol te tocasse", ela lhe disse. Recordou seus passeios na Place des Vosges, os *escargots* recheados e a boneca-noiva, e suas saias rodadas arrancadas com furor às vezes, e o chão das ruas pisoteado por seus passos, e seus cabelos emaranhados. "Minha bela, tu és como a estrela vespertina quando não é noite nem dia, como a estrela vespertina, que só é visível entre o dia e a noite, mas que eclipsa os dois."

Na véspera de sua chegada a Nova York, cogitou fazer um autorretrato de seu relacionamento com Jacqueline, uma maneira, em suma, de ainda estar com ela. Poderia representar duas mulheres inteiramente nuas, uma com a pele morena (ela), a outra com a pele clara (Jacqueline). Estariam enlaçadas num mundo hostil, entre uma floresta virgem e um túmulo aberto. Escreveu o título provisório do quadro em sua caderneta vermelha: *Dois nus na floresta*.

34

Um sol frio de abril brilhava quando o *La Fayette* atracou no Píer 17. Do convés do navio, Frida, que mal abrira os baús durante a travessia, avistou Nick, que lhe acenava intensamente, perdido no meio de uma multidão ruidosa que aguardava atrás das barreiras. Uma vez terminadas as formalidades alfandegárias, ela se jogou nos seus braços. Esperara tanto por aquele momento. Mas Nick lhe pareceu estranho, incomodado, um tanto artificial, ele que estava sempre tão à vontade. Durante o trajeto de táxi até a casa de sua amiga Ella Paresce, que devia hospedá-la antes de sua partida para a Cidade do México, ficou praticamente mudo, ou limitou-se a proferir banalidades sobre o tempo, a saúde, as longas viagens marítimas. A poucos blocos da casa de sua amiga, Frida arriscou tudo:

— Vai ficar comigo? Prefere que nos encontremos à noite?
— Nem uma coisa nem outra.
— A presença de Ella te incomoda?
— Não.
— É o trabalho? Uma reunião importante?
— Não.
— Não ama mais a sua Fridita?
— Não, não é nada disso, deixa de ser idiota.
— Quanto mistério, Nick, estou cansada. O que está acontecendo?
— Vou me casar.

Mesmo não tendo mais nada para fazer em Nova York, Frida não conseguia partir. Por mais que repassasse aquela cena dezenas de vezes, não encontrava nenhuma resposta às suas perguntas. Nick dissera apenas "Vou me casar", descera do táxi e ela não o encontrara mais! Além disso, seus problemas de saúde voltavam a incomodá-la, como sempre quando as coisas iam mal. Sua vontade era reencontrar o México, mas em que disposição, em que estado de espírito estaria o seu gordo Diego? As fotos tiradas por Nick rodopiavam em sua cabeça, como lembranças de sua felicidade perdida, especialmente uma, em que ela acariciava seu pavão preferido, Granizo, no jardim da Casa Azul.

Terminou conversando por telefone com Nick. Ele preferia limitar-se a isso. Era preferível não marcar encontros. Frida concluiu daí que ele ainda devia hesitar, que tinha medo que se revissem, que seu amor recomeçasse. Quando contou a Ella sobre as conversas que tivera com Nick, e sobre as dúvidas que cultivava quanto à realidade daquele rompimento, esta foi direta:

— Ele está zombando de você. É um covarde, como todos os homens.

— Não tenho certeza disso. Ele está se fazendo perguntas. Sem dúvida ainda não tomou sua decisão.

— Ele vai mandar uma bela carta, como fazem todos os homens, depois que você tiver partido...

— Claro que não, deixe de ser negativa.

— Ele quer transar com você, mas não quer viver com uma estropiada da qual terá de cuidar para sempre, ponto final. Simples assim.

— Ele disse que sua afeição por mim não mudou, que ia me enviar o último retrato que fez de mim, aquele em cores, atualmente exposto no Art Center de Los Angeles. Também disse que minha pintura o deixava feliz. Não sei se tudo está perdido...

Ella estava furiosa vendo Frida sofrer tanto por causa daquele rompimento e se sentia impotente para consolá-la.

— Volte para o México, é lá que você se sente melhor, Frida — terminou por lhe dizer, com uma voz doce, mas que soava feito uma ordem.

Foi como um eletrochoque. No fundo, era o que ela queria. Reencontrar a grande *cuentas*, aquela árvore que dá frutinhas redondas, duras como bolas de gude, que os índios colhem para fazer colares e que, à noite, quando caem na calçada, perturbam o silêncio da cidade. Reencontrar Trótski, não o político, nem aquele que fazia amor com ela, mas aquele que fazia questão de ajudar a lavar a louça e que enxugava cada prato, cada copo com uma lentidão tão exasperante que a tarefa exigia o triplo do tempo e que todo mundo terminava exausto e nervoso. Sim, era tudo isso que desejava reencontrar – longe de Paris, longe de Nova York: Coyoacán e seu parque de infância da Alameda, cheio de cactos e palmeiras, e cujo verde da relva é tão forte que parece roxo.

35

Os comunistas espanhóis aos quais o México havia concedido direito de asilo incluíam em suas fileiras agentes da GPU que promoviam uma campanha de homicídios e assassinatos com a firme intenção de se infiltrar nos Estados Unidos. A polícia e o exército trabalhavam a todo vapor, cercando alguns bairros onde julgavam que eles pudessem perpetrar ações terroristas. Em especial, os de Coyoacán e de San Ángel, depois que a bela e temível Tina Modotti e seu companheiro, Vittorio Vidali, comissário político durante a Guerra Civil Espanhola, tendo ele próprio executado friamente centenas de prisioneiros suspeitos, sem provas reais, de fazer parte da "Quinta Coluna", haviam retornado à Cidade do México. A rua Londres estava fechada e Frida Kahlo teve que sair do carro para que compreendessem que podiam deixá-la bater à porta da Casa Azul sem receio.

Trótski e até mesmo Natalia pareciam sinceramente felizes em vê-la de volta. Possuíam agora dois grandes cachorros, Benno e Stella, a princípio quietos no seu canto, mas que, sem darem a mínima para os donos, precipitaram-se em cima de Frida Kahlo dando mil provas do interesse que lhe dedicavam. Se a vida na Cidade do México não mudara em tão pouco tempo, a de Natalia e Leon estava em vias de tomar uma nova direção. Suas relações com Diego haviam chegado a tal extremo, que pensavam seriamente em deixar a Casa Azul. Na ausência de Frida, Diego passara dos limites, como se diz, em sua vida privada, em sua vida social, em sua vida política. Sentindo-se livre de todas as obrigações com respeito a seus hóspedes, abandonara suas atividades políticas e demitira-se da revista *Clave*.

Diego estava mais isolado do que nunca: rejeitado pela direita, pelos comunistas, pelos trotskistas, até mesmo por alguns membros do governo, que nos últimos meses achavam que suas tendências ao exagero e à extravagância haviam atingido um ponto de não retorno. Mas Trótski assegurou a Frida, sem qualquer hesitação: ela seria sempre bem-vinda e o amor que ele sentia por ela permanecia intacto. Aquela tarde, ele lhe deu um livro de presente e, como nos tempos de sua paixão, escondeu entre suas páginas um papelzinho no qual havia escrito: "*I love you, my Frida from Paris*".

— O sr. Rivera está fora de San Ángel há vários dias — confirmou para Frida o faz-tudo de Diego, enquanto carregava para sua casa os baús trazidos de Paris.

A semana que Frida passou em San Ángel, sem Diego, foi maravilhosa. Redescobriu a Cidade do México que tanta falta lhe fizera em Nova York e Paris: a das velhas igrejas revestidas de folhagens, flores e espirais de ouro até as abóbadas; a de um famoso teatrinho do século XVIII que devia servir de asilo a todos os gatos do bairro; a dos mercados, dos cantores de rua, dos pequenos restaurantes onde serviam pratos apimentados e onde todas as refeições terminavam em música. Organizando seu tempo como bem entendia, conseguiu inclusive terminar *Dois nus na floresta*, cobrindo a cabeça de uma das mulheres com um xale vermelho e introduzindo, na mata fechada, um observador: um macaco-aranha, imagem da luxúria.

Havia dias em que desejava não mais viver. Nove de maio de 1938 foi um deles. A propósito, começara muito mal. Enquanto passeava para os lados do monumento à Independência, Frida cruzou com um cortejo fúnebre formado por três pessoas que avançavam num passo firme. Aquelas exéquias eram visivelmente de uma criança: o pequeno caixão era pintado de branco e a tampa, decorada com um grande arranjo de flores brancas. Duas adolescentes, uma na frente, outra atrás, carregavam o leve fardo na cabeça. Entre as duas, bem embaixo do caixão, saracoteava uma garotinha. Era um cortejo estranho e saltitante, mas cuja efusão mesma acentuava a dor que emanava de toda aquela festa fúnebre. Parecia que a criança do caixão descera uma última vez para brincar na praça onde, não fazia muito tempo, ainda fazia trotar um cavalo de terracota comendo uma bala colorida.

De volta em casa, Frida não conseguia esquecer aquela cena dramática. Era um pouco como se a tivesse trazido consigo para o ateliê de San Ángel e como se a cena prosseguisse ali, debaixo dos seus olhos. Fez imediatamente um croqui para um futuro quadro, adornando os três personagens com caveiras, abrindo o caixão de onde brotava um fluxo de sangue e substituindo a praça da Independência por uma paisagem lunar. A empregada interrompeu seu trabalho. Trazia sua correspondência.

Em meio a cartas oficiais, missivas de admiradores e admiradoras, prospectos e contas, reconheceu num envelope a caligrafia atarracada e clara de seu querido Nick. Afundou numa poltrona e leu a carta uma primeira vez, uma segunda vez, dez vezes, vinte vezes, trêmula, os olhos marejados de lágrimas. Ella tinha razão, Nick, que não ousara romper por telefone, o fazia por escrito. E, dessa vez, não restava mais dúvida. Terminava sua carta dizendo que os dois haviam desfrutado "um momento" mútuo, que tinha sido "extraordinário", que era "a única coisa que contava", e que, de toda forma, ele "só desejava sua felicidade".

— Bobalhão, sem dúvida é por isso que vai se casar com outra! — gritou, considerando se a palavra "bobalhão" era o adjetivo adequado.

Em seguida desabou na cama, após ingerir vários copos de uísque, bebida que descobrira justamente com Nick e que bebiam sempre juntos antes, durante e depois do amor.

— Minha felicidade... meu cu, isso sim!

Foi Diego que a despertou. Voltava de Guadalajara, onde supostamente fizera uma série de nus de índias. Ela poderia ter lhe perguntado se aquelas "índias" chegavam direto de Chicago, de

Budapeste ou, como as últimas, da *Concha Peluda*, a boate de putas da avenida Francisco Sosa, mas não o fez. Tudo aquilo não tinha mais importância. Pensou: *Pode enfiar seu pau aonde bem entender, seu porco sujo!*

Diego estava ali, plantado à sua frente, num estado de nervosismo extremo, transpirando como um cavalo após a chegada de uma corrida, exalando o suor do homem que acaba de realizar um esforço físico prodigioso.

— Esse lixo do Siqueiros está pintando um *Retrato de la burguesía* que está fazendo correr muita tinta!

— Estamos em 1939, Diego, os pintores devem enfrentar certos demônios, o fascismo é um deles!

— Por que esse veado fez antes de mim!

— Afinal você não pode lhe proibir de pintar o que ele tem vontade! Onde estão seus belos discursos sobre a liberdade de criação? E depois, ele é membro do Partido, tem encomendas...

Diego não respondeu, pegou o copo de uísque das mãos de Frida e tomou num trago só uma enorme quantidade. Ah, e nada mais corria bem, a Modotti voltara e já começara a espalhar insanidades a seu respeito. Quanto a Trótski, "evidentemente, suponho que esteja ao par... Foi tudo por água abaixo, não nos entendemos mais. Ele quer inclusive se mudar da Casa Azul!".

Enquanto Diego continuava a vociferar, ela conservava os olhos fixos numa redoma de vidro, bem à mostra numa estante. Continha um escorpião avermelhado, de um tipo bem singular, comum no estado de Durango e cuja picada é muitas vezes mortal. Uma recompensa de alguns centavos é concedida a quem o leva às autoridades. Diego comprara o escorpião de um garoto e o colocara naquela redoma, onde ele terminara por secar, o ferrão erguido não se sabe para o quê. Ela ruminou consigo mesma que seu casamento era um pouco como aquele escorpião, todo ressequido, todo morto, sem vida.

Diego terminou deixando a sala gritando que era parecido com eles, que "nada mais funcionava, que seu relacionamento já durara demais, que era preciso pensar em divórcio, sim, em divórcio".

Frida lhe respondeu cantando "La Chancla", a história de uma mulher triste ao saber que o marido a enganou:

Colegas, vou lhes contar
Alguma coisa de que irão se lembrar.
Aquele que me ama, eu saberei amar,
Aquele que me esquece, para que recordar?
Tenho orgulho e altivez
E nunca me ajoelharei.
Então, a chancla, o "tamanco" que eu atirei,
Nunca irei recolhê-lo!

Essa ameaça de divórcio proferida aquela noite não passava da consequência lógica dos fatos. Fazia cerca de três anos que Diego apresentava aquele fantasma, todas as vezes em que acabava de trair Frida. Pego em flagrante delito de adultério, sentindo-se culpado, ele atacava. Mas agora a ameaça era de outra amplitude, nos últimos tempos voltara à carga várias vezes por dia. Uma noite, depois de sumir por semanas, Frida ouviu o telefone tocar, era Diego. Tinha bebido:

— Escute, Frida, estamos casados há treze anos. Continuamos a nos amar cada vez mais, mas... você conhece meu apetite sexual... Preciso fazer amor o tempo todo e... você tem cada vez mais, enfim... você sabe... dificuldade de gozar... Assim fica complicado, complicado demais para mim... Então preciso dar umas voltas... e quero simplesmente ser livre de agir conforme o meu desejo com as mulheres que eu quiser e... como não quero mais fazê-la sofrer, eu queria me separar.

Frida, que até ali escutara em silêncio, respondeu antes de desligar, batendo violentamente o fone em seu suporte:

— Tudo bem, mas que seja imediatamente!

Nick rompera por carta. Dando provas de uma coragem similar, Diego acabava, por sua vez, de romper por telefone. *Como todos esses homens são corajosos*, pensou. Na mesma noite, escreveu a Nick, dizendo-lhe o que não dissera a Diego: "Faltam-me palavras para lhe dizer como estou mal. E você que sabe o quanto eu amo Diego, pode compreender que minha dor só terminará com a minha morte. Está decidido, vamos nos separar. Sinto-me despedaçada, sozinha. Tenho a impressão de que ninguém sofreu como estou sofrendo. Espero que isso mude nos próximos meses. Francamente, pergunto-me como. Mas é preciso".

Olhou pela última vez a redoma do escorpião antes de ir se deitar. Colocaria a carta no correio no dia seguinte. Conhecia Nick. Toda aquela história o faria sofrer também. Aquela carta a vingaria de sua covardia. Quanto a Diego, sabia como fazê-lo pagar: arranjando um novo amante e agindo de modo que ele viesse a saber.

36

Ricardo Arias Vinas era um jovem refugiado republicano que ela conhecera no café *La Parroquia*, onde ele e seus pares tentavam recriar uma Espanha talvez para sempre perdida. Não fora difícil para ela colocar aquele apaixonado entorpecido em sua cama, onde ele se revelou aliás bem menos dotado do que no terreno do engajamento político. Era bonito, simpático, culto e bastante protetor – o que convinha perfeitamente, nesse período agitado, a Frida.

Enquanto Diego cuidava da papelada do divórcio, ela se exibia sempre que possível com Ricardo, em aparições públicas que pretendia escandalosas, sempre chegando atrasada e fazendo o máximo de alarde possível. Por exemplo, numa apresentação no Palácio das Belas-Artes de Carmen Amaya, primeira dançarina de flamenco a ousar vestir calça comprida para executar suas coreografias, o público só teve olhos para Frida. Carregada de joias dos pés à cabeça e tendo para a ocasião revestido dois de seus dentes incisivos com coroas de ouro incrustadas de diamantes cor-de-rosa, relegara à categoria de supérfluo a rainha dos *zapateados* e das castanholas. Diego, igualmente presente e ocupando outro camarote, acompanhado de sua nova conquista, uma certa Irene Bohus, uma bonita pintora húngara, passara totalmente despercebido.

Trótski, por sua vez, também consumava seu rompimento com Diego. Este último tendo lhe sugerido, a despeito de suas diferenças, que continuasse na Casa Azul, "El Viejo" lhe respondera que só aceitaria com a condição de lhe pagar um aluguel de duzentos pesos por mês. A princípio Diego recusou em seu nome, depois acrescentou que de toda forma a casa pertencia a Frida e que cabia a ela tomar a decisão. Trótski, cioso de sua dignidade, interpretou aquela possível piada como uma pressão moral exercida contra ele com o objetivo de expulsá-lo. Magoado, alugou de uma certa família Turati, numa rua vizinha, a avenida Viena, uma casa onde se instalou, no dia cinco de maio, com Natalia, suas secretárias, empregadas e guarda-costas, sem esquecer os dois cães, coelhos, galinhas e cactos.

Era um casarão em péssimo estado, com o aluguel barato, mas com cômodos demais e um jardim, cercado de muros altos e escuros, fácil de ser vigiado. Alguns assoalhos estavam estropiados, faltavam vários móveis, mas ali finalmente estaria livre para dispor de seu tempo como bem lhe aprouvesse, numa zona mais tranquila, na extremidade leste de Coyoacán.

No dia de sua partida, Frida compareceu para pegar de volta as chaves que lhe confiara. No aposento que servira como escritório de Trótski esse tempo todo, ele deixou o autorretrato que Frida lhe presenteara, bem como a caneta-tinteiro que ela lhe trouxera quando viajara a San Martin Regla:

— Prefiro devolvê-los — disse, comovido.

— Nesse ponto, você está errado, mas no resto tem razão.

— No resto?

— Sua partida da Casa Azul.

— Sabe, eu me sinto cada vez mais sozinho e agora sei que essa solidão jamais terá fim... Tenho sessenta anos... Tenho a impressão de ser o último combatente de uma legião aniquilada...

— Você virou um símbolo, Leon. O de uma doutrina, reta, clara, de uma certa verdade histórica. De uma luta.

— Logo, por todas essas razões: condenado.

Despediram-se com essas palavras. Natalia voltava para o quarto, apressando Leon. A outra casa era bem perto, mas ela não desejava, por medida de segurança, chegar depois do anoitecer.

Com a partida do pequeno bando, Frida viu-se sozinha na casa vazia, a casa de sua infância. Diante daquele mundo que desmoronava, pensou que precisava reagir. Em primeiro lugar, pagando suas dívidas, pintando naturezas-mortas, que continuam fáceis de vender – era o que os burgueses queriam. Depois, refletindo sobre uma tela que mostrasse seu atual estado de espírito, para expulsar aquela "porra de dor que a fazia mugir à noite", apesar dos comprimidos e dos copos de conhaque. Concebeu então um quadro que se chamaria *As duas Fridas*: duas irmãs siamesas sentadas lado a lado, unidas pela mesma artéria, dando-se as mãos, mas diferentes, cada qual vivendo sua vida. Uma mesma mulher partida em duas. A imagem de sua existência. Esquartejada. Como uma carcaça no açougueiro, fendida no meio pelo golpe seco do cutelo.

37

Embora a porta de comunicação entre os dois cônjuges permanecesse constantemente trancada, a vida em Saint Ángel tornara-se impossível... Uma série de incidentes terminara transformando a vida de Diego e Frida num inferno. Pelo menos aos olhos desta última, que não aguentava mais. Um dia, Diego levara para a casa de uma de suas amantes o Señor Xólotl, cachorro predileto de Frida, para que ele servisse de reprodutor. "Que ele trepe com sua puta idiota e cheia de maquiagem, mas não leve para casa dela algo tão pessoal como o meu Señor Xólotl, merda!" Uma semana mais tarde, foi uma certa María que lhe anunciara que ia se casar com Diego. "Poderia esperar a gente se divorciar, sua imbecil!" berrara Frida, que chamou imediatamente os jornais para denunciar aquela relação "ilícita". Naquele México pouco liberal em matéria de costumes, a notícia causara escândalo e a imprensa tomara imediatamente as dores da esposa abandonada e condenara os amantes culpados. No dia seguinte, Paulette Goddard, atriz e devoradora de homens, anunciara por meio da imprensa que estava alugando um apartamento no luxuoso albergue de San Ángel, situado bem em frente ao ateliê de Diego, a fim de que "esse gigante, em cujos braços ela sucumbiria se ele lhe pedisse, pudesse em toda quietude realizar seu retrato". Não, aquilo era demais, Frida decidiu se mudar. Em poucos dias, com a ajuda eficaz de diversos amigos, entre eles Ricardo, instalou-se na Casa Azul, com sua colônia de macaquinhos pretos e seus cães sem pelo, entre eles Señor Xólotl, que terminara por resgatar.

Era como uma vida nova. Estava quase feliz, e isso apesar de seu pé e de sua coluna, que às vezes a faziam sofrer. No fundo, podia fazer o que quisesse: pintar, naturalmente, mas também beber, fazer amor, passar horas passeando no jardim, cozinhar, ler, sonhar, brincar com seus bichos.

No fim de agosto, decidiu fazer uma visita a Leon. Sua primeira decisão foi passar uma nova demão de tinta nas paredes, "cor de sangue e profundidade do mar", dissera-lhe Harrison William Shepherd, seu jovem amigo americano, que queria fazer a biografia dela, mas abandonou o projeto depois de ter se tornado seu efêmero amante.

Situada na periferia de Coyoacán, no ponto em que a rua se transforma numa via pedregosa e poeirenta ladeada por miseráveis cabanas de camponeses, a mansão era uma casa de campo do século passado em forma de T. Cercada por um alto muro de cimento percorrido por uma rede de fios eletrificados, flanqueada por duas torres serrilhadas, era dotada de uma pesada porta blindada cor de chumbo. Aquele portão, aquelas muralhas severas, aquelas torres sinistras abrigando metralhadoras davam à casa o aspecto de uma fortaleza. Uma vez transposta o labirinto de sacos de areia, neutralizados os sinais de alarme, depois de passar por cinco agentes da polícia, Frida entrou na casa, acompanhada por um dos cinco trotskistas armados da patrulha.

Leon recebeu-a. Foi gentil, caloroso, e estava contente de guiá-la numa visita pela casa, mostrar-lhe como estava à vontade e bem protegido. Enalteceu a casa de estilo mexicano tradicional, paredes de tijolos e cimento, suficientemente sólidas para resistir a uma rajada de metralhadora. Explicou a ela que se instalara nos fundos com Natalia, "por maior segurança". Ocupavam três cômodos, mais uma biblioteca, uma cozinha, um banheiro e uma sala de jantar, que dividiam com os guardas abrigados ao longo do muro circundante ao Norte.

— Que magnífica prisão, não é mesmo? — ele não parava de repetir, cheio de uma ironia triste. — Essa casa árida esconde uma maravilha: esse jardim — acrescentou, mostrando a Frida um vasto quadrado de gramado verde guarnecido de arbustos de flores e grandes árvores de folhagem densa.

Na realidade, aquele estranho paraíso encerrava outro, ainda mais estranho, que Leon prezava muito. Dissimulados atrás de uma cerca de cactos que ele trouxera de seus périplos pelos arredores da Cidade do México, mostrou a Frida o que ele valorizava acima de tudo: suas galinhas e seus coelhos! Juntando gesto à palavra, vestiu suas luvas de trabalho – "você sabe que qualquer arranhão me impede de segurar corretamente minha caneta" – e começou a alimentar gordos coelhos cinzentos e brancos e um pequeno bando de galinhas cacarejantes.

— A quantidade de comida deve ser cuidadosamente balanceada. É preciso inspecionar regularmente os animais, vigiá-los, estar atento ao menor sinal de doença, de parasita. É preciso método, precisão, observar, decidir, como em política.

No meio desse forte cercado por inimigos tenazes, "meu forte Alamo particular...", o escritório de Leon, ao qual se tinha acesso pela sala de jantar, pareceu-lhe um porto seguro de serenidade. Tudo ali era meticulosamente arrumado: livros, coleções de revistas e jornais, arquivos. No centro, uma grande mesa de madeira sobre a qual repousava o ditafone com seus rolos, que permitia a Trótski responder, em várias línguas, à correspondência que chegava do mundo inteiro, e, empilhados, seus artigos e livros.

Frida estava realmente emocionada, porque aquele escritório, salvo por alguns detalhes, era a réplica exata do aposento da Casa Azul. Mas aquela casa era dela, enquanto nesta, ela tinha a sensação de que ele a fazia realmente penetrar como nunca em sua intimidade. Tocava, quase religiosamente, acariciando com a ponta dos dedos, as penas e canetas em seu pote de barro, o mata-borrão à moda antiga, a espátula de marfim, a luminária pescoço-de-cisne. Um botão instalado na mesa permitia a Trótski deflagrar o sistema de ataque em caso de necessidade. Viu também, ao alcance da mão, uma automática calibre 25 e um colt calibre 38.

— Para me defender — disse Leon, olhando Frida com olhos que refletiam sua angústia atual.

Enquanto manipulava mecanicamente suas armas de fogo, Leon contava seus dias. De pé às seis da manhã, começava sempre por limpar o terreiro, depois ia para o escritório, onde trabalhava até a hora do desjejum. Voltava mais uma vez para cuidar dos animais, almoçava, fazia a sesta, em seguida recebia breves visitas, alimentava suas galinhas e coelhos e trabalhava até o jantar.

— Encontrei meu equilíbrio nessa monotonia, Frida. Sem essa rotina, eu não teria mais forças para lutar.

Ambos estavam cara a cara, separados pela pesada mesa de madeira. Frida esticou o braço e colocou sua mão sobre a de Leon.

— A vida escoa, abre caminhos que não escolhemos aleatoriamente.

— Pois o que eu gostaria, Frida, é de parar livremente no meio do caminho para partir novamente.

— Impossível, isso atrasaria a grande viagem geral.

— Daí a insatisfação... daí o desespero... a tristeza.

— Não acredito no destino. Só quero viver, é o objetivo central da minha vida.

— Pois eu não sei mais qual é meu objetivo, Frida.

— Cuidar, entre outras coisas, do seu neto — disse Natalia, que acabava de chegar ao escritório com uma bandeja de chá, apontando um garotinho de uns dez anos, de sandálias de couro e calças curtas, brincando no jardim.

— Seu neto? — perguntou Frida.

— Sieva, filho de nossa filha Zina — respondeu Natalia, a voz embargada de emoção.

Após a morte da mãe, o "garotinho", como o chamava Trótski, fora recolhido por Liova, seu tio, e Jeanne, sua amiga. Com o assassinato de Liova, Jeanne escondera-o numa instituição religiosa. Após vários meses de buscas e um processo para saber quem ficaria com a guarda do menino, Alfred e Marguerite Rosmer, amigos fiéis de Trótski, haviam escolhido Sieva até Coyoacán.

— Nossos quatro filhos estão mortos — disse Natalia. — Sieva é tudo que resta de nossa família.

De volta em casa, Frida não conseguiu prender o choro. Tudo aquilo era muito triste. Aquele homem perseguido, aquela criança brincando em meio a guardas armados e coelhos na gaiola. E a História fazendo uma emboscada que iria pulverizar todo aquele mundo: há anos, Trótski repetia que nada conviria melhor a Stálin do que um pequeno acordo com Hitler – o pacto germano-soviético acabava de ser assinado dias antes. Sim, a História, em emboscada, iria pulverizar tudo, a vida daquele homem, a daquela criança, a vida de Natalia, suas dúvidas, suas esperanças, tudo aquilo por que haviam lutado. O amor de Frida e Leon, em tudo isso, fora apenas uma espécie de parêntese inesperado, e o de Frida e Diego, uma miragem. Assim corria a vida na casa da avenida Viena, fortaleza insuficiente de opereta; assim corria a vida na Casa Azul, e durante todo esse tempo, o mundo, por sua vez, arrancado de sua quietude ilusória pelos quatro cavaleiros do Apocalipse, galopava rumo a um novo massacre.

Antes de se despedir de Frida, Leon murmurara ao seu ouvido: "Eu caminho no pequeno jardim desta casa cercada de fantasmas com um buraco na testa e, no entanto, veja só, não conheço tragédia pessoal. Só conheço uma, a da revolução, a da humanidade, e que começa a pesar demais nos meus ombros de homem".

Indo pegar um copo de conhaque no armário da cozinha, Frida passou em frente a um calendário de parede, do qual arrancou inúmeras páginas para chegar à data atual: vinte e seis de agosto de 1939. Frida deu uma risada nervosa. Fazia treze anos, contados, que se casara com Diego, no tribunal de Coyoacán. Tina Modotti havia sido sua madrinha e organizara o banquete no terraço do seu prédio. O bolo de casamento, decorado com pombas e rosas em açúcar glacê, tinha um casal de noivos no alto. O homem vestia smoking, cartola e usava luvas. A mulher trajava um vestido em tule branco. Imagem de um casal que Frida e Diego nunca haviam sido e jamais seriam.

38

Pouco a pouco, Frida se reapropriava do espaço da Casa Azul, o que foi mais difícil do que ela esperava. Sua infância estava em toda parte, como Leon, como sua vida com Diego. Ela compreendeu que seria preciso certo tempo até aquela casa voltar a ser completamente sua. Um dia, vendo suas dificuldades financeiras, Diego ofereceu ajuda. Ela recusou sua oferta com veemência: "Enquanto eu viver, nunca aceitarei qualquer dinheiro de um homem. Você pode compreender isso, não!".

Então trabalhou muito, dia e noite. Pintou *Leito nupcial ferido*, cujos pés eram quatro pernas laceradas e sanguinolentas; *Autorretrato com colibri*, no qual era vista de frente, com um colibri morto brotando de suas pernas abertas como um bebê natimorto; *Mortes festejantes*, quadro em grande formato representando várias mulheres amontoadas numa cama com dossel na companhia de um esqueleto... Mas todos aqueles burgueses compradores tinham medo dessas telas. Sangue demais, morte demais, sofrimento demais, não eram suficientemente "decorativos": "Como quer que eu ponha isso no meu salão, no hall de entrada da minha empresa, na sala de espera do meu consultório?". Terminou por vender o quadro que ela pintara para Nick, uma natureza-morta alegre, e lhe escreveu uma carta que assinou como "Tua Mexicana", que ficou sem resposta, e na qual lhe pedia que a perdoasse, mas lhe garantia que cumpriria sua promessa e um dia, assim que estivesse melhor, pintaria uma outra.

O outono estava agora bem instalado, na Cidade do México e na vida de Frida. O processo do divórcio seguia seu curso, entremeado por brigas nas raras vezes em que falava com Diego ao telefone. Um dia, ele a encheu de insultos asquerosos, que ela nunca poderia esperar que viriam dele. Decididamente, estava tudo podre. Em seu aparelho de ondas curtas instalado na sala de jantar, ouviu a declaração de guerra na Europa e a notícia do primeiro torpedeamento de um navio inglês por um submarino alemão.

Sua única esperança era a pintura, sempre a pintura. Voltou a pensar em Jacqueline e no quadro que imaginara no barco que a trazia de volta a Nova York: *Dois nus na floresta*. Transcorrido tanto tempo, ela poderia evocar esse amor lésbico, porém transformando-o, acrescentando-lhe elementos de seu México ancestral, de sua mitologia pessoal. Pintando essa tela, ressuscitava, voltava a ser feliz, ainda mais que o quinze de setembro estava chegando.

Desde criança, adorava esse dia maravilhoso da festa nacional mexicana. Setembro era seu mês patriótico. Comprava bandeirinhas com as cores nacionais – verde, branco, vermelho – e as distribuía por todos os cômodos da casa, espetava-as nas frutas servidas à mesa, nos vasos de flores do corredor que levava ao jardim, usava nos ilhoses, enfiava-os nas melancias de suas naturezas-mortas e oferecia sempre um grande jantar para o qual convidava os amigos.

Esse quinze de setembro de 1939 foi marcado por um acontecimento cujo alcance ela não percebeu imediatamente. Enquanto dava à cozinheira suas últimas recomendações relativas à preparação da sopa de peixe, do arroz tricolor e dos *chiles* com nozes, pratos com as cores da bandeira mexicana que ela iria servir aos convidados, alguém tocou a campainha da porta, um certo Frank Jacson, que ela quase despachou. Aquele nome não lhe dizia nada e ela tinha tanta coisa para fazer... Mudou de opinião quando a empregada lhe disse com ar matreiro que o importuno era um homem bonito e carregava um enorme buquê de flores nas mãos.

Curioso, conhecia aquele rosto. Aquela cabeleira abundante, aqueles grandes olhos verdes, aquela testa alta, aquele ligeiro gaguejar, e sobretudo aquele grande buquê... Aquele rapaz esbelto de ombros largos, ela já encontrara, e justamente com um buquê nas mãos. Mas o nome Frank Jacson, isso não lhe dizia realmente nada.

Vendo sua perturbação, o desconhecido forneceu-lhe os indícios que lhe permitiriam identificá-lo:

— Paris, Breton, a exposição México na galeria Pierre Colle...

— Jacques Mornard!

— Exato!

— Mas então, por que...

— Por que Frank Jacson?

— Sim.

— Fui à Bélgica com um passaporte falso para evitar o serviço militar. Não quero participar dessa matança.

— Você é pacifista?

— De certa maneira... Mudei até de nacionalidade. Agora sou canadense. Eu poderia ter me tornado americano, mas teria de pedir um visto e submeter o documento a um exame consular.

— E suponho que não é mais jornalista.

— Não, sou um homem de negócios apolítico, esportivo e *bon vivant*...

— E sua noiva?

— Sylvia? Devo encontrá-la em breve em Nova York, onde devemos nos casar. Mas — Quanto mistério, Nick, estou cansada. O que está acontecendo? acrescentou sem ambiguidade possível quanto às suas intenções — Quanto mistério, Nick, estou cansada. O que está acontecendo?, até lá estou solteiro e livre, é nosso contrato...

💀

Convidado a ficar para jantar, Frank Jacson aceitou com entusiasmo. Foi um momento de alegria real, como Frida não vivia há muito tempo. E quando um dos convidados, um pouco bêbado, julgou reconhecer em Frank Jacson o representante de um agente europeu, que, após ter se ocupado da compra de quadros a óleo para os americanos, convertera-se à lapidação de diamantes, todo mundo caiu na risada.

— Quando Pablo bebe, fala qualquer coisa! — disse Frida.

Em seguida, a alegre trupe resolveu dar um passeio pelas ruas de pedras da cidade velha. Nas aleias e praças do parque do Centenário, a festa atingiu o auge.

Lá, havia mil atrações, fogos de artifício, pequenos touros de cartolina recheados com rojões que explodiam a todo momento, num circo ao ar livre palhaços parodiavam as pessoas da moda e os políticos, todo mundo cantava e ria, e nas moitas casais davam livre curso a seus desejos. Por um instante, Frida cogitou sumir num daqueles arbustos com seu convidado surpresa, mas transeuntes que a haviam reconhecido a cercaram e interpelaram, querendo tocá-la. Livre dos admiradores, o momento de loucura que se apoderara de Frida arrefeceu e ela não pensou mais no assunto.

Nas semanas seguintes, Frank Jacson e Frida viram-se mais ou menos regularmente. Foram ao cinema, passearam pelos mercados repletos de figos-da índia verdes, brancos e vermelhos, provenientes das zonas desérticas do país, e saborosas limas, particularmente suculentas, que eles comiam ali mesmo. Quando ele ia jantar na Casa Azul, ela tirava seus pratos brancos com as iniciais F.D. e lhe servia em garrafas de vidro *soufflé* um refresco de arroz branco ou um suco de flores vermelhas da Jamaica. Às vezes, para recebê-lo, vestia sua roupa típica de Tehuana, espetava uma flor no cabelo e cobria as mãos de anéis. Então ficava feliz, pois sentia claramente no olhar do homem que estava à sua frente um desejo intenso. E esse desejo a fazia reviver, era suficiente para sua felicidade. Um dia talvez viesse a fazer amor com ele, mas seria ela que decidiria, e esse dia ainda não chegara.

Certa manhã, em que programaram um passeio a Teotihuacán, ela acabou, após várias horas de espera, pedindo ao motorista que devolvesse a Diego a caminhonete Ford que ele lhe emprestara para o dia. Frank Jacson não aparecera, nem nos dias seguintes, e evaporou como se materializara. Jean van Heijenoort também partiu, em cinco de novembro:

— Vivi tantos anos na sombra de Leon, preciso viver um pouco para mim mesmo...

— Para onde você vai?

— Vou passar uns meses em Nova York, depois veremos.

Aquele ano de 1939 não acabava nunca. Frida queria passar ao ano seguinte, esquecer aquele ano "podre". Voltou às *Duas Fridas*. Via agora claramente o que fazer. De um lado, ela exibiria um vestido tradicional, do outro, num vestido à moda de Tehuana. Convinha acentuar a diferença entre as duas Fridas. Pronto, a primeira seria elegante e altiva, a outra exibiria uma beleza sóbria. O que as uniria: as feridas do passado. Era o que ela queria mostrar: aquelas duas mulheres sofredoras, aquelas duas mulheres feridas.

Tinha também outro projeto, que, se bem-sucedido, a salvaria: solicitar uma bolsa Guggenheim. Os americanos tinham dinheiro, vamos então a eles. No fim de novembro enviou um dossiê completo, com cartas de recomendação entusiastas assinadas por altas personalidades do mundo das artes e da política, a um certo Henry Allen Moe. Haviam lhe insinuado que, considerando sua notoriedade crescente, a força de sua arte e sua prodigiosa originalidade, aquele dossiê não passaria de mera formalidade. Fazia tanto tempo que Diego a obrigava a viver uma vida que ela julgava "falsa e recheada de baboseiras insuportáveis", que aquela bolsa lhe daria um novo gás, o que ela aguardava com impaciência. Com um pouco mais de um mês de espera: estaria divorciada, se beneficiaria de uma bolsa que a deixaria por um tempo abrigada da necessidade, poderia pintar, ressuscitar finalmente.

39

Foi no dia em que acabava de terminar *As duas Fridas* que chegaram às suas mãos os papéis homologando seu divórcio. Estava tomando chá com o historiador da arte norte-americano MacKinley Helm – mais precisamente, só ele tomava... Achou que ia explodir, mais de melancolia do que de raiva. Tudo bem, fora Diego que iniciara o processo de separação, mas ela terminara, pensava, aceitando sua ideia, até mesmo vendo nela certas vantagens: estaria finalmente livre e não teria mais que engolir as traições de Diego. Mas agora, diante daquela papelada, diante da realidade que constituía aquela papelada, não era a mesma coisa.

Enquanto ruminava sua raiva diante do americano hipnotizado, ela comentava seu quadro:

— Aqui, desse lado, a Frida que Diego amou e, do outro, a Frida que Diego não ama mais. E aqui, essa artéria seccionada, esse sangue se esvaindo...

— Uma Frida segura uma medalhinha representando Diego criança — observou o historiador.

— Sim, Diego é um amante e um grande bebê...

— E a outra, a Frida abandonada, logo...

— Ela tenta estancar a hemorragia com fórceps...

— E isso é impossível — arriscou à meia-voz o historiador, que tinha quase a impressão de que Frida ia pegar o instrumento ensanguentado e atirá-lo raivosamente no fundo da sala.

— É claro que é impossível, porra! — respondeu Frida, fora de si, quase derrubando a xícara de chá do americano, o qual, aterrorizado, terminou por despedir-se educadamente.

O homem foi embora, Frida se acalmou um pouco. No fundo, naquele quadro, era ela mesma que se consolava. A nova Frida consolava a Frida abandonada. E depois, no fim das contas, desde que estava sozinha, nunca pintara tanto e isso a ajudara a definir com maior precisão sua temática. Ruminou que, se um criador precisasse ser feliz para criar, isso já se saberia... Aqueles últimos tempos haviam sido de sofrimento máximo, de angústia total, e, como que por ironia, ela pintara suas telas mais sangrentas e violentas. *Quatro habitantes da Cidade do México* parecia um ritual de exorcismo; *Coração* mostrava um colar de espinhos e um coração arrancado; *O que a água me deu* expunha suas pernas flutuando numa banheira e rodeadas de detritos; *Lembrança da chaga aberta* era um autorretrato representando-a de coxas abertas, uma delas ferida e ensanguentada. Quanto às naturezas-mortas que ela começara a pintar nos últimos tempos, consistiam em composições de frutas abertas fendidas, esmagadas, dilaceradas: *Os frutos da terra*, *Frutos de cactos*, *A melancia e a Morte*. Se aquele maldito americano ainda estivesse ali, ela gritaria para ele que finalmente conseguira descobrir, sem ser obrigada a isso por qualquer preconceito que fosse, uma expressão pictórica pessoal, e que fazia dez anos que trabalhava exclusivamente numa ideia: eliminar tudo que não procedesse dos motivos líricos internos que a impeliam a pintar!

Sua felicidade, nascida da certeza de que acabava de descobrir seu caminho verdadeiro, foi de curta duração. A bolsa Guggenheim lhe foi recusada, sem que lhe dessem qualquer explicação, a menos que tivesse de procurá-la do lado das palavras que Jacqueline pronunciara por ocasião de sua exposição em Paris: "Neste mundo de homens, é muito difícil ser uma pintora". Sem dúvida também, mostrara-se sóbria demais em sua apresentação, não suficientemente imbuída de si mesma, não fora suficientemente escandalosa. Por exemplo, mencionara que sua primeira exposição ocorrera apenas em 1938, a de novembro em Nova York, e que fora seguida de apenas mais uma, na galeria Renou et Colle em Paris, em 1939, e que o Louvre comprara uma de suas telas. Era muito pouco para a enorme máquina cultural americana.

Mas o pior é que voltou a ter problemas de saúde. Suas costas, mais uma vez, causavam-lhe dores atrozes, a ponto de o doutor Farill, que agora a acompanhava, ordenar-lhe repouso absoluto na cama, com um peso de tração de vinte quilos para aliviar suas costas. Vários especialistas, os doutores Federico Marín, Leo Eloesser, Figa Assaoui, haviam se alternado em sua cabeceira e todos, sem se comunicarem entre si, inclinavam-se por um enxerto ósseo. Para coroar tudo, uma micose apareceu nos dedos de sua mão direita, o que evidentemente prejudicava muito seu trabalho. Frida não aguentava mais e parecia não encontrar conforto nas garrafas de conhaque, das quais encomendava caixas para a Casa Azul.

Uma noite, enquanto toda Cidade do México dedicava-se aos preparativos das festas natalinas, sentindo-se mais só do que nunca, ela pediu a Leon que fosse encontrá-la. Naquelas últimas semanas, não vira absolutamente ninguém, passando praticamente todos os dias fechada em casa entre seus animais, telas e garrafas de bebida. Dizia a si mesma que não tinha amigos, que não os tinha mais e que era por isso que passava horas a fio diante de seu cavalete pintando merdas e se deprimindo. A carta que mandara a Leon era um pedido de socorro. Nela, imprimira um beijo vermelho-magenta e anexara plumas de um cor-de-rosa brilhoso como testemunho de afeição. Ele a encontrara ao voltar de uma viagem de alguns dias até a casa de Herring em Taxco, de onde trouxera novas espécies de cactos.

Quando ele tocou a campainha, Frida estava pintando *A mesa ferida*, uma tela em grande formato, encomenda de Julien Levy para uma futura exposição surrealista. Era uma tela inquietante. Nela, viam-se sentados a uma mesa ao redor de Frida, sua sobrinha, seu sobrinho, seu pavão favorito Granizo, um Judas, um ídolo pré-colombiano, um esqueleto. A cena emoldurada por dois pesados reposteiros de teatro lembrava uma espécie de tribunal, bastante sombrio e sangrento.

— Esse troço vai acabar me deixando maluca — disse Frida, beijando Leon, que não fez nenhum comentário.

Observando apenas aquela tela, que teria perturbado qualquer pessoa mais atenta, Leon fechou-se em seu silêncio.

— Se você veio para ficar com essa cara, vai me ajudar muito, pode ir se o aborreço — declarou Frida, que largara seus pincéis e se servia um copo de conhaque.

Leon sorriu e se desculpou. Não, estava com vontade de vê-la e viera assim que recebera sua carta. Mas estava muito preocupado, ao mesmo tempo por sua situação pessoal – percebia claramente que seus passeios ao campo para colher cactos, que às vezes ele arrancava à noite à luz dos faróis de seu carro, eram cada vez mais perigosos e que em breve não poderia mais sair da casa da avenida Viena – pela situação mundial, por tudo que estava por vir:

— Empobrecidas, desesperadas, as massas trabalhadoras da Europa em fogo, primeiro reprimidas pelas tropas de ocupação, se levantarão e expulsarão os nazistas. Depois da guerra, a revolução proletária.

Frida só muito raramente dava trela para aquele Trótski engajado, político, ensimesmado, e para as questões que o atormentavam. Ele lhe falou longamente dos postigos de aço que acabava de mandar instalar na janela de seu quarto e do novo guarda que acabava de contratar, um jovem americano de vinte e cinco anos, chamado Robert Sheldon Harte, que parecia "ótimo, muito puro, entusiasta".

— Estou te aborrecendo com minhas histórias — ele terminou por dizer.

— Não pedi para você vir para me falar dos seus postigos e do seu guarda-costas — respondeu Frida, pegando sua mão e o arrastando para a beirada de sua cama...

— Você já bebeu muito, não é...

— Sim, eu afogo o meu desespero no álcool, Piochitas.

Fazia tempo que Frida não o chamava assim. Leon fitou-a todo emocionado. Lembrou-se da intimidade dos dois, dos poucos meses que durara sua paixão, pouco tempo após sua chegada a Tampico. Na realidade, desde que entrara naquela casa, não despregara os olhos de Frida. Seus cabelos desordenados assemelhavam-se aos raios de um sol negro, seu rosto quase sem maquiagem estava marcado pela dor, sua pele estava pálida como cera. Ela, sempre muito inquieta, parecia quase estática, apenas suas mãos indóceis se mexiam, carregadas de anéis. Sentado na beirada da cama, ele sentia seu corpo respirar contra o dela. Em dado momento ela estendeu o braço para pegar um pequeno espelho que estava na mesa de cabeceira. Aquele movimento desvelou seus seios e o suporte do colete ortopédico que usava nas últimas semanas. Após ter se olhado, Frida depositou o espelhinho na mão de Leon e o apertou contra si.

— Pegue, é para você, me olhei nele mil vezes. Ele conserva minha imagem.

Em seguida se debruçou para Leon para lhe beijar os dedos, enlaçou-lhe o pescoço, puxou-o para ela e o beijou na boca. Ambos tinham lágrimas nos olhos. Permaneceram assim por um longo tempo, um contra o outro, Leon segurando o espelhinho em sua mão fechada.

Anoitecera. O aposento estava na penumbra. *A mesa ferida*, incipientemente iluminada, olhava para eles de um modo estranho, como se os personagens do quadro os vigiassem, observassem seus menores gestos. Era quase como se eles fossem irromper na sala e vir conversar com eles, dar sua opinião sobre o estado de seu mundo.

— Estamos ambos em sursis, não é mesmo? — disse Frida.

— Que cansaço, minha Frida. Não aguento mais essa humilhação insensata. A derrota moral de meus velhos companheiros revolucionários me assombra. Todos mortos de uma morte atroz, todos tendo traído a si mesmos, todos traindo a consciência da revolução. E eu, cercado de fantasmas. Quem será que vou trair agora?

— Você nunca trairá ninguém. Nem ninguém, nem você mesmo.

Quando Leon deixou a Casa Azul, cercado por seus guarda-costas, pairava sobre as ruas da Cidade do México uma calma inquietante.

— Vai escurecer — disse o motorista, com o colt fora da cartucheira, antes de fechar a porta do carro, de cujo interior Leon fazia um pequeno gesto com a mão na direção de Frida, que o acompanhara até a soleira.

40

O Ano de 1940 começou sob maus augúrios. Na véspera do dia de Reis, Frida cultivava o hábito de reunir sua família e seus amigos a fim de que todos partilhassem a *rosca de Reyes*, o bolo de Reis, que ela ia comprar em La Flor de México, a melhor confeitaria da cidade. Dessa vez, porém, não tinha ninguém para convidar. Como que para desafiar a má sorte ou talvez dizer que nada mudara, decidiu ir assim mesmo até La Flor de México. Funesta decisão. Quando fez sua entrada trajando seu vestido de Tehuana, abarrotada de joias pré-colombianas, maquiada com cores vivas, as burguesas, acompanhadas de suas empregadas, os braços carregados de doces, resmungaram acintosamente, fazendo comentários indecorosos, lançando maledicências agressivas: "O que a mulher do pintor comunista, aquele porco do Rivera, veio fazer aqui?" "Por que essa puta vermelha vem zombar de nós em nosso território?". Face a tanta hostilidade, ela, que ainda ontem teria mandado para os diabos toda aquela gentalha saiu sem dizer nada, cabisbaixa, daquele tempo da gastronomia, esbarrando na passagem nas empregadas de avental preto e gola rendada e nos grandes vasos de barro de onde brotavam enormes samambaias e azaleias brancas.

Sim, definitivamente, aquele mês de janeiro começava mal. Fazia um frio glacial, as notícias do mundo eram sinistras, quanto à carta do fantasma Frank Jacson que anunciava sua vinda à Cidade do México, acompanhado da noiva Sylvia, Frida não compreendia por que a enviara. Declarava que se alojaria no apartamento 820 do Edifício Ermita, que voltava à Cidade do México para cuidar de "assuntos comerciais" e que gostaria muito de revê-la. Ela nunca pôde terminar as últimas linhas da missiva, nas quais ele a avisava, sabe-se lá por que, que tinha a intenção de adquirir um Buick: um dos macaquinhos que ela comprara para vencer a solidão e que se divertiam em liberdade no pátio e na casa, se apoderou da carta e reduziu a pó...

Em cinco de janeiro, um mês exato após o divórcio ser proferido, Frida decidiu repetir o gesto que já realizara em 1934 quando o caso entre Diego e Cristina a fizera tanto sofrer: cortou os cabelos. Era absurdo, embora divorciada, dessa vez censurava a Diego por ter um caso com Paulette Goddard! Ela o avisara, ele que gostava tanto de seus longos cabelos: "Se não parar de ver a Goddard, raspo as melenas", Diego não deu bola: "Mas Frida não somos mais casados. Você precisa entender que estamos divorciados. Sabe o que significa isso: divorciados!". Era mais forte do que ela: contemplara demoradamente a tesoura, depois, diante do espelho, cortara tudo. Seus cabelos, que caíam aos tufos no chão, eram como borboletas sem vida, carregando consigo um pouco dela mesma, de sua alegria de viver, de sua leveza, de seus sorrisos. Observando o trabalho realizado, parecia satisfeita. *Estou parecendo uma fada, ou um marujo*, pensou. Depois ligou para Diego:

– Tenho uma má notícia para te dar, velha rá: cortei o cabelo. Estou parecendo um cara, só me falta um pau. Bom, você vai acabar me rejeitando, pelo menos é o que eu espero!

Não ficou nisso. Não fazia apenas questão de sofrer, prezava a originalidade de seu sofrimento, e continuaria a se vingar em si mesma. Instalou-se então ao cavalete e começou o *Autorretrato com o cabelo cortado*, "uma tela vingativa, porra", dizia ela a cada pincelada. Ali, cada elemento tinha um sentido bem preciso, acrescentando à sua dor, descrevendo-a com o máximo de detalhes. Cercada por um espaço hostil, opressor, repleto de mechas pretas cortadas ondeando como serpentes, enrolando-se em torno das pernas da cadeira mexicana amarelo-canário, na qual ela se representara, estava sentada como um homem, as pernas abertas, usando uma camisa masculina e grandes sapatos pretos com cadarço. Em sua mão direita, a tesoura, responsável pelo massacre. Mais nada da mulher que ela não queria mais ser fora conservado, apenas os brincos, bastante discretos. Na parte superior do quadro, como costumava fazer, alguns versos de uma canção que ela gostava de cantarolar: "Se antigamente te amei, a você que chora, foi por sua cabeleira de fogo, agora que está careca, não te amo mais.".

Enquanto a Segunda Guerra Mundial mergulhava o Velho Continente no horror nazista, o México tornou-se o refúgio dos europeus expulsos pelo conflito. Atores, poetas, pintores, músicos, arquitetos, pensadores, fotógrafos, cineastas, muitos estavam lá, evadidos de Paris, Berlim, Moscou, Madri... Louis Jouvet, Benjamin Péret, Marc Chagall, Remedios Varo, Roger Caillois haviam transformado o México na capital da modernidade. Portanto, não era de se espantar que o movimento em voga, o surrealismo, ali estivesse presente e promovesse uma grande festa.

Em dezessete de janeiro, a Exposição Internacional do Surrealismo abriu suas portas na galeria de arte Inés Amor. Frida expôs ali duas telas: *As duas Fridas* e *A mesa ferida*. A esperança despertada por essa grande festa que reunia todos os grandes nomes da pintura, da literatura e das artes do momento logo morreu... Desde o catálogo, que anunciava "Monstros Clarividentes", "Convites Queimados" e outras "Molduras Radioativas", Frida teve algumas dúvidas. Na noite do coquetel, compreendeu que seus temores eram justificados. A festa, pueril, exibia todo tipo de futilidades vazias que ela detestava, lembrando aquele necrotério, aquela arrogância com que se deparara em Paris. A galeria estava tomada por homens de *smoking* e mulheres em vestidos da moda vindos diretos de Paris. O evento social, regado a champanhe, conhaque e uísque, recendendo a salgadinhos e ações da bolsa, deixou-a tão incomodada que ela se escondeu para vomitar na sarjeta de uma rua adjacente à galeria. E enquanto a maior parte dos convidados terminava a noite no *Patio*, cabaré concorrido e luxuoso, ela voltou para a casa a pé, em passadas curtas, pois sua coluna voltara a doer.

À exceção de um artigo de Adolfo Méndez Samara perguntando, em *Letras de México*, se o surrealismo não era igual a zero, a exposição fez um sucesso considerável. Frida estava furiosa. Detestava-se por ter aceitado participar daquela grande missa grotesca: "Eu deveria ter desconfiado, mas é só aquele babaca do Breton meter a bunda em algum lugar que a coisa começa a feder!".

Terminado o circo surrealista, os assuntos sérios voltaram à ordem do dia. A começar pelos ataques a Trótski. Nostálgicos da Revolução de 1917 lembravam que, quando ele tinha razão, aquilo "assumia sempre um aspecto" triunfante, ao passo que, quando era Lênin que tinha razão, "sentíamos simplesmente a verdade sendo enunciada, sem que aquilo impressionasse ninguém". Trótski era decerto um grande chefe, um grande líder, um formidável cérebro político, mas "não era um grande condutor de homens". "Para que se preocupar com isso, você sempre zombou de todas essas idiotices!" lhe dizia Frida. Quanto ao artigo de *La Voz de México*, órgão do Partido Comunista Mexicano, afirmando que o plano de assassinato de Trótski não estava mais na ordem do dia, uma vez que ele estava "politicamente derrotado", só Frida se alegrava com ele.

— É uma notícia tão boa que o autor do artigo e o diretor da publicação foram afastados — retorquiu Leon, que lembrou a ela que outra revista, *Futuro*, para não mencioná-la, acabava de "revelar" que a Gestapo o excluíra de suas fileiras por causa dos laços que ele mantinha com o imperialismo norte-americano!

— Mas isso é ridículo, Leon. É grotesco — disparou Frida numa grande gargalhada.

— É assim que escrevem as pessoas que estão prestes a trocar a caneta pela metralhadora — ele respondeu sobriamente.

41

Trótski estava tão obcecado com o próprio assassinato que decidira redigir um testamento. Era o que estava explicando a Frida, que, para tentar descontrair, falava-lhe de seus "tornozelos" que lhe doíam, de seu "estado geral de merda", do fato de não comer o suficiente, de fumar demais, de sua "digestão inacreditável" que a fazia arrotar o tempo todo – *Perdóname, burp!* –, e que estava ainda mais "papinha com leite" do que o normal... Terminou sua ladainha com uma gracinha cujo segredo ela conhecia:

— Você está longe de morrer, Piochitas, você está em plena forma!

Em todo caso, Leon não era dessa opinião:

— Eu engano meu estafe sobre meu verdadeiro estado de saúde. Pareço ativo, mas minha pressão arterial não para de subir. O fim está próximo, Frida.

Frida não pôde abster-se de rir:

— Você deveria acrescentar que, apesar disso, você continua revolucionário proletário, marxista, materialista dialético, logo, em consequência, ateu empedernido.

— Exato, e sinto uma hemorragia cerebral se aproximando.

— E é por isso que quer redigir seu testamento antes desta noite?

— Deixo tudo para Natalia e, se necessário, reservo-me o direito de eu mesmo determinar o momento de minha morte.

— Então não é mais Stálin que assassina você?

Trótski sorriu e não respondeu à pergunta de Frida, que aproveitou para acrescentar:

— Sua casa é um verdadeiro campo entrincheirado. Seria preciso um exército para vir desalojá-lo. Dizem inclusive que você contratou dois novos colaboradores.

— É verdade — disse Trótski. — Vou lhe apresentar, você me dirá o que pensa deles.

Frida, contentíssima, agarrou a oportunidade. Iam finalmente falar de outra coisa que não condições testamentárias. Leon dirigiu-se até a janela aberta e apontou um rapaz no pátio. Já lhe havia falado dele. Robert Sheldon Harte, o americano apelidado de Bob, fora contratado para a vigilância da casa.

— Todo mundo gosta muito dele — disse Trótski —, não é um intelectual e se encarrega de todas as tarefas que lhe passamos sem reclamar. Acaba inclusive de trocar toda a fiação elétrica, ligada diretamente ao sistema de alarme do posto policial do bairro.

— Acha que ele pode me trazer Lucky ou Chesterfield dos Estados Unidos? Não tenho dinheiro para comprar...

— Estou falando de segurança e você vem falar de cigarros!

— Exatamente, *my love*, ela é assim, a sua Frida!

Nesse momento, bateram à porta do escritório de Trótski. Uma moça entrou, trazendo na mão várias pastas cheias de recortes de jornais. Com uns trinta anos, era baixinha, magra, usava óculos de lentes grossas.

— Uma autêntica americana, uma autêntica secretária diplomada, uma autêntica trotskista! — disse Trótski.

Era, junto com Bob, sua mais recente contratação.

As duas mulheres se miraram. A moça pareceu surpresa, pelo menos tanto quanto Frida.

— Sylvia Ageloff — ela disse.

— A namorada de Jacques Jacson? — disse Frida, hesitando.

Sylvia Ageloff sorriu:

— Não, Jacques, não, Frank, Frank Jacson.

— Sim, é isso — disse Frida. — Recebi uma carta de Frank Jacson, então. Eu achava que vocês chegavam daqui a um mês.

A secretária, ao mesmo tempo em que deixava seus papéis sobre a escrivaninha de Trótski, denotou certo espanto:

— Estamos aqui há mais de um mês!

— E não teve jeito de fazê-la vir morar conosco — disse Trótski, acrescentando, em tom de gracejo: — Ela fica com o noivo. Deve estar muito apaixonada para viver com um indivíduo que se recusa a me encontrar.

— Não é isso. Ele detesta política, diz que não serve para nada.

— Estranha convicção — disse Trótski, que perguntou: — E qual é a profissão dele?

— Agente de câmbio de uma importante companhia petrolífera.

— Eu achava que ele dirigia uma equipe de lapidadores de diamantes vindos da Bélgica — disse Frida.

— Claro que não, que ideia — retorquiu Sylvia.

— Bom, devo ter me enganado — disse Frida, que, alcançando Leon, convidou-o para dar uma volta no pátio, "para inspecionar o trabalho do jardineiro e alimentar os coelhos".

42

Às vezes, alguns acontecimentos que podem parecer banais ajudam a datar as coisas da vida. Por exemplo, aquele domingo de festa das Velas, durante a qual vestem de branco a estatueta representando o menino-deus Pilzintecuhtli e as mulheres preparam *tamales* recheados com carne ou milho doce. Frida, que recebera vizinhos em casa, estava arrumando os crepes de flor de abóbora, os feijões vermelhos com queijo e os últimos bolinhos de frutas que seus convidados não haviam comido nem levado, quando Frank Jacson, sempre equipado com seu buquê na mão, entrou na cozinha. Frida convidou-o a sentar, oferecendo-lhe um prato de amanteigados remanescente da festa.

Parecia um personagem de galã apaixonado de algum filme mudo. Mas o homem que ela tinha à sua frente não era mais o que conhecera em Paris e que viera lhe visitar poucos meses atrás. Parecia prematuramente envelhecido, melancólico, como se estivesse dominado por algum veneno. Seus cacoetes haviam aumentado em número e intensidade. Falava apressadamente e, tropeçando em várias palavras, agora gaguejava abertamente. E embora continuasse a se vestir de maneira cuidadosa, o que lhe conferia certa elegância, agora usava óculos com armação de chifre e chapéu de aba larga.

Quando Frida confessou que não entendera nada nem de sua partida precipitada, nem de sua carta informando que viria numa data precisa que não era a correta, nem do fato, se ela entendera direito, de ele estar ali há vários meses e, apesar de seu pretenso desejo de encontrá-la, ainda não tinha se manifestado, ele se enrolou dando uma explicação mais rocambolesca que a outra e que não enganavam ninguém. Um único fato era real, e que explicava a razão de sua vinda: conhecera Trótski.

— Eu achava que isso não lhe interessava, que a política não lhe despertava nenhum interesse — disse Frida.

— É verdade, mas a ocasião faz o ladrão, não é mesmo?

Então Frank Jacson lhe contou como, enquanto Sylvia, em viagem a Nova York, o fizera jurar esperar seu retorno para eventualmente conhecer Trótski, ele tinha, pelo maior dos acasos, apertado a mão desse homem cuja inteligência, "convém não obstante reconhecer", era "estarrecedora". Eis, sucintamente, como a coisa se dera. Sua rotina era levar Sylvia até a avenida Viena em seu luxuoso Buick, depois voltar para pegá-la, sob os olhares dos guardas, que, encarapitados na torre e no alto do muro do casarão, observavam-no, arma em punho e dedo no gatilho. Nunca se aventurava na fortaleza. Certa manhã, quando acabava de deixar Sylvia, cruzou com um tal de Alfred Rosmer e sua mulher Marguerite, militantes trotskistas que haviam trazido de Paris o neto de Trótski. Depois, com o passar dos dias, encontrara-os novamente e uma espécie de amizade nascera. Eles o achavam um rapaz muito simpático; ele os achava preocupados com sua solidão. Jantaram juntos diversas vezes, passearam, e, naturalmente, quando Rosmer, doente, lhe pediu para levá-lo ao hospital francês do México, ele aceitou. Fazendo várias idas e vindas entre o hospital e a fortaleza. Um dia em que fora comprar remédio e os levava à fortaleza, Bob o fez entrar, pois Trótski queria conhecer aquele rapaz tão solícito.

— E então, como foi o encontro? — perguntou Frida.

— Foi breve, civilizado.

— O que achou dele?

— Curioso, eu esperava encontrar um homem desejoso acima de tudo de satisfazer suas vontades pessoais, movido por uma sede de vingança e ódio, e para quem a luta operária não passava na verdade de um pretexto mascarando sua mesquinharia e suas vis conspirações, e encontrei um verdadeiro líder político dirigindo a luta pela libertação da classe operária.

— Para quem não se interessa por política, que análise!

— Na realidade, o que mais me impressionou nele foi a casa. Eu tinha uma imagem quase fotográfica da casa, do pátio, dos muros, das guaritas, dos cômodos onde cada um dorme, do escritório de Trótski, do dispositivo das linhas telefônicas, dos fios elétricos, do sistema de alerta e de todos os aparelhos automáticos que protegem a residência. É uma casa dentro da casa, com sua política, suas patrulhas, seus ritos.

— Você não devia ser homem de negócios, e sim espião.

— Que horrível!

Nas semanas seguintes, Frida e Frank viram-se em diversas ocasiões. Uma espécie de amizade amorosa instalou-se entre eles. Passaram várias noites juntos no Kit-Kat-Club, um bar na esquina da avenida Independência com a *calle* Dolores. Divertiam-se atravessando toda a Cidade do México a bordo dos micro-ônibus que chamavam de caminhões e que deixam pelas ruas contingentes de indígenas em roupas de algodão branco. Jantaram no Bar Inglés, o restaurante chique da Cidade do México, frequentado por moças burguesas em vestido de crepe rosa-claro e saltos Luís xv, e rapazes em sapatos baixos e chapéu de palha americano. Durante a Semana Santa, foram vistos de braços dados, rindo dos grandes Judas de papel machê que se queimavam e explodiam. Foram vistos inclusive na Plaza de Toros, de ferro e cimento armado, que de fora parece um gasômetro, esbaldando-se com fanfarras militares estrepitosas, arautos a cavalo cobertos de penas cor de azeviche, espadas erguidas refletindo o sol, golfada de sangue negro vomitada pelo touro de joelhos, antes que o apunhalassem. Frida foi vista chorando trêmula nos braços de Frank Jacson, e este último, como que absorvido pelo espetáculo que se desenrolava sob seus olhos.

Passada a loucura religiosa da Semana Santa, terminada a loucura pagã das arenas, a loucura política pôde recuperar seus direitos. Mais uma vez a imprensa investiu contra Trótski. O Primeiro de Maio constituía o momento ideal para os elementos comunistas e pró-comunistas hostis à sua presença. Fracassado o movimento de massa destinado a fazer com que o governo o expulsasse, os jornais incitaram os militantes a prosseguirem sua ação, desfilando com bandeiras provocadoras que diziam "ao mais sinistro e perigoso dos traidores". Cada seção tinha seu anátema. Trótski foi acusado, sucessivamente, de violar sua promessa de não ingerência nos assuntos do país, de colaborar com a Espanha franquista, de espionar a serviço do grupo reacionário do general Almazán, de ser um agente das companhias petrolíferas americanas. Para a ocasião, *El Popular* e *El Machete* tinham inclusive feito tiragens especiais distribuídas nas caixas de correio da Cidade do México.

Às vezes, Frida ficava realmente cheia de tudo aquilo, de "toda essa merda", como ela dizia, bem como de Frank, o evasivo, dono de uma memória tão prodigiosa, que a deixava desconfiada, e que estava disposto a se tornar seu amante, apesar das promessas de casamento feitas a Sylvia. No fim de maio, ela terminou rapidamente a encomenda de Sigmund Firestone, o riquíssimo colecionador de Rochester, que comprara um *Autorretrato* por quinhentos dólares. Adotou cores chamativas contra um fundo amarelo esverdeado, "a cor da loucura e do mistério, das roupas de baixo dos fantasmas, a cor dos loucos, o que estou em vias de me tornar". Sentia-se tão esgotada, deprimida, tão cansada, que decidiu aceitar o convite de Emilio Cecchi, um belo italiano na casa dos cinquenta, cujo bigode preto ela gostava e que escrevera artigos vingativos contra Diego. Uma vez que aquele macaco gordo espalhava por toda parte que ia se casar de novo, ela deu um jeito para que todo mundo soubesse que ia visitar o cemitério de Tepeyac com alguém que o considerava um paquiderme essencialmente preocupado com a propaganda política e que se indignava que ele tivesse "decorado o triclínio com plutocratas estrangeiros, em outros termos, a sala de jantar do novo Palácio da Bolsa de São Francisco".

Na estrada que os levava a Tepeyac, Emilio não poupava elogios: ao lado da massa elefantina de Diego, Frida parecia ainda mais graciosa e miúda. Para ele, ela era a grande pintora, a grande inovadora, a moderna; Diego, no fundo, não passava de um pintor de quinta categoria.

— Sabe, Frida, e falo com toda a sinceridade, é o meu jeito, se tirarmos efetivamente das obras dele o que é do âmbito da propaganda, do folclore e da anedota, resta muito pouca coisa...

Frida, que em outros tempos teria arrancado os olhos do italiano, escutava-o, fascinada. Ele era o bálsamo que lhe permitia esquecer o canalha do Diego.

Deixando para trás o santuário dedicado à Virgem, atulhado de flores empilhadas umas sobre outras e uma multidão de indígenas ajoelhados, o cemitério era acessível por uma ladeira calçada que serpenteava entre duas muretas. Curiosamente, Frida nunca fora até lá, era justamente por isso que Cecchi quisera levá-la: do alto dos terraços, descortinava-se todo o vale da Cidade do México, cercado por montanhas azuladas e lagos cintilantes. Mas não foi essa vista, não obstante extraordinária, que tocou mais Frida. Em meio a toda a violência daquela vegetação tropical aliada ao romantismo decadente dos monumentos funerários – anjinhos de mármore, alegorias cívicas, lápides soerguidas por enormes raízes –, ela percebeu uma espécie de despensa onde os jardineiros guardavam suas ferramentas e os coveiros, seus archotes fúnebres. Era muito escuro e úmido. Era como se aquele galpão encerrasse um alçapão que desse acesso à antecâmara da morte. O recolhimento cedera lugar ao pavor. Uma plaquinha lembrava que naquele cemitério os túmulos eram adquiridos eternamente. Era mesquinho e pavoroso. Ao fundo, um velho caixão de madeira carcomida estava aberto. Frida sentia-se como que atraída por ele. Pegando a mão de Cecchi, arrastou-o com ela. O caixão evidentemente estava vazio e só continha um tapete de folhas secas em decomposição. Arrepiada, Frida sentiu no rosto o sopro nauseabundo da morte.

Uma vez do lado de fora, pediu ao italiano que a levasse imediatamente para casa. O homem não compreendia nada. Por que tanta pressa? No entanto, já o haviam advertido, os Rivera eram um casal de doentes: divorciados ou não, aquilo não mudava nada.

A noite, para Frida, foi terrível. Não conseguia conciliar o sono. Não parava de pensar naquele caixão que tinha alguma coisa de sobrenatural. A morte rondava. Era por isso que ela não dormia, precisava ficar acordada para impedi-la de golpeá-la.

43

Sentada em seu ateliê, Frida, desfigurada, mal conseguia respirar. Soubera da notícia pelo rádio e desde então tentava compreender o que acontecera efetivamente. Tudo fora tão rápido, tão precipitado. Por um momento chegara a pensar que estava sonhando. Era horrível: acabavam de perpetrar um atentado contra Trótski! *Porra*, ela pensava, *bem que eu pressenti isso ontem, em Tepeyac. Eu sinto essas calhordices*! Tentara telefonar para a *villa*, mas sem sucesso, o telefone estava enguiçado. Quanto à Casa Azul, estava cercada pela polícia e haviam-na proibido de sair.

As notícias eram divulgadas a conta-gotas e eram contraditórias. Num primeiro momento, diziam que um pequeno grupo de homens, com o uniforme da guarda municipal, entrara por volta das quatro da manhã desse vinte de quatro de maio de 1940 na casa e matara todos os ocupantes, inclusive a criança que tentava fugir. Afirmaram que o ataque se dera no meio da noite, executado por agressores que falavam inglês com sotaque americano e que avisavam o tempo todo aos guardas: "Fiquem quietinhos para não serem feridos!". Outro comunicado dizia que cerca de vinte homens, com o uniforme do exército mexicano, haviam investido contra a casa, empunhando metralhadoras Thompson, e começado por lançar granadas incendiárias, abrindo fogo através das janelas e portas fechadas. Todos estavam mortos, menos Trótski, gravemente ferido e que tivera tempo de fazer uso de sua arma. Um terceiro comunicado contradizia totalmente os outros dois: fora Bob Sheldon Harte quem abrira a porta para os agressores, que então haviam penetrado sem problemas na fortaleza. Os guarda-costas tinham sido amarrados, raptados e, certamente, mortos. Sieva morrera ao escorregar do telhado onde se refugiara, quanto a Trótski e Natalia, haviam se suicidado. Naturalmente não haviam encontrado vestígios dos agressores, mas a política emitira a hipótese de que um alto dignitário do Partido Comunista Mexicano talvez houvesse participado do massacre...

No fim da manhã, um dos colaboradores próximos do coronel Leandro Sanchez Salazar, chefe do serviço secreto da polícia, que desde cedo ocupara a casa da avenida Viena, acompanhado de magistrados e jornalistas, adentrou a Casa Azul sem-cerimônia, como se fosse sua casa. Ele poderia dar a Frida informações menos fantasiosas que as divulgadas pelas rádios, mas que convinha sempre escutar, com as precauções de praxe. As provas se acumulavam: a polícia recolhera munição em abundância, vários carregadores e cartuchos, uma serra elétrica, dois pedaços de dinamite, fios de conexão destinados aos explosivos, duas bombas incendiárias; tinha começado a analisar pegadas e impressões digitais e encontrara caminhões e carros que haviam servido para transportar o destacamento... Um bando com vários indivíduos armados havia entrado na casa, metralhado a queima-roupa os aposentos onde deveriam estar Natalia e Trótski, depois partido por onde viera.

— Ninguém morreu, em todo caso.

Frida quase se desfez em lágrimas. Agora sabia com certeza que Trótski continuava vivo. Serviu-se um grande copo de conhaque, sem sequer oferecer ao policial.

— Feridos?

— O garoto.

— Gravemente? — perguntou Frida, pensando no pequeno Sieva, tão jovem e já cercado de tantos mortos e fantasmas, de tanta violência.

— Não posso lhe dizer, sim, creio que sim...

— Quem são os culpados?

— Voltaremos a isso, senhora Rivera — disse o inspetor. — Justamente... temos algumas suspeitas... Sem dúvida pode nos ajudar...

— Mas claro — respondeu Frida, ao mesmo tempo ruminando que não via como poderia ajudar a polícia federal.

— Uma última coisa — disse o policial —, não se espante, sua linha telefônica está cortada. Não pode telefonar nem receber chamadas até segunda ordem.

— Mas por quê?

— Medida de segurança.

Se não estivesse sob o choque daquela manhã horrível, Frida teria berrado na cara do policial, mas não tinha sequer forças para isso, como tampouco teve forças para opor qualquer resistência à tropa que logo invadiu sua casa a fim de revistá-la de ponta a ponta. Enclausurada em seu ateliê, esperou a tempestade amainar. Não se sentia em condições de lutar, não nesse dia, não agora.

— Realmente não entendo o que está acontecendo — terminou por dizer ao policial.

— No entanto, é muito simples — ele retorquiu, fornecendo-lhe uma explicação que, se não a houvesse mergulhado num desespero profundo, teria lhe suscitado uma de suas risadas inconfundíveis.

Na realidade, várias zonas obscuras poderiam sugerir que o fato de ele ter sobrevivido àquele terrível tiroteio, por um acaso bem próximo do milagre, privilegiaria a tese de um atentado simulado por Trótski e seu círculo. Tróstki teria armado tudo, como propaganda destinada a angariar simpatia para sua causa.

— Todo esse caso não passa de uma brincadeira — disse o policial. — Aliás, cheguei minutos após o atentado na avenida Viena e vi Trótski respondendo às nossas perguntas com uma calma olímpica. Acabava de escapar à morte e estava relaxado como um homem que recebe uma visita na entrada de casa.

— Fique sabendo que ele sempre foi assim. Humor, uma calma quase anormal e coragem fazem parte de sua natureza.

— Acabava de escapar a uma morte horrível e banca o *gentleman*!

— Natalia me contou a seguinte história. Um dia, um aquecedor instalado no porão de sua casa explodiu e tudo pegou fogo. Os resgatados, alojados num pequeno pavilhão, estavam abatidos, desesperados: manuscritos, arquivos haviam desaparecido em meio ao incêndio. Depois que todos se reinstalaram, Trótski espalhou seus manuscritos numa mesa, mandou chamar sua datilógrafa e pôs-se a ditar capítulos de seu livro como se nada houvesse acontecido.

— Foi exatamente o que ele fez hoje! Parece que quando a polícia chegou encontrou-o sentado à sua mesa, escrevendo.

— Acho que essa reação constitui para ele o único meio de manter o equilíbrio mental. Compreende?

— A senhora parece conhecê-lo bem.

— É verdade. É um homem político que sabe controlar suas emoções, não é tão complicado de entender.

— Numa investigação, senhora Rivera, nada é simples, tudo é complicado. A propósito, eu gostaria de convidá-la a nos acompanhar...

— Perdão?

— Sim, enquanto terminamos de revistar sua casa, gostaríamos de lhe fazer algumas perguntas, digamos, colher seu depoimento.

— E se eu recusar?

— É o coronel Leandro Sanchez Salazar em pessoa que deseja lhe fazer determinadas perguntas... e ninguém se furta às ordens do coronel Leandro Sanchez Salazar.

44

O homem que estava à sua frente era de estatura mediana, forte, compleição saudável e vigorosa. Mestiço, com traços enérgicos, o coronel possuía dois olhinhos vivos, cheios de inteligência e astúcia. Oriundo da Revolução, galgara todos os escalões da hierarquia militar e era conhecido por sua mão de ferro. Após convidar Frida a sentar-se à sua frente, mandou trazerem chá bem quente, deu uns goles rápidos, e começou o que chamou de uma "conversa amigável" e não um "interrogatório". Pediu à datilógrafa para não omitir a data, vinte e cinco de maio de 1940, e a hora da entrevista, que ele começou num tom afável.

Em primeiro lugar, deu a Frida uma notícia que ela visivelmente ignorava. O homem era suficientemente astuto para saber que aquilo tinha chances de desestabilizá-la e que ele poderia, pelo menos durante um tempo, usar aquela vantagem. O escritório do coronel era pomposo e decorado com três quadros dos três mestres do muralismo mexicano: Orozco, Siqueiros e Rivera.

— A Santíssima Trindade — ele disse, sorrindo, ao ver que Frida ia de uma tela a outra.

O homem deu outro gole de chá.

— O senhor não me chamou aqui para falar de pintura, suponho... — ironizou Frida.

— Não. Mesmo assim vou lhe falar de um pintor que a senhora conhece bem: Diego Rivera.

— De fato... Um pintor que conheço muito bem.

— Então perfeito. Sabe onde ele está?

— Não faço ideia.

— É justamente este o fundo do problema.

— O que o senhor quer dizer com isso?

— Pois bem, cara senhora, desculpe-me ser tão direto, mas a senhora não deve ignorar que atualmente ele divide sua vida entre duas mulheres, a artista húngara Irene Bohus e a atriz Paulette Goddard.

— Sim, é verdade.

— Segundo nossas fontes, enquanto nos preparávamos esta manhã para ocupar sua casa de San Ángel, ele passou no meio de trinta homens do coronel de la Rosa, escondido debaixo de umas telas, em um carro dirigido por Irene Bohus e na companhia de Paulette Goddard, sentada no banco de trás. Íamos prendê-lo, e tudo leva a crer que ele deixou o território mexicano...

— E por que iam prendê-lo?

— O desentendimento entre ele e Trótski não é segredo para ninguém. Alguns contam que Rivera jurou esfolá-lo vivo.

— Isso é ridículo!

— Dizem que os agressores irromperam na casa aos gritos de "Viva Almazán", que, como a senhora sabe, é o nome do candidato que concorrerá à presidência da República contra Cárdenas e que seu marido apoia...

— Ele não é mais meu marido, coronel.

— Tem razão, peço que me desculpe.

— Em todo caso, não está me dizendo que suspeita que ele fez parte da tentativa de assassinato de Trótski?

— Sim. Talvez inclusive que possa tê-lo planejado... O que significa que a senhora também passa a ser suspeita.

— Talvez fosse melhor procurar em outro lugar...

— Onde então?

— Do lado de Siqueiros, por exemplo. Ele alardeia em toda parte que vai acabar "degolando esse velho traidor do Trótski". E depois, ele, Siqueiros, ao contrário de Diego, é um verdadeiro matador. A Revolução Mexicana, as brigadas stalinistas que assassinaram os militantes anarquistas na Espanha... ele sabe empunhar uma arma e usá-la.

— É estranho, porque foi exatamente o que Trótski nos disse esta manhã. Em suma, para ser preciso, ele não defendeu Rivera quando lhe dissemos que fazia parte dos suspeitos, mas responsabilizou Siqueiros, quando mencionamos seu nome... O que a senhora acha disso?

Frida, como resposta, levantou-se e preparou-se para partir. Foi imediatamente dissuadida por três policiais armados que adentraram o aposento. Sentou-se novamente.

O resto da entrevista desenrolou-se numa espécie de névoa. Frida tornava-se personagem de um sonho abominável. Não controlava nada, não compreendia nada. Tudo aquilo era tão atroz, tão doloroso... E Diego, que fugia como um covarde, ajudado por aquelas duas "putas"! O coronel Leandro Sanchez Salazar pelo menos lhe deu informações suficientes para que ela reconstituísse o desenrolar do atentado. Visivelmente, os agressores não eram matadores experientes e não tinham sido treinados para vascular uma casa de forma eficaz. Quanto ao ataque propriamente dito, fora facilitado por Bob Shelton Harte, que lhes abrira a porta. Para os investigadores, isso não constituía a menor dúvida, este último era cúmplice, aliás desaparecera, testemunhas o viram subir num dos caminhões dos agressores, cometido o atentado, pelo dédalo das ruas de Coyoacán. Por fim todos os colaboradores de Trótski presentes no local por ocasião do ataque, da cozinheira aos empregados, passando pelos guarda-costas e o casal Rosmer, haviam sido poupados, e seus depoimentos coincidiam: o ataque fora rápido, desordenado, todos se perguntavam como Trótski pudera escapar aos tiros de metralhadora, alguns afirmavam que Bob havia sido ferido e por assim dizer "raptado" pelos homens do bando. O mais terrível é que a tese do coronel envolvendo Diego era plausível. Ele lhe revelou, sobretudo, que o pintor abandonara em seu cavalete o retrato de uma jovem índia que estava pintando e o de Paulette Goddard. Os policiais encontraram tesouras e pincéis ainda sujos de tinta fresca. Visivelmente, ele partiu sem planejar a fuga.

— E Sieva — perguntou Frida —, saiu ileso?

— Sim, apenas um arranhão no pé. Uma bala resvalou nele. Sabe que contamos nada menos que setenta e três pontos de impacto de balas na parede acima da cama de Trótski? — prosseguiu o coronel, pensativo. — Não resta a menor dúvida, ou é uma máscara para nos ludibriar ou foi um bando de idiotas que fez a esse ataque...

— Posso voltar para casa, coronel?

— Vou mandar alguém levá-la.

— Estou livre?

— Sim. À disposição da polícia, mas livre e sem telefone, pelo menos por alguns dias, até a linha ser restabelecida... Cortá-la foi fácil, mas restabelecê-la demora mais.

45

De volta em casa, Frida passou alguns dias numa solidão horrível. A polícia filtrava todas as idas e vindas, e o telefone continuava cortado. As únicas notícias do "exterior" foram uma longa carta de Diego, na qual confessava que, aterrorizado, imaginando-se alvo de uma agressão similar à que Trótski acabava de sofrer, escondera-se num primeiro momento na casa de seu advogado, em seguida comparecera a um interrogatório de rotina na polícia, que o soltara, e obtivera da embaixada dos Estados Unidos um visto a fim de poder deixar o país. Mas a maior parte da carta dizia respeito a um assunto que lhe interessava muito e para o qual ele pedia despudoradamente ajuda de Frida. Claro, tinha medo que os matadores o encontrassem, mas também que saqueassem sua casa, portanto queria que ela colocasse fora de perigo o que ele chamava de seu "tesouro de Montezuma". Ela devia embalar uma a uma as estatuetas, contá-las, classificá-las, mandar transportar tudo em grandes caixas de madeira e só deixar em San Ángel móveis vazios.

Ela escreveu na mesma hora uma carta na qual lhe assegurava que podia dormir sossegado. Faria o que ele pedia, separando as peças mais preciosas e frágeis, levando para sua casa os desenhos, fotos, telas, acrescentando que ele encontraria em sua volta uma casa limpa, varrida de ponta a ponta e um jardim perfeitamente cuidado. O que não lhe dissera, evidentemente, é que cumprir aquela missão a faria sofrer horrivelmente. Cada objeto que ela embalasse cuidadosamente para colocar numa caixa de madeira lembraria sua vida com ele. Cada estatueta, cada desenho, cada retrato tinham uma história que era a história deles: de Frida e Diego. Terminava sua carta assegurando-lhe que "aqueles lixos" poderiam até matar a sua pequena Fridita, mas que ela jamais permitiria que roubassem suas coisas. Na verdade, sentia um vazio aterrador no fundo de si mesma. Finalmente livre para viver como pretendia, imaginava que não tinha o que fazer com aquela liberdade. Não conseguia viver sem o amor de Diego, e era maravilhoso que ele recorresse a ela e lhe pedisse ajuda, só ela podia agir daquela forma. Era única, indispensável.

Em trinta de maio, a linha telefônica foi finalmente restabelecida. A primeira pessoa com quem Frida quis falar não foi, contudo, Diego, e sim Leon. Precisava realmente ouvir sua voz. Era uma das raras pessoas a possuir o número de sua linha direta, o que lhe evitava passar por Natalia ou um de seus colaboradores. Foi ele que atendeu. Estava numa calma extraordinária e adotou um tom quase entusiasmado para contar sua versão, o que vira, ouvira, vivera. Naquele dia deitara-se tarde porque trabalhara e tomara um sonífero para dormir. Tudo tinha sido muito rápido. O crepitar de várias metralhadoras tirando-o da cama às quatro da manhã, explosões, um cheiro de pólvora e queimado, Natalia o protegendo com seu corpo, os dois deitados entre a parede e a cama, Sieva gritando em seu quarto, depois o silêncio, "como a calma de um túmulo", e todo estafe reunido no pátio e Trótski saindo na rua e encontrando as sentinelas desarmadas e amarradas...

— Tudo durou menos de vinte minutos. Nenhum morto, nenhum ferido, só Bob que foi levado pelo bando.

— E Sieva?

— Sua voz, nas trevas no meio do tiroteio, chamando "Vovô! Vovô!", é para mim a lembrança mais trágica dessa noite.

— E ele está bem...?

— Está aqui, na minha frente, brincando tranquilamente num canto do jardim. Hoje de manhã ainda encontrou na parede uma bala de chumbo, que ele retirou com um facão de cozinha. Disse para mim: "Somos imortais, vovô". É um menino formidável. Me dá uma força incrível.

— Tem notícias da investigação?

— Pelas últimas notícias, seriam elementos provocadores expulsos da polícia e do exército que teriam feito a coisa toda, para desestabilizar o país. Que piada! Então, para restabelecer o país, teriam de me expulsar...

— O que podemos fazer?

— Nada. Esperar que a verdade venha à tona. E ela virá. O mundo inteiro terminará sabendo que foi Siqueiros quem preparou o golpe.

— E Diego, em tudo isso?

— Diego é um cagão. Aliás, viajou para se esconder, pelo que dizem. Consegue vê-lo organizando um atentado? Ele sabe pintar pistolas, mas, quanto a usá-las, é outra coisa... Vamos, precisamos esquecer tudo isso. A vida continua.

— Não como antes, de toda forma.

— Claro que sim, eu lhe asseguro. Veja, acabei conhecendo seu amigo, Frank Jacson, que se ofereceu para levar os Rosmer a Veracruz.

— Eu achava que ele tinha acompanhado Rosmer ao hospital...

— Não, Rosmer foi para o hospital há duas semanas, mas sozinho, sem Jacson.

— Você não conheceu Jacson há duas semanas?

— Não, lembro perfeitamente, foi precisamente no dia vinte e oito, quatro dias depois desse maldito atentado. Eu estava no galinheiro. Apertei-lhe a mão. Ele inclusive deu um pequeno planador de presente a Sieva. Tomou uma xícara de café e partiu para Veracruz.

— Não achou ele estranho?

— De forma alguma. Ele é tímido e amável. Dito isso, não compreendo por que alguém que afirma conhecer perfeitamente a Cidade do México me perguntou o caminho mais curto para sair da cidade... Talvez seja um sujeito que inventa histórias, mais um, isso não tem importância.

— Claro que sim, Leon, tudo tem importância.

— Claro que não, Frida. Você conhece a história do sujeito que curou a enxaqueca de um colega esvaziando sua arma na cabeça...

— Não acho graça nisso.

— Eu acho. Estou precisando, aliás. Veja, uma última piada antes de desligar, preciso responder a uma entrevista de um jornal inglês: "O danado teve sorte: das três balas que o atingiram, só uma o matou". Vem bem a calhar, não?

— Sim, sem dúvida — disse Frida, arrasada, despedindo-se subitamente de Leon.

Desligado o telefone, ela tentou compreender a situação. Por que Frank mentira para ela? Isso permanecia uma incógnita dolorosa. Frida sentia-se numa espécie de encruzilhada: sentia saudades de Diego, o atentado contra Leon a abalara fortemente, Frank a atraía pelo seu mistério, uma pausa em sua pintura começava a se instalar e ela não sabia que direção nova dar à sua arte.

As sequelas do atentado malogrado contra Trótski mergulharam o México numa situação complicada. Nada estava claro. Prenderam o motorista de Diego, que fora visto nos arredores na noite do atentado. O Partido Comunista Mexicano agora fingia lavar as mãos de todo aquele episódio e quando, no início de junho, o nome de Siqueiros foi claramente sugerido pela polícia, o aparelho do Partido fez-lhe um desagravo público. Na realidade, a investigação se arrastava. E se a teoria do *auto-asalto* – Trótski atacando a si mesmo com o objetivo de incriminar os comunistas mexicanos como terroristas – era a preferida, a de um envolvimento de Siqueiros começava a emergir, tanto mais que nem ele nem seus comparsas haviam dado sinal de vida desde vinte e quatro de maio. Haviam evaporado na natureza, o que para alguns era sinal de confissão. Nesse período, fiéis e simpatizantes de Trótski reuniram milhares de dólares a fim de transformar o casarão de Coyoacán em fortaleza. Ergueram-se muros de seis metros de altura. Um reduto foi construído, cujos tetos e assoalhos eram à prova de bombas. Portas de aço duplas, eletricamente controladas, substituíram o antigo portão de madeira. Foram instalados postigos metálicos com oito centímetros de espessura em todas as janelas. Três novas torres à prova de balas foram erigidas para controlar não só o pátio, como toda a vizinhança. E redes de arames farpados e dispositivos antibombas foram montados. Por fim, o governo mexicano triplicou o número de policiais de guarda em torno do casarão, alojando-os em quatro guaritas.

Apesar desse aparato, Frida estava preocupada, para ela não restava nenhuma dúvida de que o fato de Trótski continuar vivo era um capricho do destino. Todos os dias pensava nele como um homem à espera do dia fatal em sua cela, mas que nunca se deixa levar pela nostalgia, utilizando como muralha seu humor e ironia: "Sabe, minha Frida, todas as manhãs desde o ataque, digo a Natalia quando acordo: mais um dia feliz, continuamos vivos". Havia momentos em que Frida também julgava encontrar-se numa espécie de cela, mas nunca conseguia pensar ao raiar do dia: eis um outro dia, um dia feliz – ainda estou viva... E depois, havia certos dias em que "aquele desaforado do Diego" realmente lhe fazia falta.

46

Sim, o que ela queria era falar com Diego. Mas o telefone não bastava. Precisava encontrá-lo, nem que fosse para recuperar a carta que lhe enviara. Estava fora de questão que "suas duas rameiras, suas duas falsas heroínas que supostamente lhe haviam salvado a vida, a senhorita Bohus e a senhora Goddard, botarem a mão na carta". Tomou então o primeiro avião para São Francisco, a despeito de suas dores na perna e nas costas que recomeçavam, e, numa manhã do fim de junho, viu-se diante da porta do ateliê de Diego, no número 49 da Calhoun Street, em Telegraph Hill. Era uma bela manhã, fresca e de um azul suave. Uma luz anil brincava nos cimos das árvores e pássaros multicoloridos esvoaçavam em meio a botões de flores recém-desabrochados. Frida estava feliz, pois conseguira conciliar seu desejo profundo com seus atos. Mas a porta não se abriu. Na escada da entrada, a empregada fora taxativa. A senhora Goddard partira para rodar um filme, a senhorita Bohus largara o emprego porque sua mãe lhe proibira viver com um homem sem passar nem pelo senhor prefeito nem pelo senhor padre, quanto ao sr. Diego, estava na ilha do Tesouro em vias de pintar *Panamericana*, seu afresco em dez painéis, cujo tema era a unidade pan-americana.

Frida não compreendeu imediatamente do que se tratava, não vendo por que a empregada faria referência à famosa ilha do romance de Stevenson e, sobretudo, que relação aquilo podia ter com Diego: o que faria ele numa ilha que existia apenas na imaginação de um escritor...? Dali a pouco o mistério foi esclarecido, quando a empregada lhe explicou que *Treasure Island* era na realidade uma ilha artificial criada para a Exposição Internacional do Golden

Gate, da qual Diego participava. No entanto, ela a dissuadiu de ir até lá, por causa dos terríveis engarrafamentos que entupiam a ponte que ligava São Francisco e Yerba Buena Island, esta, uma ilha natural, ao lado de *Treasure Island*.

Isso era não conhecer Frida, que chamou um táxi e, horas mais tarde, decerto esgotada, viu-se diante de Diego, estranhamente nem um pouco surpreso ao vê-la, encarapitado nos andaimes e trabalhando sob o olhar de milhares de visitantes que desfilavam diante de seus afrescos montados em molduras de aço transportáveis. Um segurança permanecia nas proximidades para protegê-lo não dos comandos stalinistas, mas dos trotskistas, desconfiados de seu envolvimento no atentado.

Num primeiro momento, silenciosa, ou mais exatamente calada pela emoção –, era a primeira vez que ela via Diego após a separação –, Frida sentiu subir nela uma raiva contida que estava prestes a explodir. Naquele afresco que deveria representar a cidadania comum a todos os habitantes das Américas, viam-se Diego e aquela puta da Paulette Goddard dando-se uma das mãos e com a outra abraçando a árvore do amor e da vida. Seus olhares afogavam-se amorosamente um no outro, e o vestido da atriz, de um branco virginal, ligeiramente suspenso, revelava pernas magníficas, com a panturrilha perfeita.

— Que bosta é essa? — Frida não pôde abster-se de perguntar.

— A feminilidade adolescente da América do Norte estabelecendo um contato amigável com um mexicano — disparou Diego do alto de seu andaime.

— "A feminilidade adolescente" é o caralho. Sua atriz de merda tem trinta anos!

Frida também estava representada naquela parte do afresco. Vestida como Tehuana, segurava na mão um pincel e uma paleta e parecia mirar o vazio com um olhar ausente.

— Que olhos de vaca são esses?! E essa paleta? Nunca fui representada pintando com uma paleta na mão. Deve haver uma razão, espero!

— É Frida Kahlo, uma artista mexicana refinada, que tira sua inspiração da cultura ancestral de seu país e que personifica...

— Que personifica o cacete! Por que Rivera lhe dá as costas? Para trepar melhor com sua americana?

Ocupado em pintar, Diego não respondia mais, deixando a ira de Frida manifestar-se livremente. Conhecia-a como a palma da mão, quando ela estava nesse estado nada era capaz de detê-la, sequer os visitantes que observavam a cena, hipnotizados. No fim, Frida acusou Diego de tentativa de assassinato.

— Foi você que quis matar Leon! Você está por trás de toda essa sacanagem!

Diego, impassível, continuava sem responder, deixando quase supor, por seu silêncio, que não lhe desagradava que tivessem tentado matar o "Velho".

— Você queria que ele batesse as botas! Nunca digeriu que ele tivesse comido sua mulher! É isso?

E quanto mais ela vociferava, mais as pessoas presentes desapareciam de seu campo de visão e mais o que ela dizia deixava entrever certa incoerência, uma vez que agora acabava de berrar:

— É isso, meu amor, é isso, meu Diego! Diego meu amante! Diego universo! Diego meu noivo! Diego meu filho! Diego igual a Mim!

Foi quando repetia: "Diego igual a Mim" que o rosto de Diego ganhou progressivamente os traços de Frank Jacson, que lhe apareceu cada vez mais distintamente, e que ela o ouviu falar baixinho – como se dirigindo a uma garotinha ou a um louco da aldeia:

— Você acha que sou uma idiota, por acaso? Que porra é essa?
— Frida, está me ouvindo? Frida, tudo bem? Frida...

A voz era doce, amistosa. Logo a névoa que obstruía sua visão se dissipou. A voz tornou-se cada vez mais distinta. Frida reconheceu o espaço à sua volta, o de seu ateliê, na Casa Azul, e Frank Jacson debruçado sobre ela, acariciando-lhe o rosto. Então sonhara.

— Que dia é hoje?
— Onze de junho de 1940.
— Merda, dormi esse tempo todo!
— O que houve?

— Minhas dores nas costas voltaram. O médico veio. Me deixou apavorada. Parece que os coletes de gesso e couro não são mais suficientes. Ele falou em colete de aço. E todo o circo vai recomeçar... punções, radiografias, infiltrações... Falou-se inclusive numa intervenção cirúrgica... soldar minhas vértebras lombares... Até lá, ele me encheu de calmantes... Devo ter exagerado na dose. Morfina... Sim, é isso, exagerei...

Frank ajudou-a a levantar-se. Ela descobriu à sua volta um cômodo em desordem. Roupas largadas no chão, restos de comida, sobretudo garrafas derrubadas, copos quebrados, telas espalhadas como que atacadas por uma tempestade. Felizmente, nenhuma parecia danificada. Recolheu-as uma a uma.

— Veja, Frank. Sempre a mesma coisa: sangue, morte, sofrimento. *O sonho*: aqui está, um esqueleto, que me sorri com todos os dentes... E esse *Autorretrato* será vendido para o Nickolas, aquele patife... Eu não deveria, mas preciso de grana: está vendo, me enfeitei com um colar que tem um colibri morto como pêndulo... E esse outro *Autorretrato*, só a minha cara, em toda parte... com outro colar: a coroa de espinhos de Cristo, só isso!

Frank estava atarantado:

— Essas telas são extraordinárias, fique sabendo.

— Quanto mais eu sofro, melhor eu pinto. Sabe o que diz esse idiota do Diego? Diz que estou no auge da minha arte... neste momento! E por quê? Porque estamos divorciados e isso me deixa doente! E porque não tenho mais ninguém para trepar!

— Não é por isso que vai voltar com ele, não é?

— Tudo que sei é que em tudo na vida há uma parcela de medo e uma parcela de horror. Quando compreendemos isso, compreendemos tudo!

Frank não disse nada, atordoado por tudo que via, aterrado não tanto pelo que acabava de ouvir, mas pela pertinência do que acabava de ouvir. Aproveitando o silêncio de seu interlocutor, Frida mudou da água pro vinho:

— Por que mentiu, Frank?

— Do que você está falando?

— Você conheceu Trótski recentemente, mas não quando me disse.

— Talvez eu tenha me enganado nas datas.

— Não acho não.

— Eu queria agradar você. Achava que ficaria satisfeita por eu tê-lo finalmente conhecido, antecipei o encontro.

— Com que objetivo?

— Nada de especial. Não me entenda mal. Às vezes eu tendo a mentir. Devo ser um pouco mitômano... Aliás, uma vez que falamos de Trótski, enquanto você "dormia", a polícia fez declarações à imprensa. Duas mulheres que moram há pouco tempo no bairro provavelmente foram generosas com os policiais encarregados da segurança de Trótski, ou seja sexualmente... Foram presas, assim como um certo número de comunistas influentes. As duas mulheres deram com a língua nos dentes. Quem você acha que encomendou a elas aquele serviço, quem as pagou, na sua opinião?

— David Alfaro Siqueiros. Sei desde o início! E Leon também sabe!

— Foi Siqueiros que arranjou os uniformes da polícia, as armas, os carros, e que dirigiu pessoalmente a operação em uniforme de major. Dizem também que estava acompanhado de seu secretário.

— Antonio Pujol?

— Sim, acho que sim. Usava um uniforme de tenente.

— E o que está por trás de tudo isso? a GPU?

Frank Jacson balançou a cabeça em sinal de assentimento — como um gesto de resignação:

— Não há nada a fazer contra a GPU...

— Da próxima vez, eles empregarão outro método — disse Frida, pensativa.

Frank não respondeu. Após um novo silêncio, contou a Frida que devia partir no dia seguinte para Nova York a fim de visitar seu chefe, pois seus negócios não corriam muito bem.

— Sinto muito deixá-la sozinha — ele disse, pegando Frida em seus braços, e ela, por um breve instante, pensou que poderia puxá-lo para si e que ele então ficaria com ela.

— Não, vá. Já que que sonhei com Diego, vou telefonar para ele, será mais concreto. Preciso falar com ele.

47

Para tomar coragem, pois precisava dela para ligar para Diego, preparou uma bebida revigorante à base de tequila, aguardente de cana-de-açúcar e uma bela proporção de *pulque*. Pensou: *A Europa tem a cerveja, a China, o ópio de suas papoulas brancas, o Mediterrâneo, sua uva escura, a Rússia, a vodca, e nós, no México, o suco das florestas de agaves com suas lágrimas de verniz escuro e na ponta seu grande botão retraído que se ergue para o céu como um pau! Aguamiel! Pulque de pulque!*

— Diego? Sou eu.

— Eu quem?

— Sua Friducha, porra... Sonhei que nós dois caminhávamos por Oaxaca... O vento norte soprava forte, fustigando as janelas carcomidas. Caminhávamos em volta da igreja e do terreno do velho mosteiro... Fomos em frente e nos vimos na montanha, toda azul, azul-claro... Parecia um grande lagarto... Também sonhei que ia a *Treasure Island*... Você tinha subido no seu andaime...

— Frida, são quatro da manhã!

— Acordei você?

— Está me ligando para me contar os seus sonhos?

— Acordei você... Merda... estava com a sua puta, a Goddard?

— O que deseja exatamente, Frida?

— Que a gente se case de novo... mas com certas condições que eu... Alô? Alô?

Diego desligara! Ela sabia perfeitamente, deveria ter preparado seu telefonema, aprimorado seus argumentos, e não beber aqueles malditos copos de *pulque*, ou fazer como a polícia, contentar-se com uma cerveja misturada com *pulque*. Com a ajuda do álcool, decidiu mesmo assim dormir entre as garras do grande lagarto que a observava, garras superdelicadas. Nas costas do lagarto equilibrava-se um pelicano azul-rei e seu ventre pálido subia e descia ao ritmo de sua respiração. Ela estava bem. Naufragava, não queria mais resistir. Um dia, caso se lembrasse, poderia pintar um *Autorretrato com o lagarto que sonha*.

Na manhã seguinte, com a cabeça estourando de ressaca, ela se levantou lentamente. Aquela questão da vida em comum com Diego a torturava, precisava se abrir com alguém em quem confiasse. O primeiro nome que lhe ocorreu, como uma evidência, foi o de Leon. Ela reconhecia de bom grado: jamais rompia totalmente com seus antigos amantes, suas ex-namoradas, seus amores de muitos meses ou de apenas uma noite. Frida era assim. Giravam todos em volta dela como planetas atraídos por um sol que – por mais estranho que pareça – precisava do calor deles. Frida, sol frio e ferido, machucado, gostava de se aquecer no contato deles.

Aberta a pesada porta metálica, Frida, acompanhada de um guarda-costas, uma vez que Natalia saíra para fazer compras, foi até Leon, que estava fechando as coelheiras onde os animais se agitavam. Tirou suas luvas de trabalho, espanou seu macacão azul e, lentamente, tomou Frida nos braços, visivelmente feliz em vê-la.

— Eis do que sou comandante em chefe, hoje em dia: um exército de galinhas e coelhos!

Uma vez em seu gabinete de trabalho, foi imediatamente reabsorvido pelas questões da atualidade, como se o próprio lugar induzisse nele uma relação especial com o mundo. Em seu pátio com os coelhos e galinhas, podia ser trivial, alegre, falar de uma coisa e outra. No seu escritório, era completamente diferente:

— Escuta o que eu digo, Frida, a capitulação da França é uma catástrofe! Hitler dá a demonstração mais bárbara, mais acabada, do imperialismo que leva a civilização à sua perda. É uma cadeia sem fim de desgraças: ninguém ajudou Hitler como fez Stálin; ninguém ameaçou tanto a URSS quanto Stálin!

O telefone tocou várias vezes. Ele deu uma entrevista rápida para um jornal de Nova York. Frida só escutou fragmentos: "Um Estado judeu na Palestina é absurdo... Com o declínio do capitalismo americano, o antissemitismo se acirrará como nunca nos Estados Unidos – muito mais que na Alemanha... Ou então é preciso que um governo revolucionário conceda aos judeus um território-Estado... Não, o movimento operário não pode apoiar o Reino Unido contra a Alemanha... Em nome da Quarta Internacional, recuso a entrada em guerra dos britânicos ao lado da América...".

Finda a ligação, Leon rodava no cômodo feito um tigre na jaula. Ela nunca o vira naquele estado de excitação, colocando e tirando os óculos, sentando e levantando da cadeira, fazendo menção de deitar no divã, pegando seus revólveres, tirando e colocando as balas no tambor; sacudindo *Hitler me disse*, livro que estava lendo. Ela tentou falar com ele sobre Diego e sobre sua tentativa de casar de novo, mas em vão, ele mal a escutava, chegando a pôr fim de maneira seca às suas hesitações:

— É uma ideia totalmente maluca. Ei-la finalmente sozinha, separada daquele macaco grosseiro, livre, e quer voltar para o cubículo como os meus coelhos!

— Claro que não, não é isso.

— É o quê, então?

— Um sentimento difícil de explicar... Acho que quando o detesto é porque ele me obriga a não gostar mais dele, senão...

— Você complica a vida à toa, Frida. Em seu afresco de São Francisco, Stálin aparece como assassino encapuzado. Está bem. Mas eu, que supostamente fui seu mentor, não apareço em lugar nenhum. Apagado, riscado. Como nas imagens retocadas da GPU. Se você não compreende que um sujeito que apaga Leon Trótski da História não vale nada, pois bem, azar o seu!

Leon estava em sua bolha de raiva e não saía dela. Que o balofo do Diego fosse para o inferno, ele tinha outros problemas pela frente. Ainda que o indiciamento de Siqueiros fosse um bálsamo para o seu coração. Ele não se enganara! Defendera essa tese desde o início. E ela foi confirmada pela carta que Siqueiros acabava de enviar aos jornais, escrita de seu esconderijo, onde continuava entocado: "O Partido, cometendo o atentado, procurou apenas a expulsão de Trótski do México; os inimigos do Partido serão tratados da mesma forma!".

Na realidade, havia outra coisa. Frida conhecia Leon tão bem que desconfiava que outro acontecimento o afetara bastante para ele escondê-lo atrás daquela verborragia e grandes gestos teatrais.

— O que está havendo, Leon? — perguntou Frida, que se viu mais uma vez numa situação que vivera tantas vezes.

Viera para ser ouvida e compreendida, confortada, mas acabava se envolvendo na desgraça alheia.

Leon pareceu momentaneamente abalado:

— Encontraram Bob... enfim... seu cadáver.

A história era atroz. Saindo às quatro da tarde, o comboio de viaturas policiais, a bordo de uma das quais estava Trótski, chegara ao cair da noite numa fazenda abandonada de Santa Rosa, na estrada do deserto dos Leões. Após arrombarem a porta e revistado todos os cômodos sem encontrar nada, a não ser um cinzeiro cheio de guimbas de Lucky Strike, uma marca de cigarros americanos só fumados por americanos ou mexicanos ricos, o coronel e seus homens preparavam-se para ir embora quando um agente observara num canto da cozinha um tufo de terra recém-revolvida. À luz dançante e azulada das lanternas e diante dos olhos de Trótski estupefato, apareceram progressivamente os contornos de um cadáver, a barriga, os joelhos, os braços, tudo coberto por uma grossa camada de cal. Ao chegar ao rosto, Trótski, que vivera tantas peripécias em sua vida, julgou que ia desmaiar: as carnes exibiam uma espantosa cor de bronze, os cabelos tinham extraordinários tons de ruivo. "Robert Sheldon Harte?" dissera o coronel, dirigindo-se a Trótski. "Sim", ele respondera. Não restava mais qualquer dúvida: raptado pelos homens de Siqueiros, Sheldon Harte fora assassinado.

Frida estava atônita. Trótski revivia cada instante da tragédia. Contando-lhe como ficara ali, triste, abatido, a contemplar, mudo, aquele corpo sem vida, os olhos cheios de lágrimas, não conseguindo parar de chorar em silêncio. Descrevendo a Frida em detalhe a chuva que começara a cair violentamente, transformando os caminhos em rios enlameados e as estradas em rios impraticáveis. Para voltar ao carro, Trótski, tropeçara nas pedras, escorregara. A água gelada batia no seu rosto, escorrendo sobre os casacos impermeáveis. Encharcado de suor e chuva, entrara numa viatura policial e voltara à Cidade do México.

Se a imagem daquele rapaz raptado, depois assassinado enquanto dormia – "ele ficou imobilizado, dormindo com a mão calmamente dobrada sobre o corpo" – lhe era insuportável, havia outra ainda mais dolorosa: Bob era, segundo a polícia, o homem que abrira a porta para os agressores. Bob era aquele que traíra – e isso Trótski recusava-se a entender. Assim como não queria admitir nenhuma das provas que a polícia enumerava: membro do Partido Comunista Americano, Robert Sheldon Harte era um agente soviético que tinha como missão fazer a ligação com o grupo de agentes mexicanos reunidos em torno de Siqueiros.

— Bob permaneceu fiel até o último instante. Tenho certeza. Fiel às suas ideias, logo à minha pessoa. Sim, é isso, foi por causa dessa fidelidade que Bob foi morto e a investigação diz o contrário. Tenho realmente a impressão de que o coronel Salazar incorreu em erro, um erro humano, mas que conduz a investigação a uma pista falsa.

Enquanto escutava Leon, Frida pensava nas palavras de Frank pronunciadas na última vez que o vira: "No próximo ataque, o GPU recorrerá a outros métodos...!".

— Tenho me sentido tão cansado, Frida... Gostaria muito de voltar com você a Cuernavaca, Amecameca, lá onde os grandes vulcões erguem seus picos brancos cercados de nuvens de algodão... em vez disso, querem me convencer de que meus amigos são traidores! Sabe, bastaria que um único agente da GPU se fizesse passar por meu amigo para conseguir me matar na minha própria casa... Acredita na versão Siqueiros-Shelton?

— Siqueiros é um lixo. E um conluio entre agentes da Gestapo e da GPU é uma hipótese totalmente verossímil.

Leon, que não parara de andar de um lado para o outro durante toda essa conversa, parou, aproximou-se de Frida e, como para ficar bem certo de que ninguém podia ouvi-los, enfatizando o tom de confidência, sussurrou ao seu ouvido:

— Se Bob tivesse sido um agente da GPU, ele poderia ter me matado durante a noite e ido embora sem arriscar a cabeça de vinte pessoas.

48

A vida sem Diego, ela tinha de reconhecer, era menos imprevisível, menos estimulante que os dias passados ao seu lado – a despeito de o preço que pagava por isso ser muito alto. Suas próprias aventuras amorosas não lhe apimentavam a vida da mesma forma que quando Diego estava presente, rondando na penumbra, espiando seus menores gestos. Na realidade, Frida precisava de seu ciúme, feroz e estúpido, de seus tiros de pistola, que felizmente não machucavam ninguém, de seus gritos proferidos contra rivais – homens e mulheres – às vezes imaginários.

Portanto, naquela tarde de julho, quando acabava de encontrar seu jovem amante do momento num hotel perto do Bosque de Chapultepec, constatou que sua excitação era simplesmente muito relativa. Nenhum risco, nenhum medo. Foi convencional e rápido, quase inútil. Não se deu sequer ao trabalho de romper com ele. Ambos sabiam que aquela história não teria consequências e que, no máximo, talvez, ela transpusesse para uma de suas telas o corpo de atleta daquele efebo que devia ter sangue índio nas veias.

No dia seguinte a esse encontro que nada tinha de glorioso, recebeu a visita de Frank Jacson, que garantia ter se abrigado numa aldeia do estado de Puebla, pois caíra subitamente doente, e que vinha lhe anunciar estar agora hospedado no hotel Montejo, "quarto 113", um estabelecimento tranquilo e central, situado no Paseo, onde Sylvia viria encontrá-lo a partir de dezenove de julho. A novela do casamento continuava, mas ele precisava antes arranjar um emprego estável, o que não seria fácil, pois o sócio com quem ele trabalhava acabava de abrir falência.

Frank Jacson continuava galante com Frida, jamais abandonando o lado "loucamente apaixonado" que costumava cultivar junto a ela. Mais uma vez, contudo, Frida achou-o mudado. Era um verdadeiro camaleão e aquilo estava se tornando quase constrangedor. Não era mais o mesmo homem; seu rosto estava macilento, seus gestos, nervosos e espasmódicos, e sobretudo, ele, que se gabava de jamais cobrir a cabeça, usava um chapéu cinza com fita preta. Apertava convulsivamente um casaco impermeável sob o braço e empunhava seu guarda-chuva como se brandisse uma arma. Mas o que mais a chocava talvez fosse certa irreverência, uma espécie de grosseria que ela nunca vira nele e que agora o impregnava, como uma coisa ruim da qual ele não tinha sequer consciência. Cortando-lhe a palavra, mal a escutando, sentara-se sem cerimônia na beirada de uma bancada de trabalho comprida e atulhada de potes de pincéis, paletas, tubos de tinta, pedaços de pano com manchas coloridas, facas etc.

E foi ali, sentado naquele canto de mesa, artificial e rígido como se estivesse de passagem, que ele lhe contou seu grande segredo: Sylvia abrira seus olhos, ele agora se interessava por política...

Julho no México é a estação das chuvas e, junto com elas, dos fortes ventos que sopram nas árvores, emitindo sons estranhos e sacudindo as portas desconjuntadas das casas, isolando alguns pequenos vilarejos do resto da vida, até mesmo alguns bairros das cidades grandes, assim que anoitece e os habitantes se perdem nas trevas que os cercam. Esse estado de coisas favorece determinada rotina de vida, instalando certos automatismos, bem como estranhos rituais.

Por exemplo, ela passou a se encontrar regularmente com Sylvia e Frank – casal estranho reunindo uma feia idiota e um sedutor fujão – e, às vezes, com Frank sozinho, que um dia lhe falou longamente de sua mãe, pela qual sentia uma admiração ilimitada. "Uma mulher ativa e sem medo", dizia, "alta, magra, forte, com grandes olhos verdes, cabeleira abundante, pele morena." Tinha todas as qualidades, todas as forças e até suas punições eram justas e equilibradas. Um dia em que ela saíra, sabendo que estava proibido de comer uma maçã sem que ela autorizasse, ele esperou sua volta, instalando-se sozinho num canto com as mãos na cabeça, à espera das reguadas que não deixariam de vir.

Mas a rotina mais integrada, mais necessária também, era a visita semanal ao seu querido Leon. Apesar da presença pouco amável de Natalia, que dera várias indiretas a respeito do caso dos dois. Deus sabe porque, como se às vezes aquela ferida, real para ela, mais forte do que ela mesma julgara, se reabrisse e então, à sua revelia, ela dissesse aquelas coisas ruins e desagradáveis porque não podia agir de outra forma e porque, apesar dos muros altos, dos sistemas de segurança, das torres, dos guardas armados, tivesse medo que tentassem mais uma vez assassinar Trótski. Esse ciúme era apenas, em suma, o filho desnaturado de seu medo.

Os dias, enfim, escoavam dessa forma. Leon lhe falava de política, cactos e coelhos; Frida evocava com ele suas dúvidas artísticas, sua paixão sempre viva por Diego, o que tinha o dom irritá-lo, e seu amor tão íntegro por ele, Piochitas, que ela amava tanto quanto no primeiro dia porque ele lhe dera tanto e ainda lhe dava. Natalia realmente não suportava essa cumplicidade vibrante.

O mês de julho transcorreu sem grandes novidades, escoando languidamente. No dia dezenove de agosto, quando tomava chá no pátio da "prisão da avenida Viena", como Leon às vezes chamava, ela implorou que ele fosse visitá-la em seu ateliê. Fazia semanas que ele não aparecia e ela tinha novas telas para mostrar, em pequeno formato, bastante intensas, duras, e outras mais alegres, mais leves, "Naturezas Vivas" cheias de frutas exóticas e multicores. Natalia, que estava presente, foi procurar na agenda de Leon uma data disponível, o que deixou Frida sumamente irritada. Merda, ele precisava consultar sua agenda para ir à Casa Azul! Ele tinha vários encontros com jornalistas e um, bastante longo, previsto com... Frank Jacson.

Natalia tomou a defesa de Frida sem querer:

— Não acha que está encontrando muito esse Jacson? Tudo bem, ele estava quase disposto a fazer um passeio a pé nas montanhas em torno da Cidade do México, sob o pretexto de que você adora isso. Tudo bem, faz pelo menos cinco vezes que ele veio em poucas semanas, trazendo inclusive uma caixa de chocolates para mim, mas de todo modo...

— Ele quer que eu corrija um artigo que ele escreveu. Um texto sobre a economia francesa...

— É tão importante assim? — perguntou Natalia.

— Evidentemente — respondeu Leon. — Na conversa que tivemos os quatro, você, eu, ele e Sylvia, a respeito da defesa da União Soviética, lembra-se, ele era o único a se alinhar aos meus argumentos.

— Esta não é uma razão suficiente — retorquiu Frida. — Então basta concordar com você...

— Joseph Hansen, meu secretário, virou amigo dele. Podemos fazer dele um bom elemento, capaz de integrar a Quarta Internacional.

— Está vendo, Frida — disse Natalia —, nosso Leon é um grande simplório. Se quer saber minha opinião, acho muito esquisito o seu Frank Jacson!

— Quer que façamos uma investigação sobre ele? — perguntou Trótski.

— E por que não!

— Escute, se já recusei que o revistassem quando ele vem aqui, não é para fazer uma investigação sobre ele. Estes são métodos de Stálin, não nossos! Os amigos que entram aqui nunca são revistados!

— Pois bem, não gosto dele. Não gosto do seu tipo. E você, Frida? — indagou perfidamente Natalia.

— Talvez ele seja um pouco misterioso demais, é verdade — respondeu Frida, voltando-se em seguida para Leon: — Então, amanhã você passa no meu ateliê ou vai mudar o mundo com Frank Jacson?

— Irei — respondeu Leon, refletindo no olhar uma espécie de imensa solidão. — Mas antes quero lhe dar um presente.

Natalia saiu. Não sabia a que presente Trótski se referia e preferia não saber.

Tratava-se de um caderno encapado de couro vermelho e estampando na capa as iniciais "J.K." gravadas a ouro e em cuja folha de rosto lia-se: "Nunca se esqueça de que acredito em você".

— Quando você se sentir só, poderá escrever seus pensamentos e desenhar nele.

— Uma espécie de diário íntimo, por assim dizer.

— Sim. Mas sempre ligado a mim, a nós. Todas as vezes que você abrir as páginas, muitas de nossas lembranças escaparão e outras entrarão. Será não apenas uma casa de palavras, mas a casa das nossas palavras.

— Por que "J.K."?

— Comprei-o num dia em que estava em Londres, no mercado das pulgas. Alguns dizem que pertenceu a John Keats, o poeta inglês.

— Aquele que fala tanto em "beleza terrível".

— Eu não sabia. Mas combina com você; Frida ou a beleza terrível!

Frida estava emocionada.

— É um magnífico presente, *my love*. Mas quando sou eu que dou o presente, você me devolve: meu quadro, a caneta-tinteiro...

— Escrevi muita coisa com sua caneta...

— Amanhã, quando vier me visitar, você pegará de volta o *Autorretrato* que te dei?

— Sim, prometido — respondeu Leon, cujos pensamentos, inexplicavelmente, eram atravessados por duas recordações de infância que voltavam subitamente, sem que ele soubesse o porquê.

A primeira remontava à época em que, aos dezesseis anos, ingressara no colégio Nicolaieff, vestindo um uniforme novo com um belo corte cor bege-escuro que lhe conferia um aspecto bastante burguês. A segunda, mais antiga, quando seu pai, cogitando combinar alta cultura com certa dose de devoção, quisera que um professor particular lhe ensinasse a ler a Bíblia no texto hebraico.

Quando estava prestes a entrar no carro que a levaria para casa, Frida se voltou e foi beijar pela última vez Leon, que a acompanhara, contrariando a opinião de seus seguranças, até o portão metálico. Ele tomou-a nos braços e não pôde se abster de lhe dizer:

— O destino me deu mais um tempo. Será de curta duração: Stálin nunca desistirá de me assassinar.

Quando chegou à Casa Azul, a chuva tinha dado uma trégua, mas o céu estava nublado e pairava sobre a cidade como uma redoma de vidro fosco. A umidade estagnava sob essa redoma num calor de estufa. Ela então teve a sensação de que os ruídos soavam abafados, sua respiração, oprimida, como no clima artificial dos jardins exóticos. Tinha à sua frente, como se se tratasse de uma tela, a visão de um homem sorrindo, com um quê de trocista, os olhos claros e inquietos, protegidos por óculos de tartaruga. Alto, o homem parecia igualmente forte e dotado de uma boca bonita e sensual. A cabeleira quase branca, com o cavanhaque em ponta, era penteada para trás, mas grandes mechas desordenadas iluminavam sua presença. Era para ela um rosto inesquecível, ainda jovem e enérgico, singularmente isento de qualquer amargura. O rosto de um homem que ela amava profundamente.

49

Ela arrumara cuidadosamente suas telas mais recentes, organizando em seu ateliê uma espécie de exposição e instalando majestosamente, envolto numa fita que terminava num grande nó, à maneira de um ovo de Páscoa, o *Autorretrato de 1937*, que Leon levaria de volta consigo. Ela decidira não exagerar no uísque: só duas doses, para começar o dia.

Leon não lhe dissera uma hora precisa, apenas: "Tudo bem, amanhã, vinte de agosto, combinado, durante o dia". Enquanto massas de nuvens escuras se agarravam aos precipícios vulcânicos do Popocatépetl e do Iztaccihuatl, um sol magnífico brilhava sobre todo o vale da capital asteca. No jardim, rosas, gerânios, cactos e buganvílias exultavam.

Para relaxar, Frida resolveu continuar a trabalhar em sua nova tela: *O espectro de Zapata em marcha*. No fundo de um lago emoldurado por escuras colinas, onde ziguezagueavam brilhos distantes, que, imaginava-se, eram agitados pelas lufadas de vento, o esqueleto de Zapata arrastava atrás de si todo um povo de camponeses em roupas tradicionais manchadas de sangue. No ângulo direito do quadro, uma índia estava agachada atrás de minúsculas pilhas do que deveriam ter sido pimentas, laranjas e cebolas, mas que eram na realidade órgãos recém-extraídos dos corpos dos camponeses que seguiam Zapata e ligados a eles por umas espécies de cordões umbilicais. No canto esquerdo, um velho cantava, acompanhando do violão: seus pés eram raízes que penetravam no solo e seu instrumento tinha a forma de um feto.

A princípio, não prestou atenção no tempo que passava, absorta na utilização de um novo material à base de resina damar, que teve de experimentar diversas vezes a fim de misturar a quantidade correta de pigmento. Queria obter uma textura brilhante, para um "vermelho mais vermelho do que o vermelho". Após algumas hesitações, descobriu a solução: aumentar a dose de damar. Utilizou-a para as frutas-órgãos. "Tenho meu vermelho veneno", alegrou-se, "tenho meu vermelho veneno!" Com o dia aproximando-se do fim, passou progressivamente da impaciência à tristeza, depois à cólera. *Piochitas vai me dar o bolo*, pensou, servindo seu décimo copo de uísque. Mas não telefonaria para ele por nada no mundo. Sempre agira assim com os homens. Nunca telefonara e não era agora que ia começar...

    Decidiu deitar-se a fim de descansar. Tinha trabalhado ininterruptamente. Enquanto fumava um cigarro, observava seu quadro. O espectro de Zapata ria um riso mau, como se, em vez de arrastar um povo inteiro, fosse perseguido por ele – o do milhão de mortos que a Revolução Mexicana ensanguentara. Estava perplexa. O que queria realmente dizer naquela pintura? Tinha pintado a dor, o amor, a ternura, a loucura sem dúvida. Mas o que aquela tela queria dizer de verdade? Ouviu-se murmurando: "Ah, quer saber, não estou nem aí. Quero pintar, isso é tudo!". Achava que em seu quadro faltavam ruas manchadas de azul, branco, rosa, lilás, mangueiras, galinhas, perus, moças com as saias forradas e amplos xales. O velho com o violão-feto entoou um *corrido*. Precisava colocar um trecho num pedaço do quadro, quando tivesse forças para se levantar e depois de fumar um segundo cigarro: "Você pode ouvir soar suas esporas./ Sua voz ainda faz tremer/ Quando, entre seus dentes cerrados em maldições,/ Ele grita ordens a seus homens, os mortos".

    Dali a pouco o canto do velho foi encoberto por uma confusão terrível, uma grande agitação se manifestou na vizinhança, como se uma cavalgada passasse pelas ruas dos arredores, depois vieram as sirenes das ambulâncias da Cruz Verde e os ruídos dos carros da polícia. Frida pensou na guerra na Europa, devia ser isso, todo aquele barulho, toda aquela agitação, era como se toda a Cidade do México estivesse vivendo um acontecimento inaudito e inquietante.

Subitamente, uma tropa de homens armados irrompeu na Casa Azul, prendendo Frida sem cerimônia, não lhe dando tempo sequer de pegar uma roupa ou telefonar, algemando suas mãos e, para terminar, jogando-a numa caminhonete descaracterizada que atravessou a Cidade do México com todas as sirenes disparadas em direção à sede da polícia secreta.

Anoitecia. Todos os postes de luz da cidade estavam acesos.

50

Num primeiro momento, achou que estava tendo um pesadelo ou que estava morta e no inferno. Depois, logo se rendeu à evidência: aquele frio, aquele mau cheiro, aqueles barulhos incessantes, tudo lhe indicava que estava encarcerada na prisão central. Trouxeram-lhe um café. Foi autorizada a fumar, mas quando, diversas vezes, perguntou por que estava presa, não recebeu nenhuma resposta. Pensou: *Porra, tiras são todos baratas fedorentas! Que morram*!

Após duas horas de espera, um policial à paisana veio buscá-la para conduzi-la até um grande cômodo escuro. Misto de hall de estação ferroviária e ginásio. No centro, sob uma infecta lâmpada amarelada, ela percebeu uma mesa e duas cadeiras. Uma delas estava ocupada pelo coronel Leandro Sanches Salazar, o mesmo que a interrogara por ocasião do atentado contra Trótski, em maio último. O chefe do serviço secreto da Direção da Polícia fez-lhe sinal para que sentasse, sem se levantar nem dar qualquer marca de respeito:

— Pode me explicar o que estou fazendo aqui? — perguntou Frida.

Impassível, fitando-a direto nos olhos, o coronel Leandro Sanches Salazar respondeu muito calmamente e com a autoridade natural que lhe conferiam sua posição e seu uniforme. Fumava muito lentamente um pequeno charuto escuro, cujas espirais de fumaça desapareciam sob a alta abóbada do aposento:

— É a senhora que vai me explicar certas coisas.

— Não sei do que está falando.

— Claro que sim, como verá. Por exemplo, poderia me falar de Frank Jacson, aliás Jacques Mornard?

— Eu mal o conheço.

— Ele não é um de seus amigos, de seus... amantes?

— Se todas as suas perguntas forem desse tipo, prefiro ir embora — disse Frida, levantando-se como para sair do cômodo.

— Acabam de tentar assassinar Trótski — o coronel disparou, examinando de perto a reação de Frida.

Esta, quase titubeando, segurando-se no encosto da cadeira para não cair, sentou-se novamente. Tremia. Com os olhos cheios de lágrimas, não conseguia articular uma palavra. Somente para repetir:

— Trótski? Trótski?

— Sim, isso lhe diz alguma coisa?

— Quem pôde fazer uma coisa dessas?

— Frank Jacson.

O coronel observava Frida, suas reações, seus gestos. Esta acabava de acusar um segundo golpe, como uma segunda bala disparada por um homem emboscado na escuridão. Tomada por uma dor horrível que lhe atravessou o corpo todo, exclamou:

— Ele não!

— E por que não?

— Não é possível!

— E se quer saber minha opinião, ele não agiu sozinho, não preparou o golpe sozinho no seu canto...

— O senhor não acredita que...

— Que está implicada em toda essa história? Cabe à senhora me provar o contrário...

Com a cabeça apoiada nas mãos, ela sofria de maneira atroz:

— Quando... como aconteceu?

— Hoje, no fim da tarde, Jacson-Mornard entrou no escritório de Trótski a fim de lhe submeter um texto que acabava de escrever. Enquanto Trótski estava lendo o artigo, ele desferiu uma machadada na cabeça da vítima, na cara. Trótski no início se debateu, soltando gritos horríveis, dizem as testemunhas. Sua mulher e suas secretárias acorreram. Os seguranças derrubaram o agressor no chão, desfigurando-o com coronhadas de revólver, enquanto Trótski, com a cabeça ensanguentada, tentava explicar o que acontecera:

— Meu Deus, que horror, que horror!

— Ele desmaiou quando o médico chegou.

— Ele conseguiu falar? Disse alguma coisa?

— Disse: "Natacha, eu te amo." Disse também: "É preciso dizer aos nossos amigos que estou seguro da vitória da Quarta Internacional... avante!"

— Onde ele está?

— No hospital. Passando por uma cirurgia. Trepanação etc.

— Ele não vai morrer, não vai, não é possível... Não tenho nada a ver com isso, nada a ver! — disse Frida, acrescentando quase aos gritos: — Quero vê-lo!

— Acalme-se, cara senhora, acalme-se... Esteve com ele em Paris? Afinal, encontrou diversas vezes com esse Frank Jacson na Cidade do México...

— E daí...?

— Certamente conhece Sylvia Ageloff...

— Pergunte a ela! Era ela que ia se casar com Frank Jacson, não eu!

— Ela está inapta a responder: hospital, camisa de força, calmantes, ela não cansa de repetir que foi enganada, que Jacson usou-a, que ela quer morrer. Que ela quer que ele morra — são suas próprias palavras —, ele, Jacson! Que se Trótski morrer, a culpa é dela! Que foi ela que levou o lobo ao redil...

— Como ousa pensar que participei, de perto ou de longe, de tal conspiração?

— Sabe, não passo de um policial que observa os fatos. E o que os fatos nos dizem? Que a senhora cruzou em Paris com Jacson e Sylvia e que voltaram a se encontrar diversas vezes na Cidade do México e Jacson e Sylvia... Seus laços com Leon Trótski estão comprovados...

Nesse instante, o telefone tocou. O coronel disse a Frida que precisava sair um instante, que ela esperasse, não iria demorar.

Frida levantou-se e olhou pelas janelas. Havia em volta do prédio da polícia uma agitação incomum. Uma densa multidão se aglomerava ali. Circulavam jornalistas mexicanos e estrangeiros por todo lado, além de fotógrafos. Automóveis e motocicletas começavam a formar um engarrafamento barulhento. As forças de ordem pareciam não dar conta.

Ao cabo de uns vinte minutos, o coronel voltou. Estava lívido. Trótski entrara num coma profundo. Eram seis horas da tarde.

💀

Frida foi então levada para sua cela. Após um jantar frugal, adormeceu. Foi despertada de madrugada com a chegada de sua irmã Cristina, que também fora presa. Estava furiosa. Fora obrigada a deixar as crianças sozinhas, a polícia não queria ouvir nada e, além disso, vasculhara de ponta a ponta as duas casas! As únicas notícias que tinha vinham do rádio. Uma multidão enorme estava aglomerada agora não mais diante do prédio da polícia, mas no entorno da clínica da Cruz Verde. Ela não sabia muita coisa a não ser que diziam que, na ambulância que também o levava para um hospital, Jacson fizera uma espécie de confissão à polícia na qual revelava os motivos de seu ato e teria declarado que não tinha nada a ver com a Gestapo.

— Não é necessário ser um gênio para saber que é a GPU que está por trás de tudo! — exclamou Cristina, que, por sua vez, estava aterrada só de pensar que Frank fosse o assassino.

— Alguma outra novidade?

— Quando as enfermeiras quiseram despi-lo antes de levá-lo para a sala de cirurgia, Leon teria pedido a Natalia, "num tom triste e grave": "Não quero que eles tirem a minha roupa. Faça isso para mim".

Frida estava muito comovida. Imaginava Leon sangrando, semiconsciente, mas fazendo questão de preservar sua intimidade, desejando que fosse a mulher amada, que o seguira em toda parte, que tirasse sua roupa de baixo.

— Isso é tudo? Nenhuma novidade? Nenhum outro detalhe?

Frida estava insaciável. Queria realmente saber tudo, todos os detalhes do drama. E se nunca mais voltasse a ver o seu querido amigo russo? Não ousava pensar naquela possibilidade.

— Não, não tenho mais notícias — disse Cristina, voltando atrás. — Ah, sim, a polícia descobriu que o apartamento fornecido por Frank Jacson como endereço profissional era na realidade o ateliê de Siqueiros...

— Que podridão, aquele filho da puta! E nunca desconfiamos!

Dali a pouco, foi a vez de Cristina ser interrogada pela polícia. Como no caso de Frida, não encontraram nada que a incriminasse. Quando voltou para a cela, estava acompanhada pelo coronel Leandro Sanchez Salazar. Charuto na mão, este dirigiu um olhar condescendente para as duas mulheres em lágrimas, com receio de permaneceram presas e, sobretudo, deixarem os filhos de Cristina sozinhos e sem comida.

— Eles não sabem sequer onde estou e não têm nada para comer — disse Cristina, suplicando ao policial que as libertasse. — Não somos culpadas de nada, nem de assassinato, nem das machadadas.

O coronel sorriu, mascando a ponta do charuto, que ele tirava e colocava na boca a cada baforada, como uma criança brincando com sua chupeta. Visivelmente, prolongava o seu prazer.

— Bem, vocês podem voltar para casa, mas ficam à disposição da justiça. — Depois, voltando-se para Frida: — E digam ao corajoso Diego Rivera que não precisa mais se esconder em São Francisco, ninguém irá incomodá-lo, nem os comunistas, nem os trotskistas, nem a polícia...

51

A Casa Azul tinha um ar sinistro. O aposento onde ela expusera suas telas não mudara. Tudo continuava no lugar. O *Autorretrato* reinava majestoso no centro do ateliê, num silêncio pesado. Não fazia muitas horas, Frida estava à espera de Leon naquela sala. Talvez fosse a última vez que esperara tanto. O telefone tocou várias vezes. Passava um pouco de 19h30. Ela serviu um primeiro copo de uísque, depois um segundo. Às 19h40, o telefone tocou de novo. Dessa vez ela atendeu. Aquele barulho tinha que acabar!

— Frida Kahlo?

A voz era uma voz de além-túmulo, mas que ela parecia conhecer.

— É o coronel Leandro Sanchez Salazar.

— Vai continuar a me encher o saco por muito tempo?

A voz parecia hesitante e solene ao mesmo tempo:

— Estou telefonando a respeito de Leon Trótski.

— O que é agora?

— Leon Trótski não sobreviveu à cirurgia. Morreu às 19h25!

Frida deixou cair o copo de uísque que tinha na mão, molhando parte do seu vestido. Emudecida, ouvia numa espécie de névoa o relatório médico anunciado pelo coronel:

— Uma hemorragia subdural... líquido no interior da lesão... orifício com dois centímetros de largura e sete de profundidade... perda de substância cerebral... seccionado pelo bisturi... o cérebro e o bulbo raquidiano...

O coronel continuou sua ladainha mórbida no vazio, Frida deixou escorregar o fone ao longo do aparelho, que balançou um certo tempo antes que ela o recolocasse no lugar, depois permaneceu prostrada uma parte da noite até que decidira ligar para aquele "merda do Diego, para que ele pagasse pelo que fez!". No segundo toque, foi o próprio Diego que atendeu. Ela não lhe deu tempo de falar nada:

— Mataram o Velho! — berrou. — Idiota! Cretino! Tudo isso é culpa sua! Ele está morto! Por que o mandou vir! Estúpido! Lixo! É culpa sua! Sua!

Como uma louca, Frida gritava ao telefone, mal se permitindo respirar entre cada palavrão. Depois, lentamente, se acalmou. Diego, do outro lado da linha, ouvia sua respiração desacelerar, seus soluços diminuírem.

— Friducha?

— O quê, Friducha?

— Muita gente vai chorar por ele.

— Você não?

— Para ser franco, sua presença começava a se tornar prejudicial à concórdia entre os mexicanos. Muitos clãs, muitas exclusões, muitas lutas intestinas.

— Olha quem fala!

— E por que eu não diria?

— Você está no conforto, escondido em São Francisco! Com suas duas putas!

— E daí? Direito meu! Em todo caso, dessa vez não serei suspeito de participar do assassinato. No dia vinte de agosto eu estava ocupado pintando um afresco bem no meio da Exposição Internacional do Golden Gate...

— Mas ninguém está acusando você!

— Em todo caso, parece que a polícia vasculhou San Ángel, que roubaram o relógio de parede que você me deu de presente, desenhos, aquarelas, quadros, até roupas...

— Um homem morreu e você vem falar em relógio de parede. Um homem que foi nosso hóspede! Um homem que foi nosso amigo e você vem me encher com seu relógio!

Diego não respondia nada, deixando um silêncio opressivo pairar na ligação. Frida prosseguiu:

— Enfim, agora nada se opõe ao seu retorno. Você não é mais um fora da lei... Não corre mais nenhum risco. Poderá dormir tranquilo feito um anjinho na Cidade do México!

— Meu afresco não está terminado, e depois, temo represálias.

— Represálias? De quem?

— Dos trotskistas, evidentemente! Compreendi perfeitamente que eles suspeitavam que eu estivesse metido no atentado. Para você ter uma noção, contratei outro segurança armado que nunca deixa o andaime onde estou pintando!

Frida não aguentava mais. Todos a irritavam, que fossem todos pastar. O que ela queria era uma coisa impossível: que Leon voltasse, e que ela passeasse novamente com ele, que falassem do tempo juntos, que ele a tocasse como tão bem sabia fazer, que lhe escrevesse novos bilhetinhos em papéis escondidos nos livros!

O telefone tocou boa parte da tarde e da noite até que ela o tirasse do gancho. Queria ficar a sós com o fantasma de Leon e o *Autorretrato* que era um pouco ele, uma vez que fora um presente seu. Leon morrera e sua tristeza era infinita. Não pintaria mais, não amaria mais, se deixaria morrer pouco a pouco. Pegando o caderno vermelho gravado com as letras J.K., último presente de Leon, ela o abriu na primeira página e escreveu algumas palavras. Evocou sua vida afetiva complicada, o divórcio com Diego, a morte de seu pai, que acontecera alguns anos antes, as gravidezes que nunca pudera consumar, e seus problemas de coluna vertebral que haviam piorado. Em seguida, escreveu várias vezes na página seguinte, em letras carmim e maiúsculas: "TRÓTSKI TRÓTSKI TRÓTSKI TRÓTSKI", desenhou num canto um rosto amarelo com o contorno verde e, à tinta azul, escreveu numa terceira página, entre aspas e em versos, seu relato da morte de Leon:

Ele deixou entrar um traidor
no quarto de sua solidão que,
executando uma ordem,
atacou-o por trás
enquanto ele se debruçava

sobre um artigo de merda.
O traidor era membro da GPU,
era o lobo de seus sonhos.
O martelo cravou no seu cérebro
um buraco de sete centímetros de profundidade.
Na ambulância que atravessava a Cidade do México,
ele viu postes acesos – anoitecia.
Ele morreu no dia seguinte, sem ter voltado a si;
seus bolsos estavam cheios de cinzas.

No espaço restante, acrescentou:
meu Leon
"EU – gostaria de ser – A
PRIMEIRA MULHER –
da tua
V
I
D
A".

52

O funeral de Trótski realizou-se imediatamente no dia seguinte à sua morte. Mais de duzentas mil pessoas desfilaram diante do corpo exposto na grande sala da empresa Alcazar, no centro da Cidade do México. A consternação era geral, tinha-se a sensação de que era um país inteiro que acabava de ver pela última vez o líder assassinado. Em seguida, conforme o costume mexicano, o cortejo fúnebre se moveu, caminhando lentamente atrás do caixão aberto, que atravessava as principais avenidas da capital e subúrbios operários, em direção ao cemitério. Inúmeros trotskistas e católicos praticantes compareceram, mas mais ainda operários vindos das minas e dos campos petrolíferos, vagabundos, homens e mulheres em andrajos, camponeses do Michoacán e Puebla, pobres, deserdados, vindos de muito longe, era um povo inteiro em lágrimas que fez questão de manifestar sua presença e dar um último adeus àquele a quem consideravam um dos líderes mais importantes da maior revolução do século. No cemitério, discursos vingativos foram pronunciados, *corridos* entoados, insultos proferidos contra a imprensa soviética e suas sucursais mexicanas, que haviam qualificado Trótski de "assassino, traidor e espião internacional" e sua morte de "fim desonroso".

Com a intenção de transportar o corpo para os Estados Unidos, os trotskistas americanos levaram o caixão para a sede da empresa Alcazar, onde ele permaneceu cinco dias à espera da resposta do Departamento de Estado, que, como era de se esperar, foi negativa: conceder um visto aos restos mortais de um revolucionário era correr o risco de que a propaganda comunista, mesmo em sua variante "infantil", se instalasse ainda mais em solo americano.

O corpo foi finalmente cremado, em vinte e sete de agosto, no crematório do Panteão, e suas cinzas enterradas no pátio da fortaleza da avenida Viena. Acima do túmulo, erigiram uma lápide branca e retangular e, acima dessa pedra, desfraldaram uma bandeira vermelha. Frida, arrasada, às voltas com uma terrível depressão, não teve forças para participar de nenhuma dessas cerimônias.

Cheia de álcool e calmantes, debatendo-se com ideias suicidas, perguntando-se se sua pintura ainda fazia um sentido, passava os dias arrastando-se em seu ateliê. Suas dores nas costas haviam retornado. Para tentar aliviá-las, os médicos haviam colocado nela um colete de gesso, e posto em uma máquina pavorosa feita com um bloco de chumbo e uma horrível aparelhagem no queixo e no pescoço. Sentia-se num inferno, física e moralmente; inferno que não conseguia descrever. Perdera sete quilos em poucos dias e dizia que "se sentia podre por dentro". Para piorar, os especialistas que a acompanhavam haviam diagnosticado uma tuberculose óssea, sequela do acidente de bonde, e recomendavam uma intervenção cirúrgica imediata. A poucos dias da cirurgia, recebeu um telefonema do amigo e médico Leo Eloesser, chefe de serviço no St. Luke's Hospital de São Francisco. Ele conversara longamente com Diego:

— O que eu tenho a ver com isso? — respondeu Frida.

— Acho que vocês não podem viver um sem o outro. Vocês amam a pintura, você, homens e mulheres em geral, ele, as mulheres...

— Sim, mas eu sofro demais, Léo.

—Reflita. Diego nunca será monogâmico, isso é idiota e antibiológico.

— Ele é um bode que me deixa doente de ciúme.

— Então afogue o seu ciúme no fervor do trabalho, da pintura, do ensino, de qualquer coisa. Coloque suas condições para Diego. Diga-lhe quais são os limites intransponíveis, até onde ele pode ir. E recomecem em novas bases.

— Quer que casemos de novo?

— Você não?

— Para dizer a verdade, nem sei mais. Sinto dores no corpo inteiro o tempo todo, a morte de Leon me mata, e a perspectiva dessa cirurgia de merda me arrasa.

— Fora de questão ser esquartejada por esses açougueiros. Vá para São Francisco. Diego sofre te vendo sofrer. Ele está muito infeliz. Resumindo, está disposto a recebê-la na casa dele.

— Com a húngara e a Goddard, não obrigada!

— A "húngara" foi embora há muito tempo e sua relação com Paulette está começando a deteriorar.

No início de setembro, o avião de Frida aterrissou no aeroporto de São Francisco: Diego e Leo estavam à sua espera.

53

Já fazia um tempo que ela não via Diego. Ele não mudara: o mesmo monstro de sempre, impossível, irresistível, infantil, tirânico, engraçado. Dessa vez, contudo, ele lhe pareceu mais solícito, mais atencioso. "Estou tão mal assim?" ela terminou por lhe perguntar. Ele não respondeu, abraçando-a como antigamente. Ficaram assim várias horas na calma de seu apartamento, nas colinas de São Francisco. Ambos evitaram falar de Trótski e de se casar de novo, mas ambos sabiam que aquelas duas questões estavam ali, bem presentes, que em breve teriam de encará-las num outro dia. Uma coisa vinha na frente. Frida estava ali antes de tudo para se tratar. Leo Eloesser queria examiná-la o mais cedo possível.

Nos dias seguintes, ela internou-se aos seus cuidados, no décimo primeiro andar do grande prédio quadrado do St. Luke's Hospital, situado no 54th da Cesar Chavez Street.

Após uma série de exames – punção lombar, radiografia, injeção de Lipiodol –, Eloesser refutou o diagnóstico alarmista de seus colegas mexicanos: a tuberculose óssea era na realidade uma forte infecção renal, que provocava uma irritação dos nervos que passavam pela perna direita, acrescida de uma grave anemia. O que Frida precisava, acima de tudo, era repouso e uma abstenção completa de bebidas alcoólicas, tudo acompanhado de uma eletroterapia e um tratamento à base de cálcio.

Embora o hospital não fosse um local de recreação, Frida, ao longo dos dias, sentia-se renascer, sua saúde mental e física melhorava e ela voltava inclusive a ter vontade de pintar. Estava sendo cuidada, mimada, amada, era como se pudesse descansar finalmente de todos os seus anos de dores e crises. Diego vinha visitá-la regularmente e, lentamente, a ideia de um novo casamento entrou na conversa, em pinceladas delicadas, sobretudo da parte de Diego.

Um dia, ele disse que estava tão feliz de estar com ela de novo que aceitaria todas as suas condições!

— E quando você tiver aceitado todas as minhas condições, ficaremos juntos para sempre, é isso?

— Sim, é exatamente isso — ele respondeu, beijando-a na boca, coisa que não fazia há tempos.

Em quatro de outubro, Diego entrou em seu quarto do St. Luke's Hospital, brandindo uma garrafa de champanhe numa das mãos e um jornal na outra. Ele, que, no mínimo se poderia dizer, não chorara a morte de seu ex-camarada, gritava no quarto:

— Trótski! Trótski!

Frida, que pintava uma natureza viva, *Natura viva del corazón arrancado*, pousou sua paleta e fitou Diego, vagamente em dúvida. Afinal, o que vinha lhe dizer o rei-rã? Fazia alguns dias que ela não pensava mais em Leon, que as imagens do assassinato não desfilavam mais diante de seus olhos. O comentário de Diego foi como um tiro de canhão despertando-a bruscamente:

— Finalmente agarraram aquele lixo!

— Mas do que você está falando?

Aquele que fora apresentado na imprensa sucessivamente como um "herói perseguido pela burguesia", um "semilouco", "um aventureiro irresponsável", e até mesmo um "traidor vendido a Trótski", acabava de ser preso.

— David Alfaro Siqueiros, aquele filho da puta!

Frida desfez-se em lágrimas, pedindo que lhe mostrasse o jornal. Queria tocá-lo com as próprias mãos, ver com os próprios olhos a incrível notícia. Uma grande manchete atravessava a primeira página: "Siqueiros cai em Hostotipaquillo". A perseguição durara vários meses. Com a paciência característica, o coronel Leandro Sanchez Salazar esquadrinhara minuciosamente todo o estado de Jalisco. Ele e seus homens, disfarçados em vendedores de bugigangas, camponeses, operários agrícolas, haviam visitado cada fazenda, penetrado em cada igreja para se confessar, chegando inclusive a cortar o cabelo nos barbeiros das cercanias e a se passar por cabos eleitorais, uma vez que o estado de Jalisco estava em plena campanha municipal. Assim, em quatro de outubro, Siqueiros foi capturado pela polícia quando se dirigia à aldeia para encontrar militantes comunistas na casa do secretário da prefeitura.

— Você viu o que esse lixo disse? Você viu? — repetia Frida: — "Considero minha participação no ataque de quatro de maio e no assassinato de Robert Sheldon Harte como um das maiores honras da minha vida". Que filho da puta! Que cachorro!

Vendo que Frida começava a se excitar muito, Diego abriu a garrafa de champanhe para fazer uma espécie de comemoração. Precisavam celebrar o acontecimento! Um dia como aquele era excepcional demais para seguir a receita do médico ao pé da letra, não? Frida sorriu, pegou a garrafa e bebeu no gargalo, depois parou, observando um homem que parara na porta do quarto, meio na penumbra, não ousando entrar efetivamente.

— Entre, entre — disse Diego, que, na euforia do momento, esquecera totalmente de apresentar o rapaz que o acompanhava.

Frida, com a garrafa de champanhe na mão, fitava-o, visivelmente perturbada.

— Heinz Berggruen — prosseguiu Diego —, colecionador de arte, marchand muito respeitado, que foi à Alemanha nazista e é atualmente responsável pelas relações públicas para a Exposição do Golden Gate. Estava morrendo de vontade de te conhecer.

— Sim, é verdade — disse o homem, quase timidamente.

Alguma coisa estava acontecendo. Alguma coisa que Diego esperara, como que um remédio para a tristeza de Frida, um contrapeso ao tédio do hospital. Heinz era um bonito rapaz, de aspecto quase feminino, uma criatura poética, frágil, romântica, oposto da força teatral e telúrica exibida incessantemente por Diego. Frida, no instante em que aquele homem magro com grandes olhos de moça saíra da penumbra da porta da entrada, ficou imediatamente seduzida. Diego vibrava. Heinz seria um excelente e doce amigo para Frida, o tempo que ela ficasse no hospital, uma espécie de confidente, apaixonado e solícito, que não se arriscaria a entrar em concorrência com ele. Muito solenemente, confiou a Heinz a tarefa de cuidar de Frida.

O que Diego, em sua perversidade diabólica, não previra, é que Heinz cairia imediatamente apaixonado por Frida, mesmo ela estando acamada e enfraquecida pelos tratamentos que lhe dispensavam; e que Frida, felicíssima de suscitar aquele desejo, louca de alegria por ainda conseguir seduzir a tal ponto, sentiu por Heinz uma atração irresistível. Com Diego concentrado em sua pintura e deixando-lhe o campo livre, Heinz visitou Frida diariamente durante o mês que durou sua hospitalização. E embora não fosse um lugar sonhado para um idílio, os dois jovens amantes — ela tinha trinta e dois anos, ele vinte e seis — passaram ali intensos momentos eróticos, tornados ainda mais excitantes pelo regulamento do estabelecimento, que proibia aos doentes trancarem-se no quarto. A porta automática provocava uma dose extra de perigo que apimentava ainda mais os afagos dos dois amantes, que podiam ser surpreendidos a qualquer momento por um médico ou uma enfermeira. Frida nunca ficara tão excitada e Heinz vivia aqueles instantes com a paixão transbordante e o ardor mercurial de um jovem cão raivoso que não se cansa de fazer amor diariamente com um dos ícones de seu tempo.

E isso de tal forma que, no fim de sua convalescença, Frida, em vez de ir ao encontro de Diego, partiu para Nova York, a pretexto de lá organizar a nova exposição que Julien Levy lhe sugerira para o ano seguinte. Na realidade, corria para encontrar seu amante, no Barbizon Plaza, um hotel luxuoso, do qual saíra em lágrimas menos de um ano antes por ocasião de seu rompimento com Nickolas Muray.

O outono nova-iorquino, suavizado pelas cores quentes do verão indiano, constituiu para Frida, pelo menos em suas primeiras semanas, um momento de verdadeira felicidade. Heinz, loucamente apaixonado, levava-a a todos os lugares que ela apreciava e lhe fazia descobrir outros que ele prezava particularmente. Passeios no Central Park, intermináveis conversas nas varandas dos bares de

Little Italy, jantares nos pequenos restaurantes do Lower East Side, frequência assídua nas festas dadas por Julien Levy e o meio das artes. Sua harmonia era tanto mais real na medida em que se sentiam dois estrangeiros em terra americana. Qualquer coisa os fazia rir. Achavam os habitantes da "Gringolândia" bizarros e extravagantes e os observavam com o mesmo humor ácido, a mesma distância, às vezes com certa condescendência: por nada no mundo, viveriam como eles.

Não obstante, a relação foi se esgarçando lentamente. Heinz estava se tornando ciumento, possessivo, não compreendia que Frida precisava de um braço sólido no qual repousar. Era um rapaz engraçado, delicado, mas muito frágil e sonhador. De certa forma, ambos eram próximos demais, semelhantes demais. Frida esperava que Heinz a protegesse; Heinz esperava de Frida mais amor, mais compromisso. "Você não me ama como eu te amo. Você não está disposta a largar tudo por mim!", ele lhe disse um dia. Ela se limitou a fitá-lo com ternura e erguer os olhos para o céu. Heinz sofria. Heinz era infeliz. Sentia que a história deles estava chegando ao fim.

À sua maneira, Diego, a cinco mil quilômetros dali, também se sentia infeliz. Frida lhe fazia falta. Ele telefonava todos os dias, insistente, novamente ciumento. Um telefonema noturno fez com que tudo desandasse. Diego já falara com Frida várias vezes durante o dia. Eram três horas da manhã. Heinz e Frida acabavam de voltar de uma festa na casa do pintor cubano Guido Llinás, que pintava grandes telas escuras, reproduzindo os traçados secretos da Santería. Foi Heinz que atendeu:

— Sim, Diego, ela está aqui, sim, vou lhe passar.

No começo, Frida respondeu por monossílabos, "sim", "não". Heinz teve subitamente a impressão de estar sobrando, de que sua presença atrapalhava a conversa. Frida nada fez para dissuadi-lo do contrário. Magoado, deixou a sala. Refugiado no banheiro, ouvia uma palavra em cada duas, mas compreendeu o essencial. Frida ria, soltava suspiros, falava à meia-voz. Antes que ela desligasse, ele ouviu-a dizer várias vezes: "Eu também te amo. Eu também sinto sua falta". Quando veio resgatá-lo no banheiro, viu pelo seu rosto que estava tudo terminado.

— Você vai voltar para Diego, não é?

— É incompreensível, eu sei.

— Ele já não te fez sofrer o bastante? O que está procurando? O que você quer? Você não vai se casar com ele de novo, certo?

— Sim, talvez...

Heinz tinha os olhos marejados. Seu mundo desmoronava. Que idiota crer que poderia lutar contra aqueles dois monstros: Frida e Diego, as duas cabeças de uma mesma besta feroz que destruía todos os que se aproximavam.

Frida foi até Heinz, sempre sentado na beirada da banheira, e acariciou-o à luz baça da luminária.

— Continuaremos sendo amigos, preciso de você. Preciso que sejamos amigos.

— Como Alejandro, como Noguchi, como Nickolas, como a sra. Breton. Não, se rompermos, nunca mais a verei.

— Não fale assim — murmurou Frida, sem perceber que seu amante estava desesperado de raiva.

— Você quer todos em sua cama, homens e mulheres!

— Não seja grosseiro, por favor!

— Como Trótski, seu guarda-costas, até seu assassino pelo que dizem!

— Se não calar a boca, idiota, se pronunciar mais uma vez o nome de Trótski, eu te meto essa faca na barriga – disse Frida, que se apoderara de uma das facas que estavam na bandeja de comida que tinham pedido no quarto.

💀

A noite foi curta. Frida, que dormira sozinha na cama, enquanto Heinz passara a noite no sofá, foi a primeira a deixar o quarto. Heinz ainda dormia. Ela ia encontrar Julien Levy, que acabava de vender diversas telas suas. Quando ela voltou ao hotel, no começo da tarde, Heinz havia partido, pagando a conta. Não deixara nenhuma mensagem.

Ela telefonou para Diego para lhe comunicar que em breve estaria em São Francisco e que "precisavam conversar". Em seguida, enviou um telegrama ao doutor Eloesser pedindo-lhe que reservasse um quarto num "hotel não muito chique", estava sem "grana", para o dia vinte e oito de novembro. Intimou-o a ser discreto quanto à data de sua chegada, pois por nada no mundo queria assistir à inauguração da "porra do afresco do Diego" e menos ainda "encontrar Paulette e suas outras galinhas". Eloesser lhe respondeu que a esperava e colocava sua casa à sua disposição.

54

Difícil dizer quem estava mais surpreso, Frida ou Diego, por se encontrarem assim um diante do outro na casa de São Francisco. Frida estava feliz. Passara em Nova York semanas de liberdade total, revira velhos amigos, vendera alguns quadros, até mesmo suas dores pareciam provisoriamente aplacadas; quanto a seu rompimento com o belo judeu alemão que não se dizia "nem francês, nem alemão, nem europeu, ainda que a nacionalidade europeia continue a ser um sonho para mim", não era o primeiro nem o último.

— Senti tanto a sua falta, minha Friducha.

— Eu também — disse Frida, constatando que o mais sincero dos dois devia ser Diego.

— Preciso de você de verdade.

Frida fitava Diego, como se não o visse há muito tempo. No fundo era um homem triste, que tinha necessidade de uma fonte de calor onde se aquecer, de um centro vital. Ora criança, ora amante, ora marido, não suportava que o amassem, que cuidassem dele, que o acompanhassem, quando era isso que pedia acima de tudo. Por que ela voltara? Não estava se enclausurando novamente numa relação que quase a destruíra?

— Estamos falando de casar novamente, certo?

— Sim.

— Então quero estabelecer as condições.

— Meu amor, estou tão feliz de "recuperar" você, que concordarei com tudo.

Frida sorriu.

— Em primeiro lugar, quero prover minhas necessidades financeiras graças ao meu próprio trabalho.

— De acordo.

— Quero pagar metade das despesas da casa.

— Ótimo.

— Quero que não tenhamos mais nenhuma relação sexual.

Diego hesitou antes de responder. Visivelmente, essa última cláusula não lhe agradava nem um pouco. Teria desejado um pouco mais de flexibilidade.

— Não, Diego. Mais nada, não toque mais em mim.

Ele insistiu:

— Pode me explicar por quê?

— Por quê? Porque todas as vezes que eu fizesse amor com você, a imagem de todas as outras mulheres com quem você trepou viriam à minha mente. Estariam todas ali, de pernas pro ar, rindo da minha cara. A começar pela minha irmã.

— Cristina é uma história que morreu.

— Nunca esquecerei isso, Diego. Quero voltar a ser sua mulher, mas esse caso com a minha irmã, jamais esquecerei.

— Bom, não faremos mais sexo.

— Em compensação, cada um terá liberdade total. Eu trepo com quem eu quiser, mulheres – você está se lixando, acho que deve se excitar com isso –, homens, e você não vai atirar neles com seu revólver!

— Tudo que quiser, Friducha.

Ficou decidido que o novo casamento seria realizado no dia oito de dezembro, na Cidade do México, uma vez que Diego, inocentado da tentativa de assassinato de Trótski e da morte deste último meses depois, já podia voltar para casa. Não temia mais nem a polícia nem os militantes trotskistas desejosos de vingança.

Quando o DC-2 da Pan American World Airways pousou no aeroporto da Cidade do México, Frida saiu do torpor que a invadira durante toda a viagem. Suas dores na perna haviam recomeçado e ela tivera de tomar calmantes, que a colocaram num estado de profunda sonolência. Imaginava-se uma velha mexicana solitária fazendo coisas comuns que não atraem ninguém: regar seus vasos de flores, dar de comer às aves, fazer compras no mercado de la Merced, parar para rezar no Zócalo, o que é absurdo, preparar refeições simples – feijões fritos, tomates, *tortillas*, picadinho de *chilli*.

Quando o DC-2 pousa no aeroporto da Cidade do México, ela, semiconsciente, percebe um homem que deve ser seu marido avançar em sua direção. Assemelha-se incrivelmente ao pintor Diego Rivera e lhe diz, rindo:

— Você parece uma velha rainha solitária, esquecida de todos!

55

Em oito de dezembro de 1940, dia em que Diego comemorava cinquenta e quatro anos, aqueles que seus amigos haviam apelidado os "monstros sagrados" casaram-se pela segunda vez. Nickolas Muray, vindo de Nova York sem a esposa, fotografou a cerimônia. Num dos retratos, vemos Frida em sua roupa de índia Tehuana, que ela abandonara durante dois anos, e Diego, enorme animal dionisíaco, segurando na mão a máscara protetora de poeira que costumava usar encarapitado em seus andaimes.

A trégua foi de curta duração. Enquanto avançavam por um caminho coberto por um pó cinza em direção ao grande prédio vermelho onde haviam marcado com os amigos festejar o acontecimento, explodiu uma discussão. Enquanto, em tom de gracejo, Diego falava das mulheres que rodopiavam à sua volta, assegurando a Frida que elas não tinham nenhuma importância para ele e não passavam, em suma, de uma "diversão entre outras" – ciganas modelos, assistentes de "boa vontade", discípulas "interessadas na arte da pintura", jovens deslumbradas atrás de sensações fortes –, a conversa derivou, não se sabe porquê, para um assunto político: Diego criticava Frida por não militar suficientemente, já que ela era membro do Partido Comunista, assegurando que ele, que fora expulso, envolvia-se mil vezes mais do que ela na vida política do país. No centro da discussão, um abaixo-assinado promovido por Paloma de la Paz destinado a denunciar as injustiças ainda vigentes no México. O tom subiu e a discussão logo ganhou proporções assustadoras. Para qualquer pessoa fora de seu círculo de amigos, aquela violência verbal, e mesmo gestual, poderia expressar uma desavença profunda. Mas todos sabiam, os Rivera estavam sempre em crise. Casados, divorciados, novamente casados, pouco importa, se não era seu amor que estava na berlinda, era sua saúde, suas finanças, sua vida sexual, sua pintura ou outra coisa qualquer...

A noite terminou se desenrolando como era de se esperar. Todo o bairro participou da festa. Houve fogos de artifício, danças, cantos, a tequila correu aos borbotões, e Frida, como era seu hábito, desvirtuou as letras de uma canção popular para cantar uma de sua autoria, na qual dizia que amava seu homem mais do que sua pele e que, embora este não a amasse da mesma maneira, ela sabia perfeitamente que ele a amava um pouco e isso lhe bastava, mas que por nada no mundo lhe convidaria para sua cama e que ele deveria ir molhar seu biscoito em outra taça de rum!

Quando o dia raiava, Frida, que dançara a noite inteira, ofereceu a Diego um último sapateado endiabrado e foi para sua cadeira, sob os olhos extasiados de um rapaz que passara a festa inteira a observá-la sem dizer uma palavra. Não se sabia nada a seu respeito, a não ser que era professor de francês, escrevia versos e acabava de chegar ao México. Bêbado, desnecessário dizer, Diego convidou-o para dançar. Face à educada recusa do rapaz, ele sacou sua pistola e mirou no seu nariz repetindo que o sapateado era uma dança fácil e que ele ia lhe ensinar. Precisou disparar alguns tiros entre os pés do jovem refratário para que este se dignasse a aceitar o convite do noivo. No fim da dança, Diego mandou-o passear, sem deixar de lhe perguntar seu nome, como se faz com uma rapariga no fim de uma dança. "Benjamin Péret", respondeu este último, abandonando o local debaixo de gargalhadas e piadas maliciosas. Eis como terminou a festa. Frida estava mortificada. No fundo, nada mudara: ela continuava ciumenta e Diego continuava odioso com os rapazes que ousavam manifestar qualquer interesse por ela.

Em vez de ficarem juntos, os jovens noivos voltaram cada um para sua casa. Diego deu uma passada em San Ángel, antes de voar para *Treasure Island* para continuar seu afresco, e Frida foi levada até sua casa. Com uma garrafa de uísque na mão, ergueu-a diante do quadro que presenteara a Trótski, lançando-lhe um tonitruante "À sua, Piochitas, acabo de cometer uma grande tolice!", depois se afundou numa poltrona e pegou seu diário. Na página da esquerda, desenhou uma jovem noiva com asas e um grande buraco vermelho no lugar do coração, e escreveu na da direita: "Não acredito na ilusão. A vida é uma grande piada".

Nas semanas seguintes, grandes obras foram empreendidas. O ateliê de Frida foi ampliado, engolindo um pouco dos outros cômodos, um quarto foi adaptado para Diego e as paredes da casa foram mais uma vez pintadas de azul-cobalto.

De volta da Califórnia, Diego, que regressara para trabalhar em *Treasure Island* no dia seguinte ao seu casamento, terminou por vir se instalar na rua Londres, conservando San Ángel. Uma nova vida começou. Frida, descobrindo virtudes insuspeitas em si mesma, comportava-se como uma verdadeira mulher do lar, dedicando-se a tarefas domésticas, fazendo a faxina, cozinhando, indo ao mercado com a irmã ou uma amiga comprar frutas e legumes, preparando para Diego os pratos que ele apreciava, chegando a enfeitar seu quarto com flores e almofadas bordadas, e aceitando escutar sua "maldita música clássica". Por sua vez, Diego a acompanhava nas lutas de boxe, que ela adorava, mas que ele detestava.

Uma vida em comum recomeçou. Diego e Frida almoçavam juntos, iam visitar seus ateliês a fim de mostrar um ao outro suas últimas obras, abriam suas correspondências, liam e comentavam os jornais. Em suma, para alguns, reinava na Casa Azul uma espécie de felicidade permanente, de alegria de viver, em grande parte devido a Frida, que a decorara com guirlandas multicoloridas, esmerando-se em magníficas mesas onde recebia os amigos, dispondo aqui e ali taças cheias de frutas, imensos buquês de flores e invocando o menor pretexto para usar a louça de festa, abrir uma boa garrafa de vinho, cozinhar um prato mexicano revigorante. Frida repisava sempre o mesmo discurso para quem quisesse ouvir: "O nosso segundo casamento funciona excepcionalmente bem. Quase não brigamos mais, e, no que me toca, finalmente admito que a vida é assim, que era preciso aceitar seus lados bons e ruins, e que todo o resto não passa de tolice".

Mas essa felicidade era apenas uma felicidade de fachada. A situação financeira de Frida não melhorara nada e a venda de quadros era difícil; quanto à sua saúde, continuava vacilante e a fazia passar "momentos amargos". Esgotada, novamente torturada pela dor nas costas e dores agudas nas extremidades do corpo, as mãos cobertas de feridas cor-de-rosa, não cessava de emagrecer, sofria de astenia e tinha ciclos menstruais cada vez mais irregulares. Uma curta trégua sobreveio quando doutor Carbajosa lhe receitou um tratamento hormonal que regulou suas menstruações e fez desaparecer a infecção de pele que lhe carcomia os dedos da mão direita.

Ao lado de um desenho representando uma mulher com o corpo dilacerado, preso por correias de couro para evitar que se abrisse como uma fruta madura, escreveu em seu diário: "1.000 cirurgias – coletes de gesso – remédios com gosto de mijo – extirpação de um órgão – mãos cobertas de bolhas – será que tenho o direito de ser infeliz?".

Diego conservara San Ángel como um lugar não só onde pudesse pintar, como também levar suas amantes quando se fizesse necessário. Isso não demorou a acontecer. Por indiscrição de alguém, Frida soubera que Diego retornava frequentemente a seu ateliê não para conversar com sua agente, Emma Hurtado, sobre as tendências do mercado da arte, mas para ir para a cama com aquela a quem apelidara de "*la hurtadora*" – a "ladra". Na semana seguinte, Frida fez contato com Ricardo Arias Vinas, amante de sempre, com o qual nunca rompera totalmente, e começou um novo caso com ele. O pacto assinado era então respeitado: cada um fazia amor com quem quisesse. Afirmar que isso deixava Frida feliz é outra história. É comum a assinatura dos pactos não ter nada a ver com sua aplicação concreta.

Na realidade, a única coisa que deixava Frida realmente feliz era a Casa Azul. Ali ela vivia uma espécie de isolamento voluntário, que lhe proporcionava uma forma de serenidade. Esse refúgio era como que o prolongamento de seu corpo. Cada pedra, móvel, cômodo, árvore, flor, animal, impregnados da melancolia da recordação e da marca da dor, e às vezes da felicidade, lhe devolviam o equilíbrio que por muito tempo lhe faltara. Os troncos das magnólias, as folhas dos ciprestes, os cipós, as aves, os cães, as estatuetas pré-colombianas, os pombos cobrindo as visitas com seus dejetos, os bonecos de Judas, o casal de macacos-aranhas, o cervo-anão, a galinha, o gato, a águia, a fauna e a flora, a arquitetura, os cheiros era um mundo vivo, cotidiano, do qual ela era o centro, que gravitava à sua volta e que, de quando em quando, a deixava louca de alegria.

O último sábado antes do Natal, quando uma madrugada ventosa a despertara sacudindo as folhas das árvores enquanto o sol nascente brilhava através de uma brecha de nuvens amarelas, ela voltou a pensar em Leon. No mesmo dia do ano anterior, juntos, eles tinham contemplado longamente as enormes flores vermelhas, implacáveis e sem manchas da poinsétia plantada na esquina das ruas Hamburgo e Nápoles. Leon não conhecia essa esplêndida árvore de flores púrpuras chamadas *noches buenas* e que são as flores de Natal. "Elas substituem o azevinho, em suma..." ele dissera. "Sim", respondera Frida. Nesse dia, Leon dera a Frida um buquê de girassóis que comprara por quinze centavos. Era esse mesmo buquê, murcho, que ela segurava numa das mãos, enquanto com a outra ligava para Ricardo Arias Vinas a fim de que ele viesse imediatamente: queria fazer amor com ele.

Embora Diego fosse ausentar-se por vários dias, ela não queria mais encontrar-se com seus amantes na Casa Azul. Era um lugar sagrado cuja porta ninguém devia transpor. Pediu a Ricardo que a levasse a um pequeno hotel de San Augustín Acolman, aldeia situada a menos de quarenta quilômetros a nordeste da Cidade do México. Na estrada pedregosa, que as chuvas já haviam começado a erodir, o carro chacoalhava de buraco em buraco. Poças d'água estagnavam aqui e ali e flores róseas e amarelas brotavam como que por encanto. Ao longe, as colinas tornavam-se uma massa verde fosca.

Após uma hora pesada de estrada, durante a qual o carro atravessara aldeias instaladas entre pomares de limoeiros e extensões de deserto pedregoso, chegou a San Augustín Acolman. A partir da praça da Igreja, entrecruzava-se um dédalo de ruas em ladeira, escadarias e pracinhas cercadas de casas baixas. Foi numa delas, remontando à época colonial, que os quartos do hotel Remo se escondiam, por trás de uma bela fachada azul e cor-de-rosa.

O dono, atrás do balcão, observou longamente Frida, sem dizer nada. Ricardo percebeu isso, mas não fez nenhum comentário, pensando simplesmente que ele reconhecera a grande Frida Kahlo, mulher de Diego Rivera. Mas a realidade era completamente diferente. E Frida e o dono do hotel guardaram consigo o segredo escondido no fundo de seus olhares: Frida viera a esse hotel várias vezes com Leon.

— O quarto 501 será perfeito para vocês. É espaçoso e dá para uma das grandes mangueiras que abrem as folhas como guarda-chuvas.

— Perfeito — disse Ricardo, esperando de Frida um sinal de aprovação.

Ela fez "sim" com a cabeça. Aquele quarto era o que ela sempre reservava quando vinha com Leon.

Ricardo foi espontâneo, atencioso e eficiente. Agindo de modo a que Frida não se sentisse nunca machucada por um movimento brusco demais, o que faria seu colete transformar prazer em dor. Frida se entregou, com toda a confiança, deixou-se levar. E quando finalmente gozou, fechou os olhos e sorriu para o homem que a observava. Mas o homem não sabia que não era ele que ela via, nem outro qualquer, aliás. O que ela via era uma cena; como num sonho, via-se abrindo uma toalha imaculadamente branca num arvoredo de velhas pimenteiras de tronco nodoso onde pássaros cantavam. Tirava tranquilamente das cestas, espalhando sobre a toalha, *tamales* de porco em folhas de banana, chuchu recheado, figos-da-índia empanados e várias garrafas de vinho, enquanto, rindo, sentavam-se Leon, Natalia, Sieva, seu neto, de calção de banho, e ela, Frida. Era uma cena de felicidade que a fez chorar nos braços de Ricardo, o qual, julgando-se um amante extraordinário, extraiu disso um orgulho momentâneo. Em seguida, Frida desatou a rir sem conseguir parar. Enquanto se desvencilhava dos braços de Ricardo, este, preocupado, perguntou a Frida o que a fazia rir tanto. Ela não pôde responder. Quem compreenderia? Acabava de ver Leon surgir do seu passado, do passado daquele piquenique, com seu chapeuzinho de palha ridículo que ele usava sempre na cabeça naquelas ocasiões, e Sheldon, câmera fotográfica na mão, querendo absolutamente imortalizar aquele momento: Diego beijava Natalia na testa fazendo uma careta horrível, Sieva, em posição de sentido, dava a língua, os seguranças alinhados atrás dos convidados, qual uma equipe de futebol, espiavam, com uma faca entre os dentes; quanto a Frida e Leon abraçavam-se amorosamente, fazendo carinhos mútuos em suas nucas.

— Em que está pensando? — perguntou Ricardo. — Pode me dizer?

— Se eu disser, você não compreenderá.

— Diga mesmo assim.

— Estou pensando em Trótski com seu horroroso chapeuzinho de palha na cabeça e em sua alegria extraordinária naquele dia.

— Tem razão, não compreendo por que está contando isso — disse Ricardo, sem agressividade, terminando de se vestir.

56

Em janeiro de 1941, restavam a Frida menos de treze anos de vida. Enquanto Diego trabalhava na edificação de uma espécie de casa-mausoléu em Anahuacalli, museu em sua própria homenagem e aos milhares de objetos de arte pré-colombiana que recolhera durante sua vida, Frida participou de diversas exposições coletivas na Cidade do México e fora do país. Foram anos fecundos, durante os quais pintou quadros importantíssimos: *Lucha María, Uma garota de Tehuacan, Autorretrato de trança, A coluna quebrada*; alguns bastante tristes como *A máscara, Sem esperança, O pintinho*. Contudo, mais uma vez, sabia que aquela felicidade era frágil.

Convenceu-se de que sua vida transformara-se num calvário. A despeito das reiteradas intervenções cirúrgicas, nenhuma melhora à vista. Para se ter uma ideia, em 1944 foi obrigada a usar um novo colete de aço, sofrer uma punção lombar, uma laminectomia (retirada de uma ou duas lâminas vertebrais) e um enxerto na coluna vertebral, fazer várias transfusões de sangue que a deixavam esgotada, as injeções de Lipidol que a deixavam disforme e a um tratamento dos mais fortes à base de arsênico. No ano seguinte, seu colete de gesso foi substituído por um colete de ferro. Frida estava cada vez pior. À deterioração física, acrescentava-se a deterioração moral. O vaivém entre amor e ódio que agitava o casal Rivera a destruía lentamente. O idílio que Diego viveu então com a fornida María Felix a deixou mortificada e a aventura que ela teve com Dolores Del Río não curou suas feridas afetivas. Em 1950, após uma longa série de injeções subcutâneas à base de gases leves, ela terminou por entrar novamente no hospital para passar por sua sétima cirurgia do ano. Dessa vez, ficou internada um ano, num quarto que se tornou uma espécie de santuário, onde todos podiam aparecer, conversar, reconstruir o mundo, beber, cantar, assistir a uma sessão de cinema. Entre os momentos de amizade e os dedicados ao tratamento, Frida pintava, às vezes até cinco horas por dia, deitada de barriga para cima, com a ajuda de um cavalete adaptado, recebendo injeções de antibióticos de três em três horas. Quando saiu, teve de se render à evidência: passaria a usar permanentemente um colete destinado a sustentar sua coluna vertebral e só se deslocaria em cadeira de rodas. Foi aliás assim que Diego a representou, em sua tela exposta no Palácio das Belas-Artes, *Pesadelo da guerra, sonho da paz*.

Mas Frida, que se lembrava de ter voltado a andar logo após seu acidente de bonde, recusava essa vida limitada, revoltando-se contra os olhares condescendentes que lançavam para ela. Em abril de 1953, é realizada a primeira grande exposição retrospectiva de suas obras, na Galería de Arte Contemporáneo. Enquanto todos achavam que ela não compareceria ao vernissage, Frida fez uma aparição teatral, sentada numa cama de baldaquim, maquiada, exibindo grandes brincos de ouro, vestindo roupas de cores vibrantes, uma capa de veludo nos ombros. A noite inteira, os amigos desfilaram à sua frente. Até tarde da noite, beberam muito, divertiram-se, cantaram velhas canções mexicanas, ao som de tambores, maracas, sapateados, enquanto *concheros* em roupas forradas de conchas e com a cabeça coberta por grandes chapéus de plumas requebravam-se ao som das flautas e tambores. Frida bebeu uma garrafa de *brandy* e pôde observar entre os presentes um rapaz louro, que, dois dias mais tarde, estava em sua cama. Sua relação durou três semanas, período em que imaginou que era feliz de novo.

Mas para quê? Podia continuar a dar festas, sua vida era cada vez mais triste, tão cinza quanto a rocha vulcânica que servira para a construção da "pirâmide" de Diego. A realidade, crua, estava ali, dura como granito. A das cirurgias e recaídas, que a aprisionavam em seu quarto-ateliê. A do feto que um médico lhe dera e que, boiando em seu pote de formol, e destacando-se em uma de suas estantes, deveria substituir o filho que ela nunca teve. A das drogas, que ela ingeria aos montes e que lhe faziam proferir as injúrias mais ignóbeis contra as pessoas que ela amara, como aquele dia em que contou a um jornalista do *Excelsior* que Trótski era um covarde, um ladrão, um "maluco", e que, se dependesse só dela, nunca teria hospedado aquele "revolucionário", e que desde sua chegada ao México, ela compreendera que ele estava errado!

Foi alguns dias mais tarde, enquanto lia no jornal o resultado daquela maldita entrevista e ruminava que, decididamente, "quando estava mamada falava qualquer coisa", que ela topou, algumas páginas adiante, com declarações feitas por Diego, então em viagem aos Estados Unidos, e que a lançaram num desespero profundo. Estava perfeitamente consciente de que o laço que a ligava a Diego era incompreensível para a maioria das pessoas, mas, em certos momentos, quando topava com declarações tão terríveis como a que estava em vias de ler, morria de vergonha: "Como ela conseguia viver com um sujeito daqueles!". Diego, que entrara com um processo de reintegração no Partido Comunista, e sem dúvida para ser bem visto por seus membros influentes, explicava com a maior simplicidade do mundo que fizera Trótski vir ao México, para atraí-lo para uma armadilha, e que era ele o instigador da eliminação daquele perigoso dissidente! Ela ruminou que fizera bem em impedir aquele canalha, logo antes de partir para os Estados Unidos, de usar a caneta de Trótski, como ele fizera menção, para assinar seu pedido de readmissão ao Partido Comunista!

Furiosa, telefonou para Diego:

— Não se pode violar assim a memória de um morto.

A resposta do grande homem veio feito uma bala, aureolada por sua habitual elegância:

— Principalmente quando sua mulher foi para a cama com ele!

— Em 1937, repito, eu não era sua mulher, Diego — disse Frida, desligando o telefone, a fim de abreviar aquela conversa inútil.

Passou o resto do dia cochilando em sua cadeira de rodas, rememorando um passeio ao lago de Guadalajara com Leon. Ela estava em uma balsa. As águas claras daquele lago tinham alguma coisa de apaziguadoras. A embarcação avançava, a vela enfunada feito uma concha, seu casco escuro e esguio deslizava sobre a água. Ela tinha uma notícia boa e outra ruim a dar a Leon. Leon escolheu a ordem: primeiro a boa, depois a ruim. A boa era que acabavam finalmente de descobrir a verdadeira identidade de seu assassino. Ele não se chamava Jacques Mornard, nem Frank Jacson, e sim Ramón Mercader del Río. A foto publicada nos jornais não mostrava aquele homem um pouco cansado, envelhecido, a testa atravessada pelas rugas, aparentemente de bem com a vida e na verdade cheio de amargura, que eles haviam conhecido, mas um rapaz com os cabelos escuros e abundantes, testa lisa, olhos amendoados, boca grande e sensual, com um temperamento enérgico, aquele que se colocara a serviço das milícias comunistas em cujo seio lutara na Espanha.

— E a má notícia? — perguntou Leon.

— A gangrena atacou minha perna direita. Explicaram-me que o melhor seria eu amputá-la "na altura do joelho"...

57

Efetuada a cirurgia, o retorno à Casa Azul foi difícil. Em fevereiro de 1954, alguns meses após a intervenção, Frida voltou a falar em suicídio. Nunca sofrera tanto. Contou a seus amigos. Contou a Diego. Contou a Leon, com quem falava todas as noites. Felizmente, a pintura continuava presente. O que ela chamava de "Naturezas Vivas", berrantes, apaixonadas. Outras mais "políticas": *Frida e Stálin*, *O marxismo dará saúde aos doentes*. Pintando essas duas telas, queria estabelecer um laço profundo entre a política e sua vida. Confiou esse desejo a Leon, quando se viu a sós com ele em seu quarto-ateliê: "Pela primeira vez, minha pintura tenta acompanhar a linha traçada pelo Partido. Viva o realismo revolucionário...". Trótski sorriu. Se amara loucamente Frida, não era pela pertinência de sua análise política. Respeitava sua pintura, seus compromissos políticos, que eram reais, autênticos, mas se a pintura pudesse mudar alguma coisa na linha de um partido, isso ainda era algo a se saber. Realidade ou sonho? Em que espaço se situava essa conversa? Frida não sabia mais. Seus dias e noites desenrolavam-se numa espécie de estranho magma, uma névoa. As paredes entre os dois eram porosas. O que ela sabia com certeza é que sua pintura era agora mais frenética, mais desordenada; suas cores, mais contrastadas, ofuscantes, primárias; sua técnica, menos segura porém mais autêntica, segundo os movimentos da alma, os balbucios do pensamento, os tremores do corpo atormentado. Diante do silêncio e do sorriso de Leon, reformulou sua frase, ignorando a contradição: "Minha pintura não é revolucionária. Por que eu tentaria acreditar que minha pintura é uma pintura de luta? O que tenho realmente a ver com a finalidade educativa que o Partido atribui à arte?".

Frida mexia-se cada vez menos, fechando-se numa pintura que perdera seu âmago. As frutas de suas "Naturezas Vivas" eram transpassadas pelo mastro afiado de uma bandeira, cobertas de inscrições militantes, de pombas simbólicas. Suas escapadas aos jardins flutuantes de Xochimilco, ao mercado de Toluca, onde comprava fitas das índias que as exibiam em pequenos tapetes, ela só as realizava em seus sonhos, que tomava por realidade. A Casa Azul estava se fechando sobre ela como uma armadilha, da qual nem a pintura conseguia mais libertá-la.

58

À medida que o verão se aproximava, Frida sentia que vivia dias de inquietude e perturbação. Às vezes, passava longas horas no jardim em meio às suas plantas e na companhia de seus animais preferidos, o olhar medroso e os dedos tentando tocar uma vida que ela sentia afastar-se lentamente.

Após seu retorno do hospital, os médicos lhe haviam recomendado um descanso quase absoluto e sossego. Isso era não conhecê-la. Decerto saía cada vez menos, parecia muitas vezes distraída, mas o fogo que a consumia continuava intenso. Em dois de julho, participou de uma manifestação contra a intervenção da CIA na Guatemala, veemente, punho erguido em sua cadeira de rodas empurrada por Diego. Na mesma noite, caiu de cama: a broncopneumonia contraída semanas antes voltara ainda mais forte.

Quatro dias mais tarde, desenhou algumas páginas em seu diário e escreveu em forma de gracejo: "Espero que minha passagem seja alegre – e espero nunca mais voltar", e começou um estranho quadro que pintou em sua cama com dossel, a tela estendida sobre seu peito, e que subintitulou: "Útil ao movimento revolucionário". Contra um fundo desértico, Trótski aparece, mais jovem e fogoso, tendo à sua direita uma tropa de esqueletos e à sua esquerda um exército de homens e mulheres, os primeiros com uma arma na mão e os segundos com um pote de formol no qual boiava um feto. Esperou alguns dias até ele secar bem para recobrir a cabeça de Trótski e colocar em seu lugar a de Stálin. Quando olhava para o quadro, era a única a saber que, sob Stálin, escondia-se na realidade o homem a quem tanto amara. Seria, em suma, sua última piada, sua careta para todos aqueles dogmáticos, que, como ela dizia, "lhe enchiam o saco que ela não tinha!" Não estava contando com a realidade cotidiana. Entrando no quarto, Dafne, a enfermeira que cuidava dela desde sua saída do hospital, deu uma risada sonora que mostrava que o segredo fora ventilado. Como ajudante esperta, movida por um bom senso que se refletia na vida, ela perguntou a Frida por que o "senhor Trótski" fora substituído por aquele "açougueiro do Stálin":

— Para você cuidar da sua vida, Dafne — disse Frida.

— Acho que a senhora não quer que o sr. Diego o veja porque ele ficaria com ciúmes...

— É um pouco por isso — disse Frida —, mas também porque todos os que olham o quadro veem apenas Stálin, evidentemente. Quem o comprar pensando ser Stálin, estará comprando na realidade Leon Trótski!

É verdade que Diego nunca estivera tão presente, chegando inclusive às vezes a dormir no quarto de Frida para não deixá-la dormir sozinha. No dia onze, ela lhe devolveu o anel que ele lhe dera de presente de vinte e cinco anos de casamento: "Não vai ter muita utilidade para mim agora...". No dia treze, enquanto consumia uma garrafa inteira de *brandy*, na esperança de anestesiar sua dor crônica, e ingeria grandes quantidades de Demerol e Seconal, foi se deitar na cama, dizendo a Diego e Dafne que estava tudo bem. Não era à toa que designava a si própria como "grande dissimuladora".

Uma vez deitada, lembrou-se da metáfora de Leon: "a vida é uma espécie de circuito de corrida de automóvel no qual cada um realiza o número de voltas que lhe foi atribuído e cujo número exato ele evidentemente não conhece". Para Frida, não restava a menor dúvida: sua corrida tinha terminado – não havia mais distância a percorrer, não havia mais combustível no tanque.

Esperou então que Diego saísse e pediu a Dafne que lhe trouxesse a caixa de metal pintada com as cores do México que estava em seu ateliê ao lado de seus potes cheios de pincéis. Frida fazia parte dessas criaturas que guardam tudo, recusando-se a escolher na vida o que é preciso jogar fora, invadidas por seu passado, submergidas por sua memória, como que engolidas por um fluxo de sensações, emoções, questões, respostas, dejetos, detritos, objetos quebrados, roupas surradas, cadernos cheios de endereços onde as pessoas não moram mais. E quando abrimos uma dessas caixas de onde podem irromper a lembrança mais inesperada, o fragmento de memória mais doloroso, a maior tristeza, a morte súbita, uma paixão antiga que se julgava esquecida para sempre e que volta, então não resistimos. E a criatura naufraga. E a cabeça explode com todas essas lembranças que a memória não soube selecionar. Frida não resistiu à abertura da caixa. Bebendo um último copo de *brandy*, ingerindo um punhado de comprimidos, olhou pela última vez o retrato de Stálin no qual só via Trótski, que lhe aparecia sob o primeiro rosto, depois mergulhou num sono profundo, cantando o *corrido* ingênuo e cheio de fervor popular que a multidão entoara para acompanhar o cortejo fúnebre do líder russo que atravessava a Cidade do México: "Trótski morreu assassinado/ de madrugada/ Foi numa tarde de terça-feira que aconteceu essa tragédia fatal/ que abalou o país/ e toda a capital". Aproveitando na passagem para xingar a morte, essa Puta careca, *Pelona*, essa Bela do baile, *Catrina*, essa Grelhada, *Tostada*, essa Tia das garotas, *la Tía de las Muchachas*, esses Velhos Dentes de coelho, *Mera Dientona*, essa Fodida, *Chingada*...

Depois, uma leve brisa entrou no quarto, como aquela que soprava nos jardins flutuantes de Xochimilco, no dia em que ela e Leon haviam feito amor pela primeira vez em meio às balsas transbordantes de flores e música. Depois tudo parou, mas muito devagar, como uma noite de verão que cai lentamente. O frescor do lago desapareceu gradativamente. Frida caminhava sozinha por uma estrada. À direita, a montanha íngreme, gretada e amarela; ela se despedia do calor do sol e exalava um leve cheiro de aridez, específico do México. Dir-se-ia a evaporação de uma terra a cada dia um pouco mais calcinada. À esquerda, filas de burros carregados trotavam na poeira. A espessa camada de terra vermelha da estrada lhe queimava os pés. Ela avançava em direção a um pontinho luminoso muito branco, quase ofuscante. Pensando: *por que preciso de pés para andar se tenho asas para voar?*

No dia treze, Dafne, a enfermeira, entrou no quarto e topou com Frida de olhos abertos e as mãos geladas. Frida acabava de morrer, isso é, de fazer uma saída monumental e silenciosa.

Dafne escondeu a garrafa de *brandy* e as caixas de remédios, deslocou o quadro para outro cômodo e deixou entrar uma leve brisa no quarto. Falou-se numa embolia pulmonar. Diego cortou-lhe as veias com um bisturi, para confirmar sua morte. O caixão aberto foi levado sob uma chuva insistente ao Palácio de Belas-Artes. Fechado, coberto por uma bandeira vermelha estampando a foice e o martelo, provocou uma batalha política entremeada por punhos erguidos e uma "Internacional" entoada pela multidão.

Conduzida ao crematório civil de Dolores, Frida, como escreveu um poeta, "empertigada, sentada no forno, cabelos ardentes como uma auréola, sorriu para os amigos antes de desaparecer". Em seguida Diego guardou suas cinzas numa urna, fechou os olhos e comeu um punhado delas.

Quando reabriu os olhos, a chuva cessara. Ele pensou: *daqui a pouco os pássaros migratórios voltarão do Norte.*

Agradecimentos

Jorge Luis Borges, com toda a razão, afirma que um escritor é acima de tudo um leitor. Um livro como *Frida e Tróstski* não poderia ter sido escrito sem a contribuição de escritos intelectuais, hipóteses, demonstrações, ensaios, romances, pistas sugeridas por outros autores, que alimentaram meu trabalho. Agradeço aqui a todos eles:

Henriette Begun, Erika Billeter, James Bridger Harris, Alain Brossat, Pierre Broué, Olga Campos, Emilio Cecchi, Marie-Pierre Colle, Bernadette Costa-Prades, Isaac Deutscher, Chantal Duchêne-Gonzalez, Max Eastman, Victor Fosado, Gisèle Freund, Carlos Fuentes, Julian Gorkin, Salomon Grimberg, Serge Gruzinski, Jorge Hernandez Campos, Natalia Ivanovna Sedova, Jean Van Heijenoort, Haydeb Herrera, Jauda Jamis, José Juarez, Frida Kahlo, Barbara Kingsolver, J.M.G. Le Clézio, Isaac Don Levine, Patrick Marnham, Leo Matiz, Tina Modotti, Carlos Monsivais, Dolores Olmedo, Camilo Racana, John Reed, Lionel Richard, Guadalupe Rivera, Leandro Sanchez Salazar, Arturo Schwarz, Victor Serge, John Sillevis, Tim Street-Porter, Leon Trótski, Sergio Uribe, Rafael Vasquez Bayod, Mariana Yampolsky.

Este livro foi composto em Adobe Garamond Pro e impresso pela Intergraf para a Editora Planeta do Brasil em março de 2018.